시티 픽션,
지금
어디에
살고 계십니까?

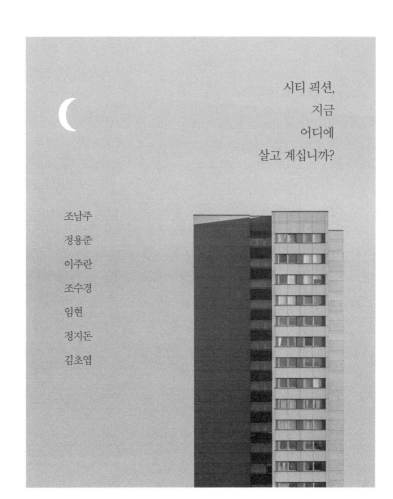

시티 픽션,
지금
어디에
살고 계십니까?

조남주
정용준
이주란
조수경
임현
정지돈
김초엽

한겨레출판

**봄날아빠를
아세요?**

세상에게 좋은 연민을 갖게 만드는 소설이 좋다. 일말의 열패감을 느끼게 할지라도. 인간의 보편적 감성을 건드리는 소설은 언제나 곁에 두고 싶다. 봄날아빠는 누굴까? 여전한 조남주의 소설, 여전해서 더 반갑다.

_엄지혜(작가, 〈월간 채널예스〉 기자)

스노우

"사람도 좋고 글도 좋은 작가가 있나요?"라는 질문에 한 선생님이 안톤 체호프 그리고 사뮈엘 베케트란 대답을 돌려준 기억이 있다. 누군가가 내게 그것을 물어온다면 나는 지체 없이 정용준, 이라고 답할 것이다. 체호프의 정교함과 베케트의 치열한 언어 탐구 정신을 그의 글에서 발견할 수 있노라고 덧붙이면서. 〈스노우〉는 눈으로 만든 집의 지극한 아름다움과 따듯함을 떠올리게 하는 황홀한 단편이다. 분명 존재하지만 존재하지 않는 그곳을, 그는 글로 남겼고—우리는 본다. 아니, 그곳에 있다. **_김봉곤(소설가)**

**별일은
없고요?**

고독한 마음의 겹을 누가 이주란만큼 사랑스럽게 그려낼까. 삶은 '버려진 것'이 아니라 '남겨둔 것'으로 살아진다는 속 깊은 통찰, 누군가 죽어나간 집에서도 누군가는 레몬 향을 풍기며 살아간다는 비의. 태연하고 쓸쓸하며 명랑하지만 애틋하다. 곁에 남은 사람에게 이주란식의 담담한 안부를 건네고 싶어진다. 별일은 없고요? _편혜영(소설가)

**오후 5시,
한강은
불꽃놀이 중**

"전망 좋은 아파트"가 아득한 꿈일 수밖에 없는 서울 시민이기에, 나 또한 불안하고 외롭기에 주인공 의진이 고스란히 다가왔다.

_최희서(배우)

고요한 미래

'요즘 들어 나는 자꾸 그런 의심이 들거든요.' 이 문장은 나를 임현 소설이 도달한 심해로 이끈다. '나'를 사로잡고 있는 압도적인 무엇, 그러나 그것을 설명하기에는 나 자신조차 의심스러워 말을 더듬거나 대뜸 소리를 지르거나 아무 곳에서나 잠을 자거나 하는 증상만을 보이는 나, 멀어져가는 사람들……. 의심할 수 없는 임현의 소설이다. 〈고요한 미래〉 역시 거듭, 임현의 소설이다. 성층에서 심해로 수직 낙하하듯 임현의 소설에 빠져들게 된다. 차가운 적요의 시공간으로. _박민정(소설가)

무한의 섬

〈무한의 섬〉이 단편이라서 섭섭하다는 생각을 하는 건 나뿐만이 아닐 것이다. 〈무한의 섬〉은 귀엽고 사랑스러운 데다가 읽는 내내 웃음이 끊이지 않는 소설이다. 오랫동안 정지돈은 나의 최애 작가였는데, 〈무한의 섬〉으로 인해 정지돈을 빼앗길 위기에 처했다. 그게 〈무한의

섬〉 때문이라면 행복할 것 같다. **_오한기(소설가)**

| 캐빈 방정식 | 하나의 시계 안에서 다른 속도로 원을 그리는 시침과 분침. 한쪽의 시간 감각이 달라진 후 어긋나버리는 자매의 이야기는 드물게 마주 치고 자주 분리되는 시곗바늘들의 운동을 떠 올리게 한다. 두 사람이 관람차의 캐빈에 함께 올라 서로의 '주머니 우주'를 내보이는 순간은 이 소설의 흥미로운 설정들과 더불어 특별하 고도 아름답다. 비로소 같은 속도로 허공을 가 르며 회전하는 자매의 모습을 소설이 다 끝난 다음에도 오랫동안 마음에 그려보았다. |

_서점 '고요서사' 대표 차경희

봄날아빠를 아세요?

조남주

조남주

2011년 《문학동네》로 등단. 소설집 《그녀 이름은》, 장편소설 《귀를 기울이면》
《고마네치를 위하여》《82년생 김지영》《사하맨션》《귤의 맛》이 있다.

제　　목	서영동 주민들은 참 순진하시네요
게시일	2018. 5. 14. 00:13
작성자	봄날아빠(새싹멤버)
내　　용	까놓고 말해봅시다. 제가 재작년에 서영동 동아1차와 은라동 대림2차 중 고민하다가 서영동 동아를 매수한 사람입니다. 당시 두 아파트 가격이 비슷했거든요. 지금요? 은라 대림은 1억 이상 올랐는데 서영동아는 그대로입니다. 은라동만 올랐을까요? 서영동 빼고 서울 다 올랐습니다. 요즘 서울 아파트 시세가 어떤지 아십니까? 중개업소 가격 후려치기에 당해 헐값 매도하시는 분들, 정말 답답합니다. 열심히 일하고 알뜰하게 일군 여러분의 소중한 자산 아닙니까? 왜 우리의 가치를 스스로 깎아내립니까?

제　목　경고 쪽지를 받았습니다

게시일　2018. 5. 14. 21:48

작성자　봄날아빠(새싹멤버)

내　용　제가 어젯밤에 올린 글이 회원 간 분열을 조장했다는 경고 쪽지를 받았습니다. 한 번만 더 관련 게시물을 올리면 등급이 강등되어 글 작성이 안 된다는군요. 누구의 판단입니까? 카페 운영진의 의견이 회원 전체의 의견입니까? 저는 현재 '서영동 부동산 중개업소의 진실', '서영동 학군 강남 못지않다', '동아1차 방향으로 서영역 3번 출구가 생긴다면?' 이렇게 세 편의 글을 작성해놓은 상태입니다. 회원 여러분이 허락하신다면 차례로 게시하겠습니다. 반대로 제 글이 불편하시다면 더 이상 글 올리지 않고 탈퇴하겠습니다. 댓글 달아주십시오.

제 목 [게시예고] 일주일에 한 편씩 올라갑니다

게시일 2018. 5. 17. 23:21

작성자 봄날아빠(새싹멤버)

내 용 14일 밤 10시부터 오늘 밤 10시까지 300개가 넘는 댓글이 달렸습니다. 글 올려달라고 분명하게 게시 요구한 댓글이 124개, 필요한 논의라는 댓글이 14개, 카페 게시글 주제를 제한하지 말라는 댓글이 8개, 글 올리지 마라, 탈퇴해라, 불편하다는 댓글이 62개입니다. 그 외는 댓글 논쟁과 같은 회원의 중복 의견입니다. 회원님들 의견대로 저는 다음 월요일부터 매주 한 편 글을 올릴 예정입니다. 운영진께서 저를 강등시켜도 강퇴시켜도 할 말은 없습니다. 다만 카페 회원들의 의견이 어떠한가는 한번 생각해보셨으면 좋겠습니다.

1. 서영동 부동산 중개업소의 진실

주방 창틀에 걸쳐놓은 휴대폰에는 '만 개의 레시피' 앱이 열려 있다. 세훈은 앱이 알려주는 대로 고추장, 고춧가루, 매실액, 간장, 맛술, 다진 마늘, 물엿, 후추를 넣은 양념장으로 제육볶음을 만들었다. 유정이 킁킁 주방 쪽으로 다가왔다.

"아, 냄새 너무 좋다! 내가 상추랑 깻잎 씻고 반찬 꺼낼게. 고기 마저 볶아."

유정이 통 안의 반찬들을 접시에 옮겨 담으며 물었다.

"근데 자기 서사사에 올라온 글 봤어?"

"서영동 부동산 중개업소의 진실?"

"응! 자기도 봤구나!"

"오늘 형님들도 다 그 얘기밖에 안 하더라."

'서사사'는 '서영동 사는 사람들'의 줄임말로 네이버 서영동 지역 친목 카페의 이름이다. 결혼 6년 차 부부인 세훈과 유정은 둘 다 서사사 열심회원이다. 동네 맛집, 병원, 제휴할인 정보를 얻는 것은 물론이고 서사사를 통해 세훈은 조기축구회에 들어갔고 유정은 영어회화 모임을 만들었다. 세훈은 격주 토요일 아침마다 축구를 하고 형님들과 술을 거하게 마신 후 집에 와서 내내 낮잠을 자다가 일어나 빨래와 화장실 청소를 하고 유정이 원하는 메뉴로 저녁을 준비한다.

세훈은 원래의 레시피에 청양고추를 하나 더 썰어 넣었고 유정은 연신 찬물을 들이켜면서도 젓가락질을 멈추지 못했다. 뿌듯한 얼굴로 유정을 보다가 세훈이 문득 생각났다는 듯 물었다.

"자기 용근 씨 기억나?"

"용근 씨?"

"우리 팀 공격수. 지난번 안양 대회에서 오른쪽 날개 맡았었는데."

"기억 안 나지. 나는 자기만 보이거든."

말해놓고 유정은 입에서 밥풀이 다 튀어 나가도록 푸하하 소리 내어 웃었다. 세훈도 컥컥 웃었다.

"하여튼 있어. 용근 씨라고 동아1차 사는데 자기랑 동갑이고 재작년에 이사 왔어. 작년에 딸 낳았고."

"근데?"

"그 딸 이름이 새봄이라나 봐."

싱글싱글 웃느라 초승달처럼 납작해졌던 유정의 눈이 동그래졌다. 부부는 같은 생각을 하고 있었다. 동아1차 거주. 재작년 이사. 새봄이 아빠.

용근은 요즘 장모님 댁 근처의 아파트를 알아보고 있다. 아내의 복직은 다가오는데 어린이집 대기번호는 줄어들지 않고, 장모님은 아이를 봐줄 수는 있지만 매일 서영동으로 오갈 자신은 없으시단다. 주중에는 아이를 처가에 맡기고 주말에만 데려올까도 생각했는데 용근은 도저히 딸을 떼어놓을 자신이 없다.

이사를 결심한 것은 올해 초였다. 처가 근처로 집을 알아보다가 몇 년 사이 서울 아파트들이 몇억씩 올랐다는 사실과 그동안 자신의 집은 겨우 현상 유지 중이라는 사실을 알게 되었다. 게다가 중개업소에서는 하나같이 지금이 꼭지다, 너무 비싸면 안 팔린다며 시세보다 높은 가격으로는 매물 등록도 해주지 않으려 했다. 용근은 서영동 중개업소들이 담합했다는 생각이 들었다.

용근은 조기축구회 회원들에게 네이버 부동산 허위매물 신고를 독려했다. 한 명당 3개의 아이디를 만들 수 있고 아이디당 한 달에 5개씩 허위매물 신고를 할 수 있으니 한 달에 최대 15개는 신고가 가능하다는 것이다. 거래 완료되거나 매도자가 이미 거두어들인 매물을 계속 노출하는 경우가 많다며 이런 가짜 매물들 때문에 제대로 시세가 형성되지 않는 것이라고, 중개업소의 고의성이 다분하다고 열을 냈다.

운 좋게도 서울에서 번듯한 아파트를 가지고 결혼생활을 시작했다. 둘이 모아놓은 1억에 양가에서 1억씩 보태주셨고 나머지는 대출을 받았다. 용근은 자신이 얼마나 유리한 상황인지 잘 알면서도 지금 아파트를 팔아서는 다른 지역에 비슷한 면적의 아파트를 구할 수 없게 되었다는 사실에 분통이 터졌다. 입버릇처럼 서영동은 저평가되어 있다고 말했다. 너무 흥분해 말하다가 축구회 형님 한 분과 싸우기도 했다.

"지하철역 가깝죠, 강남, 종로, 마포, 김포공항, 인천공항, 어디로도 도로 잘 연결되죠, 도보로 이용 가능한 백화점이 두 군데, 대형마트가 두 군데나 되죠. 이런 동네가 서울에 또 있습니까? 그런데 24평이 겨우 6억 찍었어요. 32평이 9억도 안 되고요. 요즘 서울에 10억 안 되는 아파트 없어요. 대체 서영동이 용산보다 못한 게 뭡니까? 마포보다 못한 게 뭡니까?"

"야, 이 새끼야, 그래서 하고 싶은 말이 뭐야? 집값이 더 올라야 된다, 이거야? 너 집 있다고 유세 떠냐?"

"막말로 형님도 언제까지 전세살이하실 건 아니잖아요. 멀리 보면 서영동이 제대로 평가받는 게 결국 우리 모두에게 이익이라고요."

세훈이 움찔하며 슬그머니 용근의 팔뚝을 잡았다.

"왜? 내 말이 틀렸어? 형도 자가지?"

대답할 수 없었다. 세훈은 서영동에서 가장 비싼 팰라지움 34평을 소유하고 있다. 팰라지움은 백화점, 지하철역과 연결되는 초고층 주상복합 아파트인데 분양 당시 부동산 불황에 분양가마저 높아 대거 미분양이 났다. 세훈은 그때 부모님의 강권으로 할인 물량을 하나 잡았다. 물론 부모님이 계약금부터 중도금, 잔금까지 모두 치러주셨다. 빌려준다고 말씀은 하셨지만 세훈도 갚을 마음이 없고 부모님도 받을 기대가 없다.

세훈은 주상복합이라 실평수가 작다, 관리비가 많이 나온다, 재건축을 기대할 수 없어 노후화를 지켜만 봐야 한다고 혼자 투덜거릴 뿐 아무에게도 말하지 않는다. 그 정도 눈치는 있다.

"형, 팔라지움 올랐어, 안 올랐어? 그대로지? 팔라지움이 서영동 대장 아파튼데 팔라지움이 쭉쭉 치고 나가야 동아랑 현대랑 우성이 다 따라가지."

그걸 왜 나한테 따져? 나도 쭉쭉 치고 나갔으면 좋겠다, 는 말이 목구멍까지 차올랐지만 애써 삼켰다. 축구회 형님은 부모 잘 만난 놈들끼리 잘 해보라면서 운동장에 침을 한 번 탁 뱉고는 먼저 성큼성큼 걸어가버렸다.

"용근 씨가 그러는데 서영동 공인중개사회에서 그렇게 집값 후려치기를 한다네. 혹시 집 내놓게 되면 거기 소속된 떡방은 가지 말래."

"근데 떡방이 뭐야? 봄날아빠 글에도 떡방 뭐라고 써 있던데."

"복, 떡방."

"아. 그런 말들을 입 밖으로 꺼내는구나. 뭐랄까, 너무 투명하다. 차라리 위선적이기라도 하면 좋겠네. 내가 이런 말 할 처지는 아니지만."

대꾸 없이 쓸쓸하게 웃던 세훈이 냉장고에서 맥주를 두 캔 꺼내 왔다. 유정도 마침 술이 당기던 참이라 반갑게 받았다. 밥은 절반 넘게 남았고 둘은 제육볶음을 안주 삼아 밥 대신 맥주를 마시기 시작했다.

유정은 사실 아파트 얘기가 싫다. 이 비싼 집을 세훈이 온전히 마련했다는 사실이 부담스럽다. 회사 동료들도, 오랜 친구들도, 유정의 부모님마저 좋겠다, 부럽다, 세훈에게 잘해라, 했다.

지금 세훈은 거의 1년째 구직 중이다. 외삼촌의 이탈리안 레스토랑에서 총괄 매니저를 했었는데 레스토랑은 몇 년 사이 매출이 계속 떨어지다 지난해 결국 폐업했다. 세훈은 개업 준비를 하다가 프랜차이즈 상담도 받다가 아예 상관없는 회사에 이력서를 넣기도 했는데 어느 것도 쉽지 않았다. 지금 생활비는 유정의 수입으로 충당한다. 그런데도 왜 자꾸 움츠러드는지 모르겠다. 이깟 아파트가 뭐라고.

한편 세훈은 유정이 삼성에 다닌다는 사실이 자랑스럽기도 하고 자존심 상하기도 한다. 유정이 대기업 별것 없다고 똑같은 월급쟁이일 뿐이라고 대수롭지 않게 말할 때

특히 그렇다. 자신이 이렇게 번듯한 아파트를 해 오지 않았다면 열등감 때문에 스스로 무너졌을 것이다.

"용근 씨는 지금 그 대치동 부동산 통해서 집 내놨대."

"봄날아빠가 추천했던?"

"응. 네이버 부동산 보니까 진짜더라. 시세보다 1억이나 높게 내놨어."

서영동 부동산 중개업소들을 조목조목 비판하는 봄날아빠의 글은 대치동의 '반도부동산' 추천으로 마무리되었다. 부동산 거래 시 꼭 같은 지역에 있는 중개업소만 이용할 이유는 없다며 반도부동산은 대치동에 거주하는 매수자와 다른 지역의 매도자를 이어주는 역할을 주로 한다고 소개했다. 반도부동산 대표에 따르면 최근 대치동 다주택자 사이에 서영동 아파트를 추가 매수하려는 움직임이 있단다. 봄날아빠는 그만큼 서영동이 투자가치가 있고 또 저평가되어 있다는 뜻이 아니겠냐고 설명했다.

봄날아빠의 글 마지막 한 문장은 다음과 같다. '저는 성실하게 일군 제 자산을 정당하게 평가받기 위해 정보를 찾는 과정에서 '반도부동산'을 알게 되었을 뿐 '반도부동산'과는 아무런 이해관계가 없음을 밝힙니다.'

"진짤까?"

"그럴 리가."

유정과 세훈은 남 일인 듯 어깨를 움츠려 킥킥 웃고는 캥, 맥주캔을 부딪쳤다.

2. 서영동 학군 강남 못지않다

거의 1년 만의 모임이다. 단톡방에 '한번 얼굴 보자'는 글을 올린 것은 수민 엄마고, 적극적으로 시간과 장소를 정해 만남을 추진한 것은 승훈 엄마다. 아이들 성적은 뚝 뚝 떨어지는데 어릴 때처럼 컨트롤되지는 않고, 입시 제도는 계속 바뀌는데 정보도 없다. 막막한 마음을 기댈 곳이라고는 그래도 키즈클럽 엄마들밖에 없다.

서영동에는 영어유치원이 꽤 늦게 들어왔다. 물론 영어유치원이 생기기 전이라고 서영동 영유아들이 영어 공부를 게을리한 것은 아니다. 오랜 시간 셔틀버스를 타는 불편과 불안을 감수하고 인근 지역의 영어유치원에 다니거나, 일반 유치원보다는 비중 있게 영어 수업을 하는 놀이

학교에 다니거나, 어린이집이나 유치원이 끝나면 어학원 킨더반에 들러 두어 시간 영어를 배우고 집에 오는 식이었다.

그러다가 본격 영어유치원이라 할 수 있는 키즈클럽이 문을 연 것이 딱 10년 전, 지금 열다섯 살인 아이들이 다섯 살 되던 해였다. 복잡한 상가 건물 2층이고, 실외 놀이 공간이 전혀 없고, 이제 막 시작하는 기관이라 교육의 질이 담보되지 않는다는 치명적인 단점에도 일반 유치원의 두 배가 넘는 원비를 감수하며 과감하게 키즈클럽을 선택한 엄마들이다.

다행히 키즈클럽은 급식부터 원아 돌봄, 수업 내용, 교구 상태 모두 훌륭했다. 졸업할 즈음이면 아이들은 대부분 한 페이지 정도의 영어 에세이는 수월하게 썼고 중1 영어 교과서도 더듬더듬 읽을 수 있었으며 인사나 주문 같은 생활영어는 막힘없이 했다. 영어뿐 아니라 한글과 수학 실력도 좋았다.

그 자부심과 동질감으로 키즈클럽 1회 졸업생 엄마 모임은 아직도 이어지고 있다. 이어지고는 있다. 퍼플과 그린 두 반, 서른두 명이던 졸업생 대부분이 서영동을 떠나 이제 멤버가 채 열 명도 되지 않아 그렇지.

　　오랜만에 만난 엄마들은 그 시절의 추억에 젖었다. 그때만 해도 낯설었던 할로윈 파티 얘기, 아이들 영어 이름 지어주던 얘기, 산타로 분장한 원어민 선생님이 집집마다 방문해주었던 얘기들을 흐뭇하고 아련하게 나누었다.

　　"서영동도 수준 많이 높아졌어. 요즘은 영어유치원이 꽤 많은 것 같아. 그치?"

　　"키즈클럽 말고도 성원빌딩에 하나, 백은빌딩에 하나 더 있잖아."

　　"단독 건물도 하나 생겼어요. 원더랜드였나?"

　　솔직한 수민 엄마가 씁쓸한 얼굴로 끼어들었다.

　　"근데 요즘 영어유치원은 일반 유치원 추첨 떨어지면 가는 데래요. 난 진짜 영어 때문에 보냈는데."

　　"영어유치원 보낼 비용 아꼈다가 나중에 어학연수 가는 게 낫다고들 하더라고요."

　　"난 키즈클럽 보냈던 거 후회 안 해. 지금도 수학이 걱정이지 한 번도 영어로 속 끓여본 적은 없으니까."

　　보라 엄마의 단호한 대답에 수민 엄마가 물었다.

"우리 수민이는 영어 다 까먹었다던데. 언니, 보라는 지금 영어 뭐 하는데요?"

"응? 그냥…… 별거 없지, 뭐. 동네 학원 다녀. 저기, 그, 이름이 갑자기 생각이 안 나네."

"동네에서 보라가 통 안 보이던데? 그래서 난 보라 학원 다 강남으로 다니나 보다, 그랬지?"

"아유, 아니야. 그냥 서영동에서 다녀. 뭐하러 애 피곤하게 강남까지 보내니?"

보라 엄마는 끝까지 학원 이름을 말하지 않고 얼버무렸다. 수민 엄마는 분명 강남으로 보내고 있을 거라고 생각했고 승훈 엄마는 과외를 시키나 보다 생각했다.

서영동은 교육환경이 좋지 않다. 특히 서영중학교는 분위기가 엉망이라고 소문이 자자하다. 선배들은 후배들을 때리고, 학생들은 선생님보다 선배들을 더 무서워하고, 쉽게 사귀고 쉽게 헤어지고, 화장, 염색, 액세서리는 기본에 여름이면 팔뚝 가득 화려한 문신이 드러나는 아이들도 있다.

보라 엄마가 화제를 돌렸다.

"다들 그 글 봤어? 그 봄날아빠라는 사람이 쓴?"

"서영동 학군 강남 못지않다?"

"맞아요. 요즘 서영중 예전 같지 않대요. 혁신학교 제외된 다음부터 분위기 좋아졌다더라고요. 애들 담배도 많이안 피우고 연애도 전처럼 대놓고 하진 않고."

"그래도 강남 못지않다는 건 너무 오버 아니에요?"

승훈 엄마가 비웃듯 말하자 수민 엄마가 정색했다.

"승훈 엄마, 봄날아빠가 올린 자료 안 봤어? 서영중 성취도 평가 괜찮아. 덮어두고 못하는 동네, 못하는 학교라고 깔아뭉개서 그렇지. 서영중 보내려고 일부러 이사 오는집들도 많아. 몇 년 사이에 특목고도 잘 가고."

보라 엄마도 거들었다.

"학교는 몰라도 학원 인프라는 정말 괜찮아. 브라운어학원 서영동에서 시작해서 용산, 마포에 지점 생긴 거 봐.예전에 지점도 없고 셔틀도 없을 때 마포 엄마들이 라이딩해서 브라운으로 열심히 날랐잖아. 명성수학 원장이 우성1차에서 조그맣게 공부방으로 시작했던 것도 진짜야. 잘가르친다 싶더니 결국 강남 진출하더라. 아이비리그가 성원에 있다가 대치동 갔다가 애들 다 키우고 다시 성원으로온 것도 맞고. 아이비리그 원장이 맨날 그러잖아, 서영동

애들 왜 이사 가는지 모르겠다고. 여기 학원들 충분히 수준 높다고."

"그러는 본인은 대치동에서 애들 키웠잖아요."

"걔네들은 워낙 특출났잖아. 어쩜 남매가 줄줄이 서울 의대를 가?"

테이블 끝자리에 앉아 가만히 모든 얘기를 듣고만 있던 민우 엄마가 말했다.

"찬이 엄마가 맨날 하던 말이네요."

"그랬나? 난 봄날아빠 글 본 건데?"

"그러고 보니 찬이 엄마 오늘 왜 안 나왔죠?"

"찬이 엄마 바쁘잖아. 학원 확장해서."

찬이 엄마는 찬이 낳기 전 은행에 다녔다고 했다. 10년 전 첫 모임을 하던 날, 수민 엄마가 무슨 은행이냐, 지점이었냐 본점이었냐, 창구 업무였냐 사무실 업무였냐 옆 사람 듣기 민망할 정도로 꼬치꼬치 캐물었더랬다. 찬이 엄마는 기업 상대 대출 업무를 담당했다고 큰돈을 만져버릇해 그런가 집안 살림은 성에 안 차 잘 못한다며 빙긋 웃었다. 외고를 나왔고 연대를 나왔단다. 엄마들이 놀라자 쓸쓸하게 웃었다.

"외고 나온 애엄마, 스카이 나온 애엄마, 유학파 애엄마, 삼성 다니던 애엄마…… 널리고 널렸더라고요. 옛날에 어디서 뭘 했는지가 뭐가 중요해요? 지금 다 똑같은 애엄마인데."

찬이 엄마는 찬이 교육에 아주 남달랐다. 쉴 틈 없이 학원을 보내거나 방문교사를 부르거나 학습지를 풀게 하지 않았다. 오히려 키즈클럽 이외에 다른 사교육은 전혀 시키지 않았다. 직접 가르쳤다.

평범한 이야기책부터 과학 동화, 수학 동화, 역사 동화, 경제 동화…… 분야별로 없는 책 없이 집을 채우고도 일주일에 두 번씩 동네 도서관에 갔다. 찬이는 제 엄마와 함께 독서 기록장을 쓰고, 과학 실험을 하고, 박물관과 미술관을 다니고, 신문을 스크랩하고, 그림을 그리고, 수학 원리 보드게임을 하고, 엄마가 직접 만든 연산 문제들을 풀었다.

체구가 작고 조용해서 눈에 띄지 않던 찬이는 학교에 입학하면서부터 도드라졌다. 수학, 영어는 물론 글쓰기, 미술, 줄넘기까지 온갖 교내 대회를 휩쓸었고, 학교 밖의 수학경시 대회와 과학사고력 대회에서 줄줄이 입상했고, 피아노 콩쿠르와 수영 대회에서도 상을 받아 왔다. 교육청 영재원에 선발되었고 학급 임원을 도맡았다.

다들 찬이도 곧 서영동을 떠나겠거니 했는데 의외로 계속 서영초등학교에 다녔다. 찬이 엄마는 찬이 3학년 때 기초연산 과외 강사로 나서더니 4학년 때 연산 클래스와 독서논술 클래스가 있는 학원을 정식으로 개원했고, 5학년 때 영어리딩 클래스를 열고, 최근 대규모 영재원 준비반까지 열며 공격적으로 학원을 키웠다. 15평 오피스텔 한 칸으로 시작한 학원이 단지 내 상가 한 층을 다 쓰는 초등 종합학원이 되었다.

찬이 엄마는 서영동처럼 아이들 공부시키기 좋은 동네가 없다고 닳도록 말했다. 서영동 소재 학교들의 성취도 평가표와 근처 특목고, 자율고, 과학중점고 정보, 공공도서관 무료 프로그램 정보를 학원 입구 게시판에 항상 붙여 놓았다. 상담 온 학부모들에게 인근의 다른 학원을 거리낌 없이 추천하는 것으로 유명했다.

찬이네는 재작년 서영중학교와 가까운 동아1차로 이사했다. 찬이 엄마는 이번에도 말했다. 다른 동네를 왜 가?

서영동처럼 애 공부시키기 좋은 동네가 어딨다고?

"찬이는 강남 쪽으로 갈 줄 알았는데. 서영중 갔을 때 진짜 놀랐잖아요."

"콕 집어 대치동 갈 줄 알았지."

"대치동이요?"

"찬이 외가가 대치동이잖아."

"아, 그래요?"

"어제도 마트에서 찬이 외할머니 만났는데 주중에는 찬이네 살림하시고 주말에는 본가 살림하시고 너무 힘드시대. 그냥 여기로 오시지 그러세요, 그러니까 찬이 외할아버지가 대치동에서 부동산 중개업을 꽤 크게 하셔서 그쪽 살림도 정리할 수가 없다더라고."

"부동산?"

"이쪽 물건도 많이 성사시키셨다고 집 내놓을 거면 얘기하래. 비싸게 팔아주신대."

재작년 동아1차 이사, 친정아버지가 대치동 부동산 중개업 종사, 서영동 사교육 시장에 대한 강한 믿음. 다들 천천히 고개만 주억거릴 뿐 누구도 먼저 말을 하지 못하고 있었다. 그때 민우 엄마가 물었다.

"그 봄날아빠라는 사람 말이에요, 남자일까요?"

"아빠라니까 남자겠거니 했지. 성별 표시 따로 안 되니까 모르지, 뭐."

보라 엄마가 고개를 숙이며 중얼거렸다.

"여자일 수도 있겠네."

3. 동아1차 방향으로 서영역 3번 출구가 생긴다면?

"과장님, 식사하러 안 가세요? 미영 씨는요?"

기전주임 강영식이 오랜만에 점심을 챙겼다. 전기설비 점검과 보수공사, 노후 변압기 교체, 최종 안전 점검까지 정신없는 몇 달이었다. 지난해 여름, 기록적인 불볕더위로 전력 사용량이 폭발하면서 변압기 하나가 멈췄다. 잠깐이지만 102동, 103동, 104동이 정전됐고 관리실로 항의 전화가 빗발쳤다.

영식은 한파가 가시자마자 공사를 서둘렀고 입하(立夏)가 조금 지나 무사히 모든 작업을 마무리할 수 있었다. 정산 자료까지 정리해 넘겼다. 이제 입주 20년 차에 접어드는, 곳곳이 삐걱거리고 덜걱거리고 위태로운 12개 동 1000여 세대 단지가 한 번의 정전 사태 이외에 큰 사고 없이 관리되고 있는 데에는 영식의 공이 크다. 영식은 매일 아침 출근길에 101동부터 112동까지 모든 출입문과 엘리베이터를 확인하고 경비실에 들러 안전 보고를 받은 뒤 전기실과 밸브실까지 살핀다.

미영은 김밥을 사 왔다고 대답했다. 경리 업무는 월말이 가장 바빠 미영은 요즘 매일 김밥이나 샌드위치를 먹으며 일한다. K-아파트의 지지난달 관리비도 입력해야 하고, 더 늦기 전에 외부감사도 의뢰해야 해서 회계법인에 보낼 자료들을 정리하는 중이다. 평소에도 미영은 인터넷 서핑, 커피, 담배, 잡담 등을 전혀 하지 않는다. 근무시간 동안 부지런히 일을 마치고 정시에 퇴근해 관리사무소 건물 1층 어린이집에 다니는 아들을 데리고 귀가한다.

영식은 관리소장, 과장과 함께 11시가 조금 넘어 사무실을 나섰다. 몰려나온 직장인들로 식당이 붐비기 전 맛집에 자리를 잡기 위해서였다. 영식은 새로 오픈한 석쇠 닭

갈빗집으로 일행을 이끌었다.

술도 마시지 않는데 열기 때문에 금세 얼굴이 붉어졌다. 그래도 맛은 좋았다. 관리소장이 한껏 달아오른 얼굴로 고기를 우물거리며 말했다.

"과장님, 우리 단지도 입대의 선거 온라인으로 해볼까봐."

"온라인이요? 워낙 관심들이 없긴 한데 그래도 늘 투표율 과반은 넘잖아요."

"지 혼자 넘었나요? 우리가 목청 터지게 방송하고 투표함 들고 가가호호 문 두드려서 겨우겨우 만드는 거지."

"그러고 보니 임기 얼마나 남았죠? 석 달인가? 진짜 이달에 선관위 선출 공고부터 내야겠네."

선거는 영식과 전혀 상관없는 업무지만 순수하게 궁금해서 물었다.

"근데 투표를 온라인으로 하면 컴퓨터 없는 집은 어떻게 해요? 의외로 컴퓨터 없는 집 많아요."

"휴대폰은 다 있잖아요. 터치만 하면 연결되게 문자로 인터넷 주소를 보내줘요. 그거 눌러서 하라는 대로 따라만 하면 되는 거죠."

"그래도 어르신들은 잘 못하실 텐데."

"아이고 강 주임님, 요즘 어르신들 카톡으로 온갖 문서며 이미지며 동영상까지 척척 잘 보내세요. 하여간 그 카톡이 문제야, 카톡."

그래도 영식이 꺼림칙한 표정을 풀지 않자 소장이 덧붙였다.

"물론 종이 투표도 같이할 거고. 병행해야지, 병행."

관리과장이 갑자기 한숨을 길게 내쉬었다.

"또 출마하시겠죠?"

"안승복 대표? 당연하지."

소장은 입맛을 잃었는지 쩝쩝거리며 젓가락을 테이블에 내려놓았다. 영식이 안승복? 지금 입주자 대표님이요? 하고 물었다.

"그 양반이, 좀, 엄청 쪼아요. 나를 못 믿는 건지 돈을 못 믿는 건지."

"맨날 업체를 바꾸네, 계약을 해지하네, 소송을 하네, 아주 골치가 아파요. 저번에는 관리초소 통폐합하고 경비원을 줄이겠다는 거예요. 그래서 소장님이랑 나랑 요즘 그런 세상 아니다, 경비원 해고했다가는 주민들 항의하고 대자보 붙고 뉴스에 나온다, 엄청 설득했죠. 그래도 소용없더니 그러다 연임 못 하세요, 하니까 바로 접대.”

소장은 주위를 한 번 둘러보더니 목소리를 낮추며 조곤조곤 말했다.

“그래서 온라인 선거를 해보자는 거예요. 내가 서사사 카페에 슬쩍슬쩍 운을 띄우거든? 초등학교 통학로도 아직이고 알뜰장도 부실하고 현대아파트 입주자 대표는 일을 하는 거냐 안 하는 거냐, 그러면 댓글이 쭉 달리는데 불만이 아주 많더라고요. 그 카페 회원들이 아무래도 젊은 사람들이잖아요. 젊은 사람들이 투표를 많이 하게 만들어야 해요, 젊은 사람들이.”

영식은 언젠가 관리사무소 한가운데서 직원들이 다 보고 있는데 소장과 언쟁을 벌이던 안승복의 불그레한 얼굴이 떠올랐다. 환갑이 조금 넘었다고 했다. 새카만 머리칼이야 염색한 거겠지만 피부가 반질반질하고 주름도 별로 없어 50대 초반이라고 해도 믿을 것 같았다. 그리고 며칠 후 영식은 그를 의외의 장소에서 마주쳤다.

같은 단지에서 일한 적 있는 동아1차 기전과장에게 전

화가 왔다. 동아1차도 전기시설 점검과 보수를 하려 한다며 현대 단지 작업을 했던 기사님들에 대해 물었다. 영식은 연락처만 넘기고 말까 하다가 오랜만에 얼굴이나 보려고 조금 일찍 퇴근해 동아1차에 들렀다. 그런데 동아1차 관리사무소에 그 불그레한 얼굴이 있었다. 이번에도 얼굴을 붉히며.

영식은 훤칠한 이마 오른편에 핏대를 불툭 세우고 열심히 항의하고 있는 그를 피해 사무실 안쪽으로 들어갔다. 내가 집집마다 다니면서 서명받겠다는데 그걸 왜 막느냐, 나 혼자 좋자고 하는 일이냐, 하는 목소리가 들렸다. 영식이 무슨 일이냐고 묻자 과장이 콧잔등에 주름을 만들었다.

"블랙컨슈머. 자주 와."

"서명 뭐라고 하던데?"

"서영역 있잖아. 웨딩홀 옆에 동아1차 방향으로 출구를 하나 더 내자는 거야. 지역구 의원이 선거 때 냈던 공약인데 당선되고 입 씻었거든. 의원실이랑 구청에 찾아간다고 오늘 내내 서명을 받으러 다녔나 봐. 인상도 사기꾼 같은 아저씨가 집집마다 벨 누르고 문 열어라, 서명해라, 그러니까 경비실로 관리실로 전화 오고 난리 났지. 하지 마시라고 했더니 이제 여기 와서 저러네.”

영식은 고개를 빠끔 내밀어 얼굴을 다시 한 번 확인했다. 안승복이 확실했다.

“여기 사셔?”

“소유주이긴 한데 거주자는 아니고, 그 집에 딸이 산대. 재작년에 딸 결혼할 때 자기 명의로 사서 내줬다나 봐. 딸네는 무주택자로 지내다가 청약 넣게 한다고.”

“계산기 엄청 두드렸나 보네.”

“물류창고 자리에 도서관 유치하자는 현수막도 자비로 만든 사람이야. 그때도 단지 내에 현수막 걸리면 비용 지불해야 한댔더니 공공 목적으로 다는 건데 왜 돈을 받느냐고 하도 난리를 피워서 결국은 그냥 걸게 해드렸잖아. 312번지 재개발 지구에는 공원 만들어야 한다고 구청, 시청 열심히 쫓아다닌다대?”

도서관 유치 현수막은 현대아파트에도 붙어 있다. 입주자 회의에서 결정한 일이다. 동아1차 관리사무소에서는 저 블랙컨슈머가 현대아파트 입주자 대표라는 것을 모르나? 하긴 현대 관리사무소도 입주자 대표가 동아에서 이러고 다니는지 몰랐으니까. 동네 소문이라는 게 어떤 때는 너무 빠르고 시시콜콜하다 싶다가도 또 어떤 때는 너무 깜깜이다.

다음 날은 안승복이 현대아파트 관리사무소에서 얼굴을 붉히고 있었다. 기계실에 들렀다가 조금 늦게 사무실에 나온 영식이 눈짓으로 무슨 일인지 물었다. 과장은 복화술을 하듯 입을 거의 벌리지 않고 말했다.

"아니 동아1차 방향으로 지하철 출입구 내는 걸 왜 우리 경비들이 다니면서 서명을 받아야 해? 우리는 1번 출구가 이미 가깝게 있잖아요."

"나중에 정치하시려나 봐요."

과장은 고개를 절레절레 저었다.

"재산권 수호. 당신이 평생 성실하게 일군 자산의 가치를 지키기 위해서래요. 입주자 대표도 그래서 하는 거고."

평생 성실하게 일군 자산 가치를 수호하자. 어디서 많이 들어본 주장이다. 어디였더라? 어디였더라? 아!

"과장님, 서사사에 봄날아빠 글 보셨어요?"

과장도 아! 하는 표정이 되었다가 곧 피식 웃었다.

"하는 소리가 진짜 비슷하긴 하네. 서영역 3번 출구, 공공도서관, 공원…… 근데 아니에요. 봄날아빠는 재작년에 동아1차 샀다고 했잖아요."

영식은 전날 동아1차 관리사무소에서 보고 들었던 정보를 전할까 하다가 그냥 입을 다물었다. 안승복은 재작년 동아1차를 매수했다. 결혼하는 딸을 위해. 그리고 동아1차 방향의 지하철 출입구 및 서영동 소재의 공공도서관, 공원 건립을 위해 고군분투하고 있다. 자신의 자산 가치를 지키기 위해.

제　목　9.13 대책이 진짜 말하는 것

게시일　2018. 9. 14. 00:21

작성자　봄날아빠(새싹멤버)

내　용　정확히 넉 달 만에 인사드립니다. 그동안 무탈하셨습니까? 여러모로 유례없이 뜨거운 여름이었습니다. 박원순 서울시장이 느닷없이 여의도·용산 통합개발 계획을 언급하더니 강북의 어느 옥탑방에서 한 달을 사셨죠. 거대한 파도가 마용성, 노도강을 휩쓸고 서영동까지 흘러왔습니다. 10억 언저리던 팰라지움 34평형이 14억이 되었군요. 그래서 이 시세가 거품일까요? 아니면 이제야 제대로 평가받는 걸까요? 정답은 연달아 발표되는 정부의 부동산 정책을 보면 알 수 있습니다. 지난달에는 수도권 공공택지 개발과 규제지역 추가 지정 계획을 내놓더니 오늘은 종부세 강화, 임대 사업자 혜택 축소, 주택 보유자 대출 봉쇄까지 왔네요. 강력 규제가 잇따른다? 절대 안 잡힌다는 뜻입니다. 버블이다, 꺼질 거다, 반토막 된다, 아직도 그러고 계십니까? 잠시 얼어붙을지언정 떨어지지 않습니다. 서울은요, 특히 서영동은요.

용근은 여전히 서영동에 산다. 여름에는 아침, 점심, 저녁으로 사람들이 집을 보러 왔다. 일주일에 오천씩 호가를 올렸다. 한번은 거의 계약까지 갔는데 왠지 손해 보는 기분이 들어 계좌를 알려주지 않고 오천을 더 올렸다. 하지만 곧 시장이 잠잠해졌다. 명절을 앞둔 탓이라고 생각했지만 추석이 지나도 상황은 달라지지 않았다. 이제 아내의 복직은 한 달 앞으로 다가왔고, 동네에도 살림에도 익숙해져야 한다며 장모님이 일주일에 세 번씩 집에 들르고 계시는데 벌써 무릎이 상하셨단다.

아내는 욕심 그만 부리라는데 용근은 도저히 멈출 수가 없다. 8월 말의 실거래 정보를 보면 지금 내놓은 가격에도 거래가 될 것 같다. 분명 한 번도 가져보지 못한 것인데 내 것이었던 것 같다. 빼앗긴 것 같다. 용근은 박탈감에 잠을 이루지 못하고 있다.

찬이 엄마가 야심 차게 오픈한 영재원 준비반의 수강생은 딸랑 셋이다. 그것도 7월 오픈 행사 때 3개월+3개월 특가로 결제한, 그러니까 3개월 원비로 6개월을 수강한 학생들이다. 3학년 한 명은 수·과학 융합 과정에, 4학년 두 명은 과학 과정에 지원해서 결과를 기다리고 있는데 어떤 결과가 나오든 더 이상 학원에 다니지 않을 것이다. 영재원에 합격했으므로, 또 합격하지 못했으므로.

학원 규모가 커질수록 원생은 줄었다. 아니 원생이 줄어들수록 학원 규모를 키웠다. 위기는 기회라고 믿었고, 손님 없는 분식집에 메뉴가 많아지듯 과목과 강좌가 다양해졌다. 수학과 국어와 영어를 다 가르친다니, 말이 좋아 초등 종합학원이지 전문성 없는 동네 보습학원일 뿐이다. 영재원 준비반은 찬이 엄마 최후의 승부수였다. 임대 보증금과 전문 강사 섭외 비용을 충당하기 위해 아파트를 담보로 대출까지 받았다.

하지만 서영동 학부모들은 포트폴리오 관리의 중요성을 알지 못하는 듯했다. 초등학교 때부터 수학올림피아드를 준비하고, 과학토론 대회와 학생탐구 발표에 꾸준히 출전하고, 영재원 코스를 밟는 당연한 노력을 유별나게 여겼다.

아이들이 더 어릴 때는 그렇게 열심히 영어유치원에 보내고 요리 미술이며 과학 실험이며 블록 수업과 창의사고력 수업을 찾아다니던 엄마들이 왜 중요한 순간에 손을 놓아버리는 걸까. 정말 여기까지인 걸까. 찬이 엄마는 진심으로 답답하고 안타깝고 절망스럽다. 학부모들이 조금만 더 관심을 가지면 서영동은 진짜 강남 못지않은 교육 특구가 될 수 있는데.

아들 공부 잘하겠다, 학원 나날이 커지겠다, 찬이 엄마는 걱정이 없겠다고들 주변에서 말하는데 속 모르는 소리다. 학원 운영에 신경 쓰느라 예전처럼 찬이에게 집중하지도 못하고 있다. 찬이 엄마는 요즘 수면유도제 없이는 잠들지 못한다.

현대아파트는 입주자대표회의 선거에 온라인 방식을 도입했다. 세 명의 후보가 출마했고 안승복은 3위로 낙선했다.

서영역 3번 출구 소식은 없고 물류창고 부지는 청년임대아파트 건설이 결정됐다. 안승복은 또 아파트냐고, 무슨 아파트만 이렇게 계속 짓느냐고, 게다가 하필 임대아파트냐고 분노했다. 전보다 열심히 시청, 구청, 의원실, 관리사무소를 찾아다니며 동아1차에서도 현대에서도 블랙컨슈머가 되었다.

*

창 너머로 맞은편 동의 거실 베란다가 보인다. 띄엄띄엄 불 켜진 집이 있다. 이쪽의 상황이 전혀 보이지 않으리라는 것을 알면서도 창 앞으로 가 블라인드를 내린다. 흐릿한 빛조차 흘러들어오지 않는 완전한 어둠. 손으로 창틀과 벽, 책상 모서리를 더듬으며 의자까지 와 앉는다.

노트북을 열고 납작한 전원 버튼을 누른다. 윙. 오래된 노트북의 팬 돌아가는 소리가 요란하다.

c a f e . n a v e r . c o m / s e o s a s a

검지를 세워 자판 하나하나를 신중하게 누른다. 그리고 엔터. 서사사 카페 대문이 열리는 순간 방문도 끼익, 하고 열렸다.

"여깄었어요? 거실에서 테레비 보는 줄 알았는데 없어서 놀랐어요. 여기서 뭐 해요?"

"아, 뭐 좀 검색해볼 게 있어서요. 금방 갈게요."

"요즘 잠도 잘 못 자면서 너무 늦게까지 화면 보고 있지 마요."

"알았어요. 걱정 말아요."

"그러고 보니 왜 불도 안 켜고 있어요?"

딸각, 소리와 함께 형광등이 팟 켜졌다. 갑자기 발가벗겨지는 기분. 펼쳐놓았던 수첩을 재빨리 덮으면서 동시에 몸을 세워 최대한 모니터를 가린다.

"당신 혹시…… 아니에요. 먼저 잘게요."

의문과 불안이 가득 담긴 눈이다. 조용히 살자는, 만족하며 살자는, 괜히 문제 일으키지 말자는 말이 생략되어 있다는 것을 잘 안다. 부부는 너무 다르고 그래서 이제껏 잘 살았는지도 모르겠다. 문이 완전히 닫히고 나서야 노트북 방향으로 자세를 고쳐 앉는다.

작성자 '봄날아빠'의 글을 검색한다. 총 9개의 게시물. 최근 글부터 하나하나 클릭해서 다시 읽어본다. 스크롤을 아주 천천히 내리며 어떤 단어를 선택했고 어떤 조사를 썼고 어떤 문장부호를 찍었는지까지 꼼꼼하게 확인한다. 서영동 부동산 관련 글 4개, 게시예고 글 3개. 7개의 게시물을 읽는 동안 식은땀이 나다 입이 마르다 심장이 빠르게 뛰기도 한다.

다음으로 그 1년 전쯤 작성된 게시물 하나. '오늘 오후 4시경 현대백화점에서'. 제목을 클릭하자 커다란 사진 한

장이 삐걱삐걱 열린다. 삐딱하게 주차 칸 두 자리를 차지한 아우디. 번호판 부분은 슥슥슥슥 거칠게 덧칠해 가렸다. '제발 이런 양아치 같은 짓 하지 맙시다. 다음에 걸리면 번호판 안 가리고 올리겠음.' 피식 헛웃음이 나며 두 볼이 달아오르다 귀, 목까지 열기가 퍼진다. 후우, 하고 호흡을 가다듬듯 길게 한숨을 내뱉고 나서야 겨우 마음이 가라앉는다. 마지막 게시물은 등업요청 글이다.

수첩을 펼친다. 어지럽게 적혀 있는 메모들. '팰라지움 국토부 실거래 12억 8000', '반도부동산 공동대표 김승식, 황민섭', '전체 투표율 54%, 온라인 투표 31%', '상가 3층 임대 매물', '상반기 학폭위 4건-폭행 1, 성희롱 1, 언어폭력 2'.

페이지 하단의 '글쓰기' 버튼을 누른다. 페이지가 바뀌며 스마트에디터 화면이 나타난다. 마우스를 움직여 커서를 제목 칸에 옮겨놓고 검지를 들어 다시 한 글자 한 글자 또박또박 입력한다. 봄 날 아 빠 는 누 구 일 까. 손바닥에 땀이 차 주먹을 쥐었다 펴기를 반복한다.

본문 칸을 빼곡히 채웠을 때 시간은 밤 12시가 넘었다. 이제 '확인' 버튼만 누르면 글이 올라간다. 화살표는 이미

'확인' 버튼 위에 있고 마우스를 쥔 오른손이 부들부들 떨린다.

스노우

정용준

정용준

1981년 광주에서 태어났다. 2009년 《현대문학》 신인 추천으로 등단했고, 소설집 《가나》《우리는 혈육이 아니냐》, 중편소설 《유령》《세계의 호수》, 장편소설 《바벨》《프롬 토니오》《내가 말하고 있잖아》, 동화 《아빠는 일곱 살 때 안 힘들었어요?》가 있다.

1.

눈발이 날리는 2월의 어느 오후. 종묘 해설사 이도는 옷깃을 올려 귀를 가리고 정전을 바라봤다. 보이는 것은 공허와 허공뿐, 정전은 없다. 검게 탄 긴 잿더미 위에 하얗게 잔설이 덮여 있을 뿐이다. 서울 한복판 울창한 숲에 안겨 있던 고요한 세계. 그 신성하고 경건했던 왕들의 안식처는 흔들렸다. 무너졌다. 그리고 불타고 말았다. 나무토막, 기둥 하나 남기지 않고 모조리 재가 된 정전은 이제 교도소

담장 같은 바리케이드에 에워싸여 무덤처럼 방치되고 있다. 문화재청은 관광객들을 위해 정전의 터를 볼 수 있는 작은 창문을 달아 더는 이곳에 없는 종묘를 전시했다. 사람들은 동물원 동물 구경하듯 창문으로 불탄 정전을 봤다. 우울증에 빠져 모로 누워 잠만 자는 늙은 맹수의 등처럼 그곳엔 아무 기운이 없다. 야성도, 영성도, 그 어떤 에너지도 없는 흙무더기일 뿐이다. 파란 모자를 뒤로 돌려 쓴 소년이 사탕을 빨며 불타기 전 정전의 사진과 창문으로 보이는 지금의 정전을 번갈아 본다. 두 이미지 사이에는 겨우 1년의 시차가 있을 뿐이나 소년은 둘 사이에서 어떤 공통점도 찾을 수 없다. 죽은 왕을 모시고 있던 가장 정제되고 장엄한 건축물의 매력도 느낄 수 없다. 이제는 익숙해질 때도 됐는데 새삼스럽게 이도는 화가 나고 또다시 마음이 상했다. 울분이 쌓여 속이 울렁거릴 정도다. 복원할 수 있을까? 이도는 고개를 저었다. 아니. 그럴 수 없을 것이다. 복원할 게 없다. 사라졌잖아. 다 사라지고 말았어. 이도는 머릿속이 텅 빌 때까지 정전이 있었을 허공을 노려봤다.

'서울에 큰 지진이 날 확률이 높나요?'라는 질문에 여러 사람들이 답했다. '일어날 수는 있지만 가능성은 낮죠.' '걱정하지 마세요. 서울의 문제는 지진이 아닙니다.' '한국은 일본처럼 큰 지진이 일어나는 땅이 아닙니다.' 다른 대답도 있었다. '역사적으로 따져보면 종종 일어났어요. 조선 시대 한양에 큰 지진이 있었다는 기록도 있죠.' 그건 맞는 말이다. 《조선왕조실록》과 《승정원일기》에도 지진 기록이 있고 심지어 《삼국사기》에도 언급되어 있다. 물론 큰 지진은 아니었을 것이다. 담장과 성벽이 무너지고 샘물이 넘쳤다는 정도니까. 전문가들도 온갖 통계와 도표를 늘어놓으면서도 결국은 비슷하게 전망했다. '확률은 낮지만 충분히 가능하다.' 그런데 확률이 낮다는 큰 지진이 서울에서 일어나고 말았다.

　서울 지진은 1995년에 발생한 고베 지진과 여러모로 닮았다. 강도는 6.5로 같다. 지진 위험 지대인 활성단층 위에 놓여 있지만 400년 동안 큰 지진이 없어 위기의식이 없었던 것도 같고, 새벽에 발생해 빠르게 대응하기 어려웠던 점도 같다. 깜깜한 새벽 5시 46분에 땅이 갈라졌을 때 고베는 잠들어 있었다. 서울 지진도 깊은 새벽 기습적으로 발생했다. 4시 42분부터 50분까지, 10분도 채 안 되는 짧은 시간 흔들렸을 뿐인데 서울은 쑥대밭이 됐다. 내진설계가 안 된 건물들이 무너졌고 교량들은 뚝뚝 끊어져 강에 떨어졌다. 특히 한강변의 토지는 액상화로 지반이 더 약해져 있었고 피해는 훨씬 컸다. 낡은 가옥들은 모래로 지은 집처럼 부서졌고 촘촘하게 서 있던 아파트들이 도미노처럼 쓰러졌다. 도로가 끊기고 철도는 휘어졌다. 통신이 마비되고 전기와 가스로 인한 화재가 곳곳에서 발생했다. 공황에 빠진 사람들이 거리와 도로에 쏟아져 나와 살려달라 소리치며 공포에 떨었다. 밤에도 빛이 사라지지 않던 아름다운 야경의 도시 서울은 일순간 물에 잠겨 기능을 상실한 수중 사원처럼 암흑에 빠졌다. 소방서와 경찰서 및 재난에 대처하는 거의 모든 기관이 당시엔 아무것도 할 수 없었다. 설령 출동했다 하더라도 뒤엉킨 차량으로 구조대가 어느 곳에도 접근할 수 없었을 것이다. 사상자는 만 명에 이르렀고 피해액은 집계할 수조차 없었다. 고베는 지진 이전의 모습으로 복구되는 데 4년이 걸렸다. 서울은? 모르겠다. 그 후로 봄 여름 가을을 지나 다시 겨울이 되었지만 서울의 상처는 아물지 않았다.

복구는 생존이 달린 문제를 우선순위로 놓고 이루어졌다. 수도, 도로, 통신, 대중교통, 병원, 공공시설 등이 먼저였다. 공공의 영역들이 조금씩 복구되면서 사람들은 각각 자신이 생각하는 중요한 것들을 복구해달라고 목소리를 높이기 시작했다. 광장에서는 연일 각기 다른 계층의 사람들이 각각의 이유로 시위를 벌였다. 손해배상 문제, 사상자들에 대한 관심 및 보상, 빌딩이나 주거 환경 같은 개인재산에 대한 해결책을 마련해달라는 요구도 있었다. 인터넷망의 정상화와 느려터진 와이파이 속도를 개선해달라는 사람도 있었다. 사람들의 표정은 어둡고 딱딱했다. 모두에게 일어난 비극이었지만 내용과 상실의 감각은 제각각이었다. 모두가 소중하고 중요한 것을 한순간에 잃었다. 이도는 그들의 주장과 울부짖음을 불편한 마음으로 지켜보면서도 여전히 마음 깊숙한 곳에서는 오직 한 가지 사실로만 괴로웠다. 종묘가 불탔다는 것.

　알겠다. 가치의 문제는 생존이라는 대의명분 앞에서는 무가치하다. 이도는 새까만 잿더미로 변한 종묘를 참담한 눈으로 바라보며 어금니를 힘주어 다물었다. 시급하게 해결해야 한다. 소리를 높여도 복구대책반 관계자들은 조금만 기다려달라, 는 형식적인 대답만 하고 다른 문제들을 해결하느라 늘 분주했다. 계속 미루고, 미루고, 미루다가, 나중엔 미루겠다는 말조차 하지 않았다. 이도는 틈날 때마다 문화재청을 찾아 관계자들을 만났다. 계속되는 이도의 요구에 차장이 직접 대화에 나서기도 했다. 그는 이도의 말을 듣는 내내 형식적인 슬픔의 빛을 얼굴에 띠고 기계적으로 고개를 끄덕였다.

"압니다. 알아요. 종묘 중요하다는 거 누가 모릅니까?"

"안다고만 하지 마시고 빨리 시작해주세요. 구체적이고 현실적인 복구 계획을 마련해달라고요."

"복구하고 싶죠. 하지만 종묘가 단순한 빌딩 같은 게 아니지 않습니까. 철근 박아 넣고 시멘트 들이부어 함부로 만들 수는 없잖아요. 나무부터 기와 하나까지 전문가들과 하나하나 따져야 하는데 지금 현실적으로 인력도 여유도 없어요."

"그러니까요. 그래서 빨리 팀을 짜서 시작해야 한다는 거예요. 과정도 많고 따져야 할 것도 많으니까 서둘러야 한다고요. 제가 지진 발생 다음 날부터 이러는 게 아니잖아요. 1년이 지났어요. 1년. 종묘가 중요하다고 소중하다고 말씀만 하시지 그 어떤 조치도 취하지 않고 있어요. 바리케이드 두르고 천막만 설치했지 실질적으로 아무것도 안 했잖아요."

"이봐요. 지금 문화재청이 복구해야 할 문화재가 몇 개인지 알아요? 하아…… 알겠어요. 알겠으니까, 기다려봐요."

"태조는 왕이 머물 경복궁을 만들기 전 종묘부터 만들었어요. 종묘는 민족의 혼과 역사 그 자체입니다. 왕들의 영혼이 갈 곳이 없어 잿더미 위를 떠돌고 있어요. 다른 어떤 것보다 중요하단 말입니다."

더는 말하고 싶지 않다고 선을 긋는 차장의 꾹 다문 입술을 보고 이도 역시 입을 다물었다. 문화재청에 근무하는 사람들은 문화재를 복원하고 싶어 하는 사람인지 문화재를 복원하고 싶어 하는 사람을 달래고 싶어 하는 사람인지 도대체 알 수 없다. 차장이 입안에 머금은 채 말하지 않은 말이 귓가에 들리는 것 같았다.

살아 있는 사람도 갈 곳이 없어 난리야. 골치 아프니까 그만해. 애처럼 징징거리지 좀 말고.

'가치?' 가치 없는 단어다. '문화유산을 계승해야 합니다.' 의미 없는 말이고. '영원하다고? 전통이라고? 혼? 민족의 얼?' 웃기는 소리. 차라리 그런 입에 발린 말이라도 안 했으면. 가식적인 슬픔과 껍데기 같은 말들이 가증스럽다. 이도는 속으로 생각했다. 거짓말이다. 사람들은 그것을 소중하게 여기지 않았고 이제 소중한 척하지도 않는다. 그들이 원하는 건 단지 전통을 지키기 위해 노력하는 모습을 보여주는 것일 뿐 그 안에 전통은 없다. 바리케이드 앞에서 무릎을 꿇고 오열하는 노인이 있다. 모래색 바지는 종아리까지 젖어 감색이 되어 있고 낡은 구두엔 진흙이 잔뜩 묻었다. 처음엔 빨리 재건하라고 피켓을 들고 소리치며 시위하는 정도였지만 지금은 체념 속에 그저 주저앉아 있다. 그는 사람들 앞에서 소리 내어 운다. 문화재청 사람들과 관광객들은 그를 안쓰럽게 바라본다. 안타까운 표정으로 우는 소리를 듣는다. 그러나 그뿐. 눈물은 없다.

이도는 저만치 떨어져서 창 앞에 사람들이 모였다가 흩어지는 것을 지켜봤다. 창문 앞에 모여 사진을 찍는 관광객들을 보며 길게 한숨을 내쉬었다. 이도는 안다. 사람들의 무관심은 실로 잔인하지만 그들을 탓할 수 없다는 것을. 캐나다 관광객 중 하나가 오 마이 갓!을 내뱉었다. 그는 선글라스를 벗고 3년 전에 왔을 때는 저런 모습이 아니었다고. 너무 슬프다고 했다. 이도는 해설사로서 사람들에게 종묘를 알리고 설명해줘야 하는 의무가 있지만 의도적으로 피하고 있었다. 종묘는 사라졌는데 불에 타서 연기가 되었는데 무슨 수로 설명하나. 유실된 유산에 대해 뭐라고 말해야 한단 말인가. 지금 이 순간에도 종묘의 역사를 눈 감고도 줄줄 외울 수 있지만 그런 기계적인 말조차 하고 싶지 않았다. 외면하고 돌아서려는 이도의 눈에 햇빛을 등진 키 작은 남자의 실루엣이 보였다. 야간 경비원 서유성이었다. 그는 관광객들에게 친절한 표정으로 말을 걸며 종묘에 대해 말하기 시작했다. 원래는 이도가 했었어야 할 해설뿐만 아니라 서유성 자신의 개인적 감정과 감상까지 곁들였다. 풍부한 제스처와 약간의 연기까지 보여주는 서유성은 마치 1인극을 하는 배우처럼 보였다.

"종묘는 왕과 왕비의 신주를 모신 사당입니다. 세계문화유산으로도 지정되어 있을 정도로 중요하고 아름다운 곳이죠. 신위가 늘어날 때마다 신실을 증축하여 단일 건물로는 세계에서 가장 긴 건물 중 하나입니다. 정전 앞에 서면 지붕 길이만 100미터인 압도적인 모습에 숨이 막히는 경험을 할 수 있답니다. 자 모두 상상해보세요. 도심 한복판, 시간을 초월한 이질적인 세상을요. 정전에는 총 신실 열아홉 칸에 49위의 신주가 있습니다. 왕과 왕비는 신실 하나를 쓰는데요. 쉽게 말하면 열아홉 개의 방에 왕과 왕비가 함께 머물며 쉬고 있는 겁니다. 음, 로맨틱하지 않습니까?"

서유성은 잠시 말을 멈춘 뒤 묘한 미소를 지으며 정전의 터를 바라봤다.

"정전은 신성합니다. 묵묵하고 단정하죠. 화려한 단청 하나 없이 고상한 외양을 갖고 있답니다. 지붕 아래 공간을 월랑이라고 하는데요. 깊은 그늘이 드리워져 왕과 왕후들은 고요하게 휴식을 취하게 됩니다. 여러분. 혼은 정말 있습니다. 편안히 쉴 뿐만 아니라 움직이기도 하는데요. 그래서 문을 살짝 열어둬요. 자유롭게 드나들 수 있도록 말이죠. 어쩌면 지금 우리 곁에 그들의 혼이 함께 있는지도 모르죠. 자, 느껴지시나요?"

서유성은 관광객들의 어깨 너머를 의미심장한 눈으로

바라봤다. 사람들은 흥미로운 얼굴로 뒤를 돌아보며 주위를 두리번거렸다.

"신실의 문이 열리는 것은 1년에 한 번, 제향 의식이 있을 때입니다. 이걸 종묘제례라고 하는데 제사를 드리고 제례악을 연주하죠. 매년 5월 첫째 일요일에 봉행돼요. 아! 퀴즈 하나 내겠습니다. 종묘제례악은 누가 작곡했을까요?"

외국인들은 멍하게 웃고만 있고 학생들은 그걸 내가 어떻게 알겠냐는 얼굴로 서로의 어깨를 떠밀었다. 손을 번쩍 들고 '안익태'라고 외친 청년도 있었다. 서유성은 팔을 앞으로 쭉 펴고 손가락 하나를 들어 어딘가를 가리켰다. 자연스럽게 사람들은 고개를 돌렸다. 그곳엔 이도가 서 있었다. 그는 당황한 표정으로 어색하게 웃으며 손을 들어 흔들었다. 서유성이 말했다.

"세종대왕이십니다. 여러분 혹시 세종의 이름을 아십니까?"

안익태, 라고 소리쳤던 청년은 다시 손을 들고 당당하게 세종! 이라고 외쳤다. 서유성은 냉정하게 고개를 저었다.

"세종이 아닙니다. 이름은 따로 있어요. 바로 저기 서 계시는 종묘 해설사님과 같아요. 이(李) 자. 도(裪) 자. 지금이야 이렇게 아무렇지도 않게 부르지만 옛날엔 왕의 이름을 부르면 큰일 났습니다. 거룩하고 존엄하기에 함부로 부를 수 없었어요. 그래서 이름 거명을 어렵게 하기 위해 잘 쓰지 않는 이름을 골라 외자로 지었어요. 참고로 연산군은 이융. 영조는 이금이었어요. 정조는 이산이죠. 왕의 이름을 실수로 발음했다고 귀양을 간 신하도 있었다고 하니 여러분들은 실수로라도 해설사님의 이름을 부르지 마세요."

사람들은 웃었다. 이도는 억지웃음을 지으며 보란 듯 왼쪽 가슴을 내밀어 명찰을 보인 뒤 그들을 향해 가볍게 고개를 숙였다.

2.

이도와 서유성은 종로의 한 음식점에 들어갔다. 포장마차처럼 천막을 치고 임시로 영업하는 가게는 지진 이전에는 오랫동안 맛집으로 유명한 곳이었다. 건물이 무너지고 장사를 못 하다가 플라스틱 테이블과 간이 의자를 놓고 영업을 재개한 것이다. 둘은 동태찌개와 부추전을 놓고 소주를 마셨다. 이도는 서유성을 봤다. 그는 반찬으로 나온 삶은 고구마의 껍질을 깐 뒤 일부를 잘라 입에 넣었다. 오물오물 씹으며 맛있다고 웅얼거리며 웃었다. 웃을 때 앞니 사이가 살짝 벌어져 있어 얼핏 보면 둔해 보이는 사람. 하지만 생각에 잠길 때면 혀끝으로 그 틈을 조심스럽게 매만지는 게 무척 신중해 보인다. 상대방의 마음을 부드럽게 만드는 독특한 표정은 아마 그로 인해 만들어졌을 것이다. 이도가 말했다.

"유성 씨. 어떻게 그런 식으로 말할 수 있어요? 그렇게 말하는 거 좀 그렇지 않나?"

"무슨 말씀이신지……. 아, 불쾌하셨어요? 이름으로 아이스브레이크하는 건 선배 오프닝 단골 멘트잖아요."

그게 아니라, 이도는 인상을 찌푸리며 말했다.

"뭘 그렇게까지 애쓰냐는 말이야. 상황이 그렇잖아요. 종묘가 불에 탔는데 마치 아무 일도 없었던 것처럼 웃으면서 그렇게까지 자세하게 설명하는 게……. 유성 씨 그럴 필요 없어요. 불타고 1년이 지났는데도 복구는커녕 관심도 없잖아.”

“관심이 왜 없어요? 외국인들도 서울 다시 찾기 시작했고 종묘 관람객도 조금씩 늘고 있어요.”

이도는 한심하다는 듯 과장되게 웃었다.

“난 유성 씨 매사에 적극적이고 긍정적인 거 좋아요. 좋아. 좋은데. 이건 아닌 것 같아. 이제 인정해야지. 받아들여야 한다고. 없는 것을 있는 것처럼 말해선 곤란하다는 말이에요. 그건 너무 감상적이고 지나친 정신승리 아닌가?”

이도는 말끝을 흐리며 중얼거렸다. 순진한 건지, 천진한 건지. 서유성은 희미하게 웃으며 잔을 들어 이도의 잔에 부딪쳤다. 짠, 하는 소리가 유독 영롱하게 울려 퍼졌다.

“종묘가 이런 일 겪는 게 처음은 아니잖아요. 불에 타기도 했고 뺏기기도 했고 그 과정 중에 신주가 땅에 묻히기까지 했지만 어쨌든 여기까지 왔어요. 기억하는 이들이 있고 중요하게 여기는 이들이 있는 한 어쨌든 복구될 거고 다음 세대로 전승되겠죠. 선배, 전 복잡하게 생각 안 해요. 그때까지 우린 우리 일 하면 돼요. 난 지키고 선배는 알리고.”

"그런 뻔한 말 하자는 게 아니잖아요. 알릴 게 없는데 뭘 알려. 나도 해설하고 싶어. 하지만 봐. 다 사라졌잖아요. 나만 그래요? 서무도 사직단도 외국어 해설사들까지 모두 사무실에 틀어박혀 서류 작업만 하고 있잖아. 우리끼리 말이지만 그거 아무 의미 없는 거 알잖아. 그냥 행정을 위한 행정일 뿐이야. 이게 현실이라고. 유성 씨가 백날 사람들 앞에서 영혼이니 역사니 떠들어도, 없다고. 없어. 알겠어요?"

둘은 한동안 아무 말도 하지 않았다. 각자의 잔에 술을 따라 조용히 마실 뿐이었다. 침묵 속에 서울의 소음이 파고들었다. 1년 내내 서울은 공사 중이다. 어디를 가도 굴삭기가 땅을 파는 소리가 들린다. 이도는 그 소리가 신경을 마비시키는 마취제처럼 느껴졌다. 이 소리를 듣고 마비될 존재가 자신뿐만은 아닐 것이라는 상상은 이도를 괴롭게 했다.

"지겨워. 저 땅 파는 소리. 신들에게는 쉴 곳이 있어야해. 어둠과 고요가 필요하다고. 저런 바리케이드 같은 게아니라."

"선배. 재미있네요. 언제는 빨리 복구해달라고 하더니……. 뭐, 종묘 복구할 땐 소리가 안 나나요?"

할 말이 없어진 이도는 고개를 숙이고 말없이 숟가락으로 국물을 떠먹었다. 서유성은 뜨거운 국을 후후 불다가 안경알에 하얗게 김이 서리자 티슈를 뽑아 조심스럽게 안경알을 닦아냈다. 미세하게 뒤틀린 안경의 한쪽 다리를 이리저리 힘을 주며 교정했다. 그러나 아무리 만져도 아무리 애를 써도 정확하게 균형은 맞질 않았다. 흠, 서유성은 시큰둥한 표정으로 안경을 바라보다가 뭐 어쩔 수 없다는 듯 다시 썼다. 삐딱하게 어긋난 안경을 쓴 서유성은 속 좋은 멍청이 같았다. 이도는 서유성의 안경이 왜 휘어졌는지 알았다.

흔들리던 땅이 멈추고 잠깐의 끔찍한 침묵이 흘렀다. 이윽고 사이렌 소리와 사람들의 비명이 들리기 시작했고 세상은 암흑 속에 떨어졌다. 그 새벽. 책상 밑에 숨어 웅크리고 벌벌 떨던 이도는 정신을 차리자마자 비상 랜턴을 손에 쥐고 이화동 집에서부터 종묘까지 무작정 뛰기 시작했다. 영하 15도에 이르는 차가운 날씨에 머리가 날릴 정도로 바람이 강했다. 건물이 무너졌고 벽과 길이 갈라졌다. 곳곳에서 전기와 가스로 인한 불이 났다. 차들이 장난감처럼 뒤엉켜 있었고 어디에서 울리는지 끊임없이 경적이 울렸다. 공황에 빠진 사람들이 거리에 몰려나왔고 돌무더기 속에선 우는 소리와 살려달라는 비명이 울렸다. 곳곳에서 불길이 피어올랐고 폭죽이 터지듯 사방에서 폭발음이 들렸다. 이도는 두려웠다. 그러나 종묘에 대한 걱정이 두려움조차 짓눌렀다. 물론 종묘는 문제가 없을 것이다. 화재를 비롯한 방재, 방범에 대비한 완벽한 프로세스가 있다. 해마다 모의 훈련을 하고 있고 대비도 철저하다. 종묘의 건물들은 화재에 강한 소방 목재로 지어져 있고 불꽃 감지기가 작은 불에도 신속하게 반응한다. 초동 진화를 위해 접근성이 좋은 이동 살수차와 10미터 이상의 강력한 물줄기를 뿜어대는 소화전도 열두 곳에 배치되어 있다. 숭례문을 잿더미로 만든 노인도 원래 종묘에 불을 지르려다 보안이 너무 철저해서 포기했다고 할 정도로 종묘는 다른 문화재에 비해 안전하다. 괜찮아. 괜찮아. 주문처럼 그 말을 입에 달며 뛰고 뛰어 겨우 입구에 도착했을 때 밝아진 하늘을 보고 이도는 착각했다. 벌써 아침이? 그 순간 차가운 바람에 실린 화기가 얼굴에 뜨겁게 느껴졌고 이도는 제자리에 우뚝 멈춰 서고 말았다. 어쩌면 이도는 죽는 그 순간까지 그때의 충격과 떨림을 잊을 수 없을 것이다. 나무가타는 냄새. 불길한 그림자처럼 하늘을 뒤덮던 연기. 불타고 부서지던 소리. 여진과 함께 땅속 깊은 곳에서 느껴지던 소름 끼치는 진동. 관리소에 도착했을 땐 숲과 건물들이 거대한 불길에 휘감겨 있었다. 물기 하나 없이 바짝 말라붙은 겨울나무들은 불을 이겨낼 힘이 전혀 없었다. 하늘을 향해 사납게 춤추는 불꽃이 어떤 가능성도 남겨두지 않겠다는 듯 광포하게 일렁거렸다. 그때 향대청 앞에 쓰러져 울고 있는 작은 그림자를 발견했다. 서유성이었다. 신주가 담긴 커다란 자루를 꺼안고 얼굴은 재와 땀으로 얼룩진 채 한쪽 다리가 휘어진 안경을 비스듬히 코에 걸고 있었다.

　"유성 씨. 안경 좀 새로 해요."

　"사주시고 그런 말 하세요."

　"사줄게."

　서유성은 동태살을 입에 넣다 말고 이도를 봤다. 힘들고 지친 눈으로 자신을 빤히 보고 있는 얼굴은 마치 눈코

입이 어긋난 녹아가는 눈사람 같았다. 서유성은 입꼬리를 당겨 억지로 웃어 보였다.

"선배. 화나요?"

이도는 대답 없이 당근을 베어 물었다. 서유성은 이도의 잔에 소주를 따르며 말을 이었다.

"그리스로 답사를 간 적이 있었어요. 세계문화유산 관련해 글로벌 교류니 뭐니 잠깐 사학과에 정부의 지원이 있었을 때였죠. 별건 없었어요. 보름쯤 머무는 동안 아테네 대학 건축공학과와 세미나 몇 번 하고 산학협력이라는 명분하에 정체불명의 설명회 비슷한 것도 했죠. 하지만 대부분은 유적지를 탐방했어요. 그때 그리스 학생과 교수의 싸움이 기억나네요. 학생 이름은 아도니스였고 교수는 치프라스였나. 치라프스였나. 헷갈리네요. 암튼 교수가 얼굴 절반을 덮은 흰 수염을 쓰다듬으며 델포이 유적 앞에 서서 한국 학생들에게 설명을 했어요. 선배. 델포이 가봤어요?"

이도는 고개를 흔들며 어깨를 살짝 들었다 내렸다.

"암튼, 거기 진짜 골 때려요. 아폴론의 신전이 있다는 곳이에요. 신전으로 들어가는 입구에는 수없이 많은 보물

창고가 있었고 그 안에는 금은보화가 넘쳐 났었다는데 지금은 아무것도 없어요. 말 그대로 그냥 폐허. 원형은 찾을 수도 없고 신전 기둥으로 보이는 바위 몇 개가 바닥에 뒹굴고 있는 게 끝이거든요. 그런데도 교수는 자랑스러운 얼굴로 한 시간 넘게 설명하더군요. 기둥 하나를 묘사하면서 혼자 상상의 나래를 펼치면서 보이지도 않는데 마치 보이는 것처럼 하나씩 하나씩 이야기하는데 처음에는 보고 있기가 좀 민망했지만 계속 그리스의 영광과 위대함을 강조하는 그 확신에 찬 표정. 그리고 연극적인 제스처 때문인지 빠져들게 되더라고요."

서유성은 물을 한 잔 마시고 의자를 당겨 자세를 고쳤다.

"그런데 그때 아도니스라는 학생이 손을 번쩍 들더니 외치는 겁니다. 헛소리! 그리스의 영광? 그런데 지금은 왜 이렇게 됐을까? 제가 그리스어를 몰라서 통역을 통해 들은 말을 대충 요약하면 이래요. 그리스는 위대하지 않다는 겁니다. 이젠 신화보다는 경제파탄국 이미지가 더 큰데 언제까지 무덤과 시체만 팔며 살아야 하냐고 화를 내더군요. 위대하다고? 그리스는 유럽에서 배척하고 어디를 가도

홀대를 당하는 비참한 나라다. 돈이 없어 국유지의 3분의 1가량이 매물로 나와 있고 임금이 체불된 버스 운전사들이 파업하고 대중교통이 마비됐다. 경찰이나 의사도 봉급을 줄 수 없어 범죄와 말라리아가 증가하고 있고 현물이나 금전을 대가로 성행위가 이뤄지며 자연스럽게 생계형 매춘도 이루어지고 있는 비참한 실정이다. 배낭여행하는 학생들은 절대로 자신이 그리스인이라고 밝히지 않는다. 왜냐고? 부끄러우니까. 이렇게 막 따지면서 화를 내더군요. 선배가 만약 교수라면 뭐라고 대답했을 것 같아요?"

이도는 소주를 입에 머금고 인상을 찌푸린 채 한참 생각했다. 일단 무덤과 시체를 팔아 산다는 표현이 몹시 거슬렸다. 하지만 틀린 말이 아니기에 뭐라고 반박할 말은 떠오르지 않았다. 서유성은 남은 고구마를 티슈에 말아 주머니에 넣으며 말했다.

"그 사건은 답사 내내 저를 고민에 빠트렸어요. 특히 지금처럼 역사학에 대한 관심과 가치가 떨어진 시대에 이걸 공부하겠다는 의미와 마음에 대해 생각했죠. 아니, 생각하지 않을 수가 없었어요. 사학과 학생들은 다 느낄걸요? 역사학과 다닙니다, 하면 사람들 반응이 거의 비슷해요.

아…… 하고 어색하게 웃은 다음에 아무 말도 안 해요. 그런데요, 선배. 그때나 지금이나 전 그런 말 신경 안 써요. 누가 뭐래도 난 좋았거든요. 옛날이야기 듣는 것도, 남들이 잘 모르는 왕들의 이야기와 온갖 사건과 사고들을 알게 되는 것도 좋았어요. 제겐 오래전에 일어났던 일이 지금의 현실보다 훨씬 재미있고 중요해요. 역사학과 가는 게 꿈이었고 이렇게 종묘를 지키는 이 일도 좋아요. 전 이 삶이 정말로 만족스러워요."

서유성의 얼굴 위에 내내 번져 있던 멍한 웃음이 서서히 사라져갔다. 눈동자에 서려 있던 빛이 꺼져가는 것도 보였다. 이도는 '정말로 만족스럽다'는 서유성의 말에서 체념과 슬픔을 읽어냈다. 무엇보다 슬픈 건 그의 말이 자기합리화나 정신승리하려고 한 말이 아니라 진심이라는 점이었다. 그게 느껴졌다. 그게 너무도 슬프게 느껴졌다.

"그래서 하고 싶은 말이 뭔가요?"

"아니요. 하고 싶은 말이 있는 것은 아닙니다. 그냥 선배 마음 알겠다고요. 제 마음도 크게 다르지 않고요. 아도니스 말이 맞는지 치프라스 말이 맞는지 따져보겠다는 것도 아니고. 아니, 따질 수 없다는 말을 하고 싶었어요. 다

각자 생각이 다르니까. 그러니까 사람들이 그렇게 생각하는 거. 우리만큼 관심 갖지 않는 거. 너무 신경 쓰지 마세요. 전 믿으려고요. 모두 슬퍼하고 있다고. 애쓰고 있다고. 이렇게 믿으려고요. 우리만 신경 쓰는 것 같고, 어느 정도는 그 말이 맞지만 그래도 그냥 그렇게 믿기로 했어요. 그러니 마음이 편해졌어요. 선배도 그만 화내세요. 선배가 멋지게 해설했던 때가 그리워요."

둘은 종로의 밤거리를 걸었다. 바람 한 점 불지 않는 겨울밤은 봄밤이라 느껴질 정도로 포근했다. 길가에 포클레인과 굴삭기가 엔진이 꺼진 채 주차되어 있었다. 평소 같았으면 불을 밝히고 새벽까지 복구 작업으로 시끄러웠을 텐데 오늘은 마치 다들 집에 일찍 들어가야 하는 중요한 일이라도 있는 것처럼 조용했다. 서유성이 말했다.

"고요한 밤이네요. 얼마 만인지 모르겠어요."

"그러네요. 종묘 근처는 해만 지면 너무 조용해서 쓸쓸할 정도였는데. 적적한 그 느낌이 이렇게 그리울 줄이야."

창덕궁 삼거리 앞에서 이도는 걸음을 멈추고 머리를 북쪽으로 향하고 한참 서 있더니 말했다.

"그날 바람이 북서풍이 아니라 남동풍이었으면 종묘가 아니라 창덕궁이 사라졌겠죠?"

"그랬겠죠. 불행이라고 해야 할까요. 다행이라고 해야 할까요."

이도는 그날을 떠올렸다. 그 차가운 바람이 실어 날랐을 엄청난 불과 연기. 불은 정전을 기준으로 11시 방향인 영녕전 오른쪽에 있는 화장실에서 시작됐다. 작은 불이었을 것이다. 불꽃 감지기는 작동했을 것이고 평소 같았으면 매뉴얼대로 바로 잡을 수 있었겠지만 그날은 그럴 수 없었다. 불이 났다고 사방에서 경고음이 울리고 또 울렸지만 아무도 누구도 그곳으로 달려올 수 없었던 그 순간을 생각하면 마음이 찢어질 듯 아프다. 불은 거센 북서풍을 업고 커지고 커져 종묘 전체로 번져나갔다. 정전을 태우고 공신당과 재궁과 향대청까지 태운 뒤 관리소 앞인 향대청 앞에서 멈췄다. 굳이 다행스러운 점을 찾자면 악공처와 전사청이 타지 않았다는 정도. 창덕궁이 무사한 게 다행이라고? 종묘를 잃은 상황에 다행스러운 일이라니 그런 건 없다. 이도는 길게 숨을 내쉬었다. 하얀 입김이 나타났다가 이내 사라졌다. 서유성은 이도의 어깨를 툭 만지고 오른쪽으로 방향을 틀었다.

"조심히 들어가세요. 전 일하러 갑니다."

이도는 집 쪽으로 가지 않고 서유성을 따라 걸음을 옮겼다.

"같이 걸읍시다. 술 깰 겸. 집에 가도 딱히 할 것도 없고."

3.

서유성은 관리실에 들어가 옷을 갈아입고 야간 순찰을 시작했다. 왼손엔 순찰일지를 오른손엔 랜턴을 들고 정문에서 출발해 망묘루, 향대청, 악공청, 정전을 지나 영녕정, 제정까지 크게 한 바퀴 도는 것이다. 이도는 서유성에게서 몇 걸음 뒤처져 뒷짐을 지고 느리게 걸으며 어둠에 잠긴 종묘를 둘러봤다. 누가 그랬나. 밤은 초라한 것을 가려주는 아름다운 옷이라고. 이렇게 밤의 시간에 잠긴 종묘는 고요하고 아늑했다. 숲속에서 짐승의 소리가 들리고 짙푸른 밤하늘을 가로질러 새가 날았다. 마치 아무 일도 일어나지 않았던 것처럼. 오늘이 아닌 어제처럼, 현재가 아닌 옛날처럼, 아니 어쩌면 시간을 초월한 영원처럼 종묘는 여전히 기묘한 기운을 품고 있었다. 이도는 마음 깊숙한 곳이 뻐근해지는 것을 느끼고 헛기침을 했다. 서유성은 쭈그리고 앉아 어긋난 신로의 길을 바로잡았다. 신들이 밟는 길. 왕조차 발을 디딜 수 없는 신성한 돌길이 지진으로 어지럽게 뒤틀렸다. 서유성은 순찰을 돌 때마다 헐거워진 돌을 땅에 단단하게 박아 넣었다. 이도가 말했다.

"유성 씨야말로 할 일이 없어진 거 아니야? 경비를 서야 하는데 지킬 종묘가 사라졌잖아."

"그런가요?"

서유성은 끙, 소리를 내며 허리를 펴고 스트레칭을 했다. 그리고 한참 신로를 바라봤다.

"음, 지킬 것은 없지만 돌볼 것은 있잖아요. 전 밤마다 돌아다니면서 계속 그들에게 말을 걸어요. 여기 있다는 것을 안다고. 기다려달라고. 그렇게 말해요. 어딘가를 맴돌고 있다는 것을 알아요…… 영혼들이."

서유성은 잠시 말을 멈췄다가 평소보다 더 또박또박한 발음으로 '영혼'이라고 말했다. 이도는 그 말이 간지러워

농담으로 희석시키고 싶었지만 서유성의 음성에 실린 감정이 너무 진지해 아무 말도 하지 않았다.

　둘은 정전 앞에 섰다. 쓸쓸하게 번졌던 파문 같은 웃음이 찰나에 사라지고 두 남자 사이에 무거운 침묵이 흘렀다. 무덤처럼 잠잠하고, 무덤처럼 무섭고, 무덤처럼 덧없는 고요가 허공을 휘돌고 있었고 불타고 남은 까만 그림자가 어둠보다 더 어둡게 누워 있었다. 이도는 그을린 나무 냄새가 발바닥을 타고 올라오는 것 같은 기분에 발가락에 힘을 줬다. 시간이 흘러도, 계절이 바뀌어도, 삶의 감각이 좋은 쪽으로 옮겨져도, 불탄 정전과 흐트러져 엉망이 된 신로는 좌뇌와 우뇌를 가르는 투박한 길이 되어 이도의 머릿속에 아프게 박혀 있었다. 사실 서울 지진 이전에 이도는 매너리즘과 허무에 시달리고 있었다. 매일 반복되는 일상과 셀 수 없이 되풀이하는 해석과 설명에 지쳤고 무례하고 지겨운 사람들에 시달렸다. 말이 통하지 않고 고집만 센 노인들을 상대하고 담배 피우는 사람들과 싸우고 신로를 밟는 무뢰한들에게 왜 신로를 밟으면 안 되는지 설명하는 일. 노숙자들을 정문 밖으로 돌려보내고 이유는 모르겠지만 몹시 화가 난 자들의 하소연을 들어주는 일. 해설을 들어주지 않는 청년들과 정전 앞에서 소리를 지르며 잡기놀이를 하는 아이들을 멍하게 바라봐야 할 땐 이 일에 대한 자부심은 회의감으로 바뀌었다. 이도는 일을 시작한 첫해 눈 내린 정전 앞에 섰던 날을 기억했다. 하얗게 변한 정전의 모습은 그 자체로 예술이었다. 완벽했고 완전했고 무결했다. 이도는 멍하게 입을 벌리고 서서 압도적인 풍경 앞에서 까닭 모를 눈물을 흘렸다. 벅차고 벅차 어찌할 수 없는 감정 속에 휘말리던 기이한 기분. 그 느낌은 마치 밤하늘의 별을 보고 처음으로 우주와 광대함을 감각한 어린아이의 탄성과 슬픔 같은 것이었다. 그때 이도는 영원과 가치, 숭고함에 대해 생각했고 내가 맡은 이 일이 얼마나 중요한 사명인지 마음에 새기고 또 새겼다. 그러나 세월이 흐르는 동안 그 감정과 감각은 둔해졌고 정전의 감동과 가치 같은 것들이 다 덧없게만 느껴졌다. 그러나 막상 종묘를 잃고 보니 이도는 자신의 일부가, 아니 세상의 한쪽이 완전히 뜯겨나간 것 같은 끔찍한 기분을 느꼈다. 텅 빈 마음에 후회와 죄책감이 메아리처럼 텅텅 울려댔다. 이도는 생각했다. 외국인들이 온갖 언어로 종묘 앞에서 감탄하는 말을 듣는 것이 좋았구나. 사진을 찍고 허공을 만지고 입을 벌리고 눈을 감고 그 앞에서 뭔가를 느껴보려 애쓰는 사람들을 지켜보는 것이 좋았구나. 손을 잡고 느리게 걷는 연인들. 지팡이를 짚고 말없이 한 발 한 발 걸어 정전 앞에 서는 노인의 뒷모습이 아름다웠구나. 그들의 반짝이는 눈동자. 그때 부는 바람과 그때 내리는 비와 눈이 정말로 근사한 것이었구나. 그러나 사라졌다. 종묘는 무너졌고 정전은 불타 재만 남아 이제는 흙과 눈이 덮였다.

"유성 씨. 나는……. 그냥 미안해. 그래서 화가 나. 미안 해서. 차라리 누가 불을 질렀다면 이렇게 괴롭진 않을 것 같아. 아니. 내 실수로 뭔가 망가졌다면 그게 더 나을 것 같아. 탓할 게 없다는 것. 책임질 이가 없다는 점이 너무 괴로워. 그저 운명이니 자연의 섭리니 이렇게 모호하게 받 아들여야 하는 게 화가 나. 답답하고. 유성 씨…… 진짜 복 구되겠지?"

서유성은 랜턴을 끄고 쭈그리고 앉아 질문과 상관없는 대답을 했다.

"난 종묘라고 말하는 게 좋아요. '종'이라고 말할 때 피리처럼 오므리는 입술과 '묘'라고 하면서 끝나는 여운도 좋아요. 고양이 발걸음처럼 소리도 흔적도 없는 말 같거든요. 전 저보다, 지금 살아 있는 것보다, 오래전에 존재했던 그리고 지금도 존재하는 것들이 좋아요. 멋있어요. 근사하고."

어? 그 순간 이도는 뭔가를 발견하고 뒷걸음쳤다. 정전의 어둠 한가운데 희미한 흰빛이 보였다. 입김처럼 보이기도 하고 하얀 유령처럼 보이기도 한 그것은 그림자 속에서 누워 있다가 일어났다. 이도는 그것을 손가락으로 가리키며 더듬거리며 말했다.

"보, 보여?"

이도는 고개를 돌려 서유성을 바라봤다. 서유성은 이도가 가리키는 곳을 똑바로 바라보며 고개를 끄덕였다.

"정말 저게 보여?"

"네."

이도는 작게 속삭였다.

"뭐지? ……유령인가?"

서유성은 입술에 손가락을 대고 이도에게 조용히 하라는 신호를 보냈다. 이도는 입술을 꾹 다물었다. 심장이 빠르게 뛰었고 뒷덜미의 솜털이 일어설 정도로 무서웠다. 서유성은 조심스럽게 주머니에서 뭔가를 꺼냈다. 그것은 식당에서 따로 챙겨뒀던 고구마였다.

"고양이에요."

"뭐?"

"고양이요. 놀라지 말고 잘 봐요."

정말이었다. 온몸의 털이 하얀 고양이 한 마리가 꼼짝도 하지 않고 정전 한가운데 앉아 있었다.

"스노우. 쟤 이름이에요. 눈덩이처럼 하얘서 내가 지어줬어요. 예쁘죠?"

이도는 그게 무슨 말이냐고 묻는 듯한 눈으로 서유성을 봤다.

"처음 스노우를 발견했을 때 얼마나 놀랐는지 몰라요. 선배는 그래도 지금 저와 함께 있잖아요. 혼자 있을 때 저걸 봤는데 정말 혼령이나 귀신 같은 것인가 싶어서 다리가 덜덜 떨리더군요. 도망가야 하나? 아니면 절이라도 해야 하나? 이러지도 저러지도 못한 채 랜턴을 비춰봤는데 불빛에 반사되는 눈동자 두 개가 보이더라고요. 벌써 석 달쯤 됐네요. 아마 근처를 돌아다니는 길냥이 같은데 어떻게 종묘까지 들어왔는지…… 더 이상한 건 밤만 되면 정전에 저렇게 앉아 있어요."

"그런데 유성 씨. 정전에 고양이가 앉아 있어도 돼?"

"그러니까요…… 안 될까요?"

"안 되는 건 아니지만…… 왕이 쉬는 곳에 고양이가 저렇게 있으면."

이도는 명확한 이유를 대지 못해 머뭇거렸다.

"처음엔 저도 엄청 고민되더라고요. 뭔가 불경해 보이고 그대로 두면 안 될 것 같고. 그런데 모르겠어요. 계속 밤에 만나니까 뭐랄까……. 스노우의 마음을 생각해봤어요."

서유성은 잠시 말을 멈추고 물끄러미 스노우를 바라봤다. 서유성의 입가에 부드럽게 미소가 걸렸다.

"도대체 왜 오는 걸까? 선배도 생각해보세요. 도무지 마땅한 이유가 없어요. 숨을 곳도 없고 먹이도 없고. 같이 노는 친구들도 없고. 계속 생각하다 보니 이런 생각이 들더군요. 어쩌면 나랑 비슷한 마음 아닐까? 신들을 돌보고 지켜주고 싶은. 아니면 신들이 스노우를 돌봐주고 있을 수도 있고. 어쩌면 양쪽 모두 서로를 돌보고 지켜주고 있는

지도 모르고.”

돌봐주고 있다고? 서로가? 이도는 서유성의 말이 어이가 없었지만 그렇게 말하는 서유성의 진지한 말투가 어째서인지 재미있어서 자꾸 웃음이 났다.

“그런 생각들로 혼란스러웠는데 자꾸 보니 정이 들어 밥까지 챙겨주게 됐어요. 잘 먹더라고요. 그래서 계속 주다 보니까 부를 이름도 필요해서 스노우라고 이름까지 지어주고 뭐, 그렇게 됐어요. 그런데 절대 가까이 다가오지는 않아요. 뭔가 격조가 있는 고양이랄까요. 경계하지도 않고, 놀라지도 않고, 그렇다고 위협하지도 않고 그냥 무심히 나를 보고 있어요.”

서유성은 고구마와 사료를 꺼내 은은한 빛이 도는 정전 앞 하얀 그릇에 음식을 담고 조심조심 뒷걸음으로 제자리로 돌아왔다.

“뭐야? 밥그릇이 백자야?”

서유성은 고개를 끄덕였다.

“고양이한테 백자를? 심한데?”

“플라스틱 그릇이나 쇠 그릇을 정전에 놓을 수는 없어서요.”

이도는 그 말이 또 그럴듯해서 고개를 끄덕였다. 둘은 함께 쭈그리고 앉아 스노우를 지켜봤다. 스노우는 한참 그릇을 바라만 보더니 느릿느릿 걸어와 먹기 시작했다. 이도는 흥분된 목소리로 소곤거렸다.

"오, 먹는다. 먹어."

스노우는 그릇에 담긴 음식을 모두 먹고 다시 정전으로 돌아갔다. 마치 둥지의 새가 알을 품듯 꼿꼿하고 안정적인 포즈로 앉아 무심히 고개를 들어 서울의 하늘을 바라봤다.

이도가 말했다.

"그런데 고양이가 고구마도 먹어요?"

"고구마 좋아해요."

"그래요? 의외네."

이도는 놀랍다는 듯 고개를 갸웃거리다가 말을 이었다.

"그래도 정전에 고양이가 앉아 있으니까 뭐랄까…… 든든하네. 안심도 되고."

"그렇죠? 저도 같은 생각이에요. 스노우가 있어서 다행이라고. 어째서인지 고맙기도 하고. 아! 꼭 금손이 같지 않아요?"

"금손이? 아……. 그, 뭐지. 숙종이 키웠다던 고양이 말인가?"

"맞아요. 그 이야기 너무 귀엽지 않아요?"

"나 그 이야기 제대로 몰라요."

"선배는 해설사면서 그런 것도 몰라요?"

"내가 종묘 해설사지 고양이 해설사는 아니잖아."

이도는 발끈해서 언성을 높였고 서유성은 이도의 팔을 잡았다.

"농담입니다. 농담. 숙종이 아버지 현종의 묘를 찾았다가 노란 털의 고양이를 발견했대요. 그런데 고양이 분위기가 너무 묘해서 아버지의 넋이 고양이에게 깃들었다고 믿게 된 거죠. 그래서 숙종은 고양이에게 금손이라는 부티 나는 이름을 지어주고 궁에 데리고 들어와요. 그냥 키운 게 아니라 같이 놀고 겸상까지 하면서 애지중지 키웠는데 후궁들이 질투를 할 정도였다고 하더라고요. 그러니까 당시에 금손이는 왕 다음으로 높은 존재였던 겁니다."

"왕보다 높은 거 아닐까? 고양이 키우면 다 집사잖아."

이도는 말을 내뱉는 순간 말실수를 한 것 같은 기분에 입을 가리며 주위를 두리번거렸다.

"아무튼 그 고양이 명릉에 같이 묻혔잖아."

"맞아요. 숙종이 죽고 그 고양이도 식음을 전폐했어요. 그렇게 보름쯤 뒤에 죽었고. 그래서 숙종의 무덤에 같이 묻었대요. 고귀한 왕의 고양이답게 비단에 싸여서 말이 죠."

이도는 그럴 줄 알았다는 듯 고개를 끄덕였다.

"그러니까 유성 씨는 저 고양이가 그런 존재 같다 이 말이야?"

"저 고양이가 아니라 스노우."

둘은 한참 수다를 떨며 종묘를 거의 한 바퀴 돌아 마지막 순찰 장소인 제정까지 도착했다.

"그래도 오늘 선배가 같이 걸어줘서 좋았어요. 늘 하는 일이지만 항상 무섭고 때론 슬프기도 하고 그렇거든요."

"나도 좋았어. 재밌었고."

"전요. 요즘에 순찰 끝나면 관리실에서 종묘에 대해 매일매일 글로 남기고 있어요. 당장 복원이 안 되니까 나중을 위해서 글로 복원해야겠다. 생각한 거죠. 처음엔 의미 없는 낙서 같았는데 이게 쌓여가니까 사명감 같은 것이 생기더군요. 모두 잠들고 심지어 종묘의 신들도 잠들어 있는 것 같은 깊고 깊은 새벽에 관리실 책상에 홀로 앉아 있으면 이상한 감정이 들어요. 아…… 그걸 뭐라고 설명해야 할까요. 그런데 말이에요. 그 설명할 수 없는 감정이 꼭 장소인 것 같다니까요. 그 기분과 그 느낌이 종묘라는 생각이 들어요. 갈 수도 있고 머무를 수도 있고 볼 수도 있고 그래서 묘사할 수도 있는 곳."

이도는 별다른 대꾸를 하지 않고 감정이 장소인 것 같다는 서유성의 말을 곱씹었다. 감정이 장소다. 감정이 장소다. 그곳엔 여전히 어둠이 있고 고요가 있고 스노우도 있고 서유성도 있고 미안함도 있고 분노도 있고 그리움도 있다. 하나 마나 한 생각이지만 그런 연쇄되는 생각들이 좋았다. 헤어지기 전 서유성이 말했다.

"아. 선배. 오늘은 선배와 종묘를 걸었던 것에 대해서도 써볼 생각인데요. 전부터 궁금한 게 있었는데 부모님께서 어떤 분이시길래 선배 이름을 세종의 이름으로 지었어요?"

"어? 아……. 실은 아닌데. 내 이름은 복 도(裪)가 아니라 길 도(道)예요."

"네?"

"그러니까 세종의 이름과 내 이름은 아무 관련이 없다는 말입니다. 아버지가 그냥 좋은 길로 다녀라, 이런 뜻으로 지어주신 평범한 이름이에요. 아버지는 세종의 이름이 자기 아들하고 같다는 것도 몰라. 세종하고 세조의 차이가 뭔지도 모를걸요?"

당황한 표정으로 어쩔 줄 몰라 하는 서유성의 어깨를 이도는 가볍게 툭툭 쳤다.

"그냥 면접 때 도움이 될까 해서 농담한 건데 면접관들 반응이 너무 좋아서 그냥 계속 속이고 있는 뭐랄까…… 영업 전략이랄까요? 아무튼 비밀입니다."

이도는 서유성에게 손을 흔들며 입구를 향해 고양이처럼 사뿐사뿐 걸어갔다. 하늘에서 싸라기눈이 내리기 시작했고 종묘는 본격적인 새벽의 시간을 향해 어둡게 물들어갔다.

별일은 없고요?

이주란

이주란

1984년에 태어났다. 2012년《세계의문학》신인상에 단편소설 〈선물〉이 당선되어 등단했다. 소설집《모두 다른 아버지》《한 사람을 위한 마음》이 있다. 김준성문학상, 젊은작가상을 수상했다.

여보세요?

몇 신데 전화야, 지금…….

어, 저기, 지금 아랫집에 불이 났어.

불?

어. 우리 집은 괜찮긴 한데 너무 무서워.

다행이네…….

아니…… 집은 괜찮은데 혼자 있기가 좀 그래서.

그래? 그럼 K에게 연락해봐.

나는 K에게 연락하지 않았다. 침대에 눕지 못하고 바닥에 앉아 벽에 등을 기댄 채 눈을 감았다. 잠시 웅성거리던 말소리들이 잦아들었다. 모두 혼자였기 때문인지 한바탕 소란이 일었던 다세대주택은 아무 일도 없었다는 듯 고요해졌다. 나는 아침이 올 때까지 벽에 기대어 앉아 이런저런 생각을 했다.

아무도 잠들지 않았던 걸까. 밝은 햇빛이 창으로 쏟아져 들어오자마자 밖에서 몇 사람의 말소리가 들렸다. 그러자 비로소 안심이 되었다. 고작 서너 시간이었을 텐데 너무나도 길게 느껴졌던, 그런 밤이었다. 그 사람, 치매였던 것 같아요. 주인집 아주머니의 목소리를 들었고 처음 불이 난 것을 발견한 옆집 언니가 어머, 어머 하는 것을 들었다. 그에게 연락이 오면 헤어져야겠다고 생각했는데 며칠 동안 연락이 오지 않았다. 내가 하지 않았더니 그렇게 되었다.

아랫집 아저씨의 방화가 있고부터 집에선 한숨도 자지 못했다. 며칠 회사에서 맥을 못 차리고 있다가 결국 직장 동료의 집에서 신세를 지게 되었다. K에게 먼저 부탁을 해보았으나 [같이 사는 사람이 생겼어. 미안해.]라는 메시지를 받았다. [미안하긴. 괜찮아.] 나는 답장을 보냈다. 괜찮을 수밖에…… 없었다. 그렇게 얼마간 멍한 상태로 회사에 다녔다.

사직서를 썼고, 고향도 아닌 곳에 내려가 살고 있는 엄마에게 연락을 했다. 사직서를 낼 때는 상사로부터 "번거롭게 왜들 이러냐"는 말을 들었고 후임자를 뽑아 인수인계를 마무리할 때까지 주말마다 짐 가방을 두 개씩 기차로 옮겨댔다. 후임자는 밝고 쾌활해 보였으며 마치 원래부터 이곳에 있었던 사람 같았다.

수연 씨는 그만두는데 저분은 뭐가 저렇게 좋은가 몰라.

누구라도 좋으면 좋죠.

수연 씨도 아쉽긴 하죠?

그럼요.

나는 사람들이 내가 말한 만큼만 나에 대해 안다고 생각해왔다. 그런 면에서 동료는 나의 이런저런 사정에 대해 꽤 많이 알고 있는 사람 중 하나였다. 이번에도 내 생각이

틀렸구나, 생각했지만 어쩐지 고맙기도 했다. 마지막 짐을 옮기기까지 계속 직장 동료의 집에서 신세를 졌다.

　마지막 날 밤 동료는 나에게, "그래도 저는 수연 씨가 부럽네요"라고 말했다. 나를 응원하려 한 말이었을 수도 있고 그냥 별 뜻 없이 한 말이었는지는 모르겠으나…… 아무튼 밖에서 보면 부러워 보일 수도 있는 모양이었다. 불 때문이긴 하지만 불 때문만은 아닌데…… 아니라고 말했는데…… 그러니까…… 미안한 마음이 들었다. 정작 그 일은 말하지 않은 것도 미안했고, 그래서 그냥 오해하게 둔 것도 미안했고, 앞으로도 그 일에 대해 말할 일은 없을 것 같아 미안했다. 안 하는 거든 못 하는 거든 어쨌든.

　집을 완전히 옮겨오던 날엔 새벽에 일어났다. 아침 7시 22분 기차였다. 최대한 조용히 일어나 이부자리를 정리했으나 결국 동료는 그 소리에 잠에서 깼다. 나는 그녀에게 그동안 고마웠다고 여러 번 인사를 했다.

　여기 기타하고 수강권이에요.

　기타까지 주고 정말 고마워요.

　제가 고맙죠. 어서 더 주무세요.

조심히 가고, 꼭 연락해요.

　나는 약간의 돈과 함께 뭐라도 해보고자 미리 결제했던 두 달 치 기타 학원 수강권을 양도하고 동료의 집에서 나왔다.

　영등포역엔 무언가를 기다리는 사람들과 아무것도 기다리지 않는 것만 같은 사람들이 있었다. 나는 전광판을 확인한 뒤 플랫폼으로 내려갔다. 멀리 기차가 진입하기 시작했고 나는 크게 심호흡을 했다. 호차 번호를 확인한 뒤 발걸음을 뗐을 때 주변에 서 있던 사람들이 동시에 한 걸음씩 물러섰고 기차는 플랫폼으로 완전히 진입했다. 몇 사람이 나를 보며 입을 벙긋거렸고 나는 양손에 짐 가방을 들었다.

　거기 똥이요, 똥!

　등산복 차림의 아저씨가 손으로 내 코트 자락을 가리켰다. 나는 이어폰을 빼고 코트 자락을 내려다보았다. 비둘기 똥이었다. 나는 그대로 기차에 올라탔고 자리를 찾아 짐을 올려둔 뒤에 코트를 벗었다. 세면대로 가 비둘기 똥을 닦아내는 동안 기차는 영등포역을 출발했다. 젖은 코트는 잘 접어 뚱뚱한 짐 가방 위에 올려두었다. 나는 내려가기도 올라가기도 좋은, 나라의 중앙에 위치한 역에서 내릴 예정이었다.

엄마는 역에 마중을 나와 있었다. 역 말고는 멀리 간격을 두고 떨어져 있는 집 몇 채와 십자가만 하나 보이는, 고요한 풍경이었다. 리 단위였지만 세븐일레븐이 있었고 나는 익숙한 그 간판이 좋았다. 멀리 왔지만 너무 멀리 온 것은 아니야, 그런 생각을 했다.

진짜 조용하네.

그렇지.

나는 엄마의 원룸에 도착하자마자 코트를 빨았다. 그냥 세탁기에 넣고 빨아도 되는 낡은 코트였다. 오랜만에 엄마가 끓여주는 된장찌개를 먹고 입을 벌린 채 깊은 잠에 빠졌다.

눈을 뜨자 엄마가 휴대폰 사진첩을 보여주었다. 나의 사진이었다. 엄마는 재방송이 되고 있는 드라마를 보다가 나의 자는 모습을 찍었다고 한다.

입 벌리고 자는 게 웃긴데 슬프더라.

뭐야, 그게.

그동안 고생했으니까 당분간은 좀 쉬어.

난 아무 말도 안 했는데 그런 말도 해주었다. 엄마의 말에 나는 고분고분하게 고개를 끄덕였다. 나만 너무 쉽게 부서진 것 같아서 미안한 마음이 들었다.

그날 밤 나는 숨죽여 울었다. 밤이었고, 엄마는 잠이 들었고, 나는 낮잠을 자고 저녁에 깨어난 뒤로 다시 잠들지 못하고 있었다. 숨죽였으나 5평짜리 원룸에서 울음소리를 감추기는 어려워 복잡한 마음이었다.

시간은 자정을 지나 2시를 넘겼고 엄마의 방엔 엄마와 방과 내가 있었는데 엄마의 코 고는 소리도 작고 방도 작고 나의 울음소리도 작은, 모든 것이 작은, 그런 밤이었다. 아랫집 아저씨의 방화가 내가 그간 해온 오랜 고민을 해결했다는 게 어쩐지 허탈한, 그런 밤.

잠을 설친 나는 아침에 출근하는 엄마를 배웅하고서 다시 잠에 빠져들었다. 그리고 오후 2시가 넘어 일어났다.

2시.

라고 나는 말했다. 목도 마르지 않고 배도 고프지 않아 그냥 계속 누워 회사 생각을 했다. 나는 이제 거기에 없고 여기에 있다……. 어제는 내가 너무 멀리 떠나온 것은 아니라는 생각에 안도했지만, 지금은 실제보다 더 먼 곳에 와 있는 것 같아 불안했다. 여기에 온 것은 나 자신이었지만 어쩐지 내가 선택한 것이 아니라 회의를 통해 결정되어 이리로 보내진 것 같은. 금요일엔 송별회 같은 것을 하기로 했는데 아침부터 회사에 사고가 터졌고 어차피 그날 해결할 수는 없는 일이었지만 나는 "다음에 해요. 저 다음에 꼭 놀러 올 거예요"라며 나서서 회식을 취소했다. 우리에게 다음 같은 건 없다는 것을, 모두가 알고 있었다.

몸을 반쯤 일으켜 가만히 방을 둘러봤다. 엄마의 방은 엄마의 방 같지가 않았다. 원룸이고 침대며 책상, 옷장이 모두 원래 있던 것이어서 몹시 낡아 있었고 곰팡이 냄새가 진동했다. 빨래 같은 것도 그냥 욕실 문 앞에 던져져 있었다. 나는 창문을 조금 열고 빨래를 모아 세탁기를 작동시킨 뒤 커피를 마시려고 물을 끓였다. 투명한 유리 주전자에서 물이 끓었고 나는 끓는 물을 오래 바라보았다. 투명하고 동그란 물방울들이 나타났다가 이내 톡톡 터지며 사라져버렸다.

창문 밖으로 점심 장사를 끝낸 옆 건물 1층 사람들이 분주하게 움직이고 있는 것이 보였다. 옆 건물 1층은 중국 음식점이었다. 음식점에서 식사하는 손님에게는 보이지 않을, 지저분하게 해물을 해동하거나 양파를 다듬는 모습을 나는 엄마의 방에서 바라보았다. 텔레비전을 틀어놓았지만 보지 않았고 방을 대충 청소한 뒤엔 괜히 냉장고를 한번 열어보았다. 성에가 잔뜩 끼어 있었다. 그렇게 별일 없이 낮 시간이 지나갔다.

오늘 늦었네.

저녁까지 하고 오느라고.

퇴근을 한 엄마와 동네 산책을 나갔다. 씻지 않은 채로 나가기는 싫었지만 씻기가 싫었다. 작은 시골 동네여서 8시밖에 안 된 시각이었는데도 식당을 제외한 거의 모든 상점의 문이 닫혀 있었다. 8시라면 며칠 전의 내가 퇴근을 하고 집에 도착하는 시간이다. 미성패션과 진미짬뽕의 문 앞엔 '건강상의 이유로 당분간 쉽니다'라는 문구가 걸려 있었고, 역사가 깊어 보이는 약초방 문 앞엔 '인수하실 분

연락 주세요'라는 문구가 걸려 있었다. 엄마는 신협 옆 건물 1층에 있는 작은 상점 앞에 멈춰 섰다.

이 집이 있어서 좋아.

우리는 그 앞에 서서 투명한 유리 벽 안에 진열된 물건들을 보았다. 레이스가 달린 극세사 소재의 잠옷과 수입 그릇, 실내에서 신는 슬리퍼, 기린 모양의 장식품 등이 있었다. 모두 예쁜 물건들이었다. 거리는 밝지 않았고 엄마는 거의 유리 벽에 이마를 붙인 채 물건들을 구경했다.

물건 보시게요?

주인이었다. 주인은 저녁을 먹으러 집에 다녀왔다고 말하며 상점의 문을 열었다. 우리는 무언가를 살 생각은 없었지만 주춤하다가 안으로 들어갔다. 비둘기색 니트를 입은 주인은 안 사도 좋다며 요즘은 구경하는 사람도 없다고, 와줘서 고맙다고 말했다.

처음 보는데, 이사 오셨어요?

주인은 단박에 엄마에게 그렇게 말했다.

어떻게 아셨어요?

엄마가 말했다. 나는 엄마가 처음 본 사람에게 우리의 정보를 말하는 것이 싫었지만 엄마는 좋아하는 것 같았다.

여긴 대부분 다 얼굴을 아니까요.

엄마는 극세사 소재의 잠옷을 내 몸에 대보며 사주겠다고 말했다. 나는 그게 마음에 들었지만 가격표를 보고 마음을 접었다. 잠옷을 7만 원이나 주고 사고 싶진 않았다.

이거 정말 예쁘고 편해요. 따님이 해산하고 오셨나 봐.

주인이 말했다. 나는 예상치 못한 그 말을 부정하지 못했고 복잡한 심경이 되어 잠옷을 보는 둥 마는 둥 했다. 엄마는 잠옷을 만지작거리다가 색색의 커피잔 세트로 관심을 옮겼다. 나는 내가 해산을 하지 않았다는 것을 말하면 찾아올 분위기가 걱정되었으나 잠옷이 마음에 든 바람에 다시 잠옷을 들어 몸에 대본 뒤 거울을 보았다. 해산을 한 것 같은 여자가 거울 안에 서 있었고, 엄마는 만 원을 깎아서 그 잠옷을 샀다.

집에 돌아와 잠옷을 입어보았는데 아무리 잘 때만 입는다지만 내게 어울리지가 않았다.

엄마 혼자 갔다 와줘.

엄마는 다시 그 집으로 가 잠옷과 함께 8만 원을 더 내고 색색의 커피잔 세트를 가져왔다. 응, 원래는 따님에게 잘 맞았을 텐데 해산하고 나면 몸이 부어 불편할 수 있다고, 주인이 말했다고 한다.

　나 이제 앞으로 거기 어떻게 가.

　…….

　근데 그 커피잔 정말 예쁘다.

　그치. 너 무슨 색 할래?

　그날 밤엔 해산이라는 것과 나와의 관계에 대해 생각하다가 잠들었다. 비슷한 오해를 받은 적이 좀 있어서 크게 놀란 건 아니었지만…… 그래도…… 나를 왜…….

　잊자는 쪽으로 결론이 났다. 해산(解産)이라면 엄마가 예전에 해본 적이 있고, 해산(解散)이라면 내가 늘 하고 사니까.

　그렇게 몇 주 동안은 마음이 편했다. 전보다 덜 먹었고 덜 울었고 더 잤다. 이젠 단골 바에 앉아 노르웨이 기차 영상을 보는 대신 근처 카페로 간다. 맥주와 커피를 파는 카페인데 거기에 가면 기차가 다니는 것을 볼 수 있다. 카페에서 그림을 그리다가 엄마에게 연락을 해보았다.

　[혹시 엄마 일하는 데 가도 돼?]

나는 30분 정도 걸어서 엄마가 일하는 공장엘 갔다. 엄마는 직원들의 식사 준비를 하고 있었다. 무를 썰어 스테인리스 볼에 담고 있었는데 단정하게 잘린 무들이 달그락달그락 소리를 내는 것이 좋았다.

있는 재료로 그냥 하는 거야. 점심은 무조건 한식.

12시쯤 되자 직원들이 하나둘 식당으로 들어왔다. 외국인들이었다. 나는 엄마 옆에 서 있다가 엉거주춤하게 고개를 숙여가며 그들에게 인사를 했다. 엄마는 직원들 하나하나에게 나를 소개했는데 "딸, 딸" 한 단어뿐이었지만 어쩐지 조금 자랑스러워하는 표정이어서 미안하고 고마운 마음이 들었다. 사장은 마흔둘의 한국인이었는데 인상이 좋아 보였다.

딸인데 그림 그리러 잠시 내려왔어요. 여기 풍경이 좋다고.

엄마가 사장에게 말했고, 사장은 잘못 들었는지 글을 쓰는 것은 대단하고 어려운 일이라고 말했다. 직원들이 밥을 다 먹고 나가는 것을 보고 나서 엄마와 점심을 먹었다. 장소가 낯설고 불편했지만 맛있었다. 그 후로 종종 엄마의 공장엘 갔고 가끔은 심부름도 하게 되었다.

[올 때 철물점에서 주는 물건만 받아 오면 돼.]

감기 기운이 조금 있는지 컨디션이 좋지 않아 집에 있을 생각이었는데 엄마에게 메시지가 왔다. 나는 알았다고 답장을 보낸 뒤에 옷을 입고 철물점엘 갔다. 철물점 주인은 오래전 다큐멘터리 텔레비전 프로그램에 출연한 적이 있는 할아버지였다. 가게 한쪽에는 오래된 책이 잔뜩 쌓여 있어서 마치 헌책방 같아 보이기도 했다.

고독 같은 걸 기다리는데도 당최 오질 않아.

무겁지 않은 검은 봉지 하나를 내게 건네주며 주인 할아버지가 옆에 있던 다른 할아버지에게 말했다.

자네가 매일 오니까 말이야.

옆에 있던 할아버지는 그저 웃고 있었다.

노새는 사교적인 성격이라서 친구가 꼭 있어야 되거든.

주인 할아버지가 이번엔 나를 향해 말했다. 내겐 그 말이 좀 따뜻하게 들렸다. 차가운 바람을 맞으면서 30분을 걸어 공장엘 갔다. 바람엔, 양을 지키는 한 마리의 늙은 노새에게서 날 것 같은 그런 냄새가 조금 섞여 있었다.

안녕하세요.

사장에게 인사를 했고,

네, 안녕하세요.

사장도 나를 보며 웃으며 인사를 했다. 먼 사이라서 가질 수 있는 친절한 분위기가 좋았다. 나는 엄마에게 철물점에서 받아 온 물건을 주었다. 엄마는 그걸 책상 위에 올려두었고 곧 사무실로 들어온 반장이라는 남자가 그걸 받아 갔다. 엄마가 직원들의 식사를 준비하려고 식당으로 갈 때였다. 오늘 손님이 4명 오는데 괜찮을까요. 사장이 물었고 엄마는 있는 걸로 어떻게 해보지요, 라고 말했다. 엄마는 냉장고와 냉동실을 열어보고서 잠시 고민을 하더니 기숙사에 사는 직원의 냉장고를 열었다. 그리고 거기서 닭두 마리를 꺼냈다.

기숙사에 사는 직원들은 모두 다른 나라에서 온 사람들인데 주말엔 알아서 식사를 해결해야 했다. 평일엔 한국 식단으로 밥을 주니까 주말엔 고국의 음식을 직접 해 먹으며 즐거워한다고 하는데 엄마 말로는 대부분 돼지고기나 닭고기에 각종 야채를 함께 넣고 끓인 뒤에 고수 등의 채소를 넣어 먹는 것 같다고 했다. 공장 노동자들은 거의 태국이나 필리핀 출신이었고 그래서 근처 마트 두 곳엔 수입

향신료와 음식 재료를 파는 코너가 따로 있었다.

손님과 직원들이 모두 식사를 하고 돌아갈 무렵 엄마는 마지막으로 나가던 반장을 불러 냉장고를 가리킨 뒤 문을 두어 번 여는 척을 한 뒤 닭 다리를 뜯는 시늉을 하며 이렇게 말했다.

이거, 닭. 닭, 썼어. 먹었어.

중국인이라는 반장은 엄마가 여러 번 같은 말을 반복하는 것을 듣다가 고개를 끄덕이며 이렇게 대답했다.

응, 응. 괜찮아, 괜찮아.

엄마가 일하는 공장엔 모두 16명의 외국인이 있는데 반장만 조금이나마 한국어를 할 줄 안다고 한다. 다른 직원들은 한국어를 전혀 할 줄 모르는데 그래도 저런 전문적인 일을 잘만 한다고 엄마는 엄지손가락을 치켜들며 내게 이야기한 적이 있다.

엄마를 도와 설거지를 마치고 집엘 가려고 하는데 엄마가 뽀얀 겨자색 생강 한 쪽을 주면서 국산 생강이니까 가져가라고 말했다. 나는 생강 한 쪽을 받아 들고 공장을 나왔다. 레몬생강청을 만들어 차로 마셔야겠다 싶어 레몬을 사야겠다고 생각했는데 딴생각을 하느라 레몬을 사지 못

하고 집에 돌아왔다. 그리고 그날 저녁 엄마가 물었다.

네가 한국어를 좀 가르쳐주지 않을래?

으응?

사장의 제안이라고 했다. 용돈 정도일 테지만 월급도 좀 준다고 했다. 10명이 넘는 사람들 모두를 가르칠 순 없으니까 일단 국적별로 1명씩, 3명만 가르쳐달라고.

며칠 동안 몸살감기로 끙끙 앓았다. 그사이 엄마는 하루에도 몇 번씩 생강 한 쪽으로 생강차를 만들어준다고 했지만 나는,

아니야, 엄마…… 올 때 레몬 좀 사다 줘…….

라며 거절했고 엄마는 알았다더니 며칠째 깜빡했다며 다시 생강차를 권하곤 했다.

엄마 형광등이야? 왜 그리 깜빡깜빡해.

내가 재미없게 말했고 엄마가 웃었다. 나는 엄마의 귓불에 주름이 있는 것은 아닌가 가만히 살펴보았고, 다음 날 기운이 좀 나는 것 같아 레몬을 사러 나갔다.

돌아오는 길에 K로부터 잘 지내냐는 메시지가 왔다. 나

는 잘 지낸다고 메시지를 보냈고 K는 이번 주말에 놀러 가
도 되느냐고 물어왔다. 나는 딱히 볼 것은 없겠지만 일단
오라고 했다.

[널 보러 가는 거지.]

K가 메시지를 보냈고 나는 가보지는 않았지만 역 근처
에 시설이 아주 좋고 저렴한 호텔이 있다고 답장했다.

주말에 K가 내려왔는데 혼자가 아니었다. 오다가 휴게
소에서 점심을 먹었다고 해서 뭘 하면 좋을까 하다가 성당
엘 갔다. 오래된 느티나무가 서 있는, 역시 오래된 성당이
었다.

우리도 나중에 이런 데서 결혼할까?

K가 같이 온 남자에게 말했고 남자는 웃었다. 우리는
성당을 둘러보았다. 사무실로 보이는 한옥과 5, 60년대 건
축양식으로 보이는 성당 건물과 사제관, 그리고 빨간 벤치
가 있었다. 너무 아름다워서 그냥 계속 보고 있게 되었다.

마리아상 옆으로 초를 켜 넣어둘 수 있는 공간이 있었
는데 망설이다가 하진 않았다. 빌고 싶은 소원이 떠오르지
않았다. K는 "난 소원이 많긴 한데 여기 넣을 현금이 지금
없네"라며 초를 켜지 않았고 남자는 "초는 무슨 초"라고

말했다. 30년 전통의 수육집에서 저녁을 먹었고 내가 계산을 했다. K는 어쩐지 서둘러 서울로 올라갔다. K와 함께 온 남자는 유부남이라고 들었는데 그냥 모른 척했다.

  무슨 일 있었어?

  엄마가 물었고 나는 아무 일도 없었다고 대답했다. 사다 두고 며칠이 지난 레몬을 씻으려고 식초와 베이킹소다를 꺼냈다. 이번에 베이킹소다를 쓰고 나면 또 쓸 일이 있을까 싶었지만 레몬과 함께 구입했다. 엄마는 단순하게 살거라며 짐을 늘리지 말자고 했지만 나는 말을 듣지 않았다. 식초에 담가두었던 레몬을 베이킹소다로 문지르자 레몬 껍질의 느낌이 달라지기 시작했다. 껍질이 점점 매끄러워지는 것을 느끼면서 나는 더욱 열심히 레몬을 문질렀고 그사이 끓은 물에 유리병을 넣었다. 유리병을 꺼낸 뒤엔 레몬도 데치듯이 헹구었다. 레몬 향이 엄마의 작은 방을 채웠고 나는 레몬이 익는 것은 아닌가 놀라 얼른 레몬을 꺼냈다. 금세 따끈해진 레몬을 썰고 국산 생강도 썰었다. 마침내, 라고 나는 생각했다. 유리병의 물기는 금세 말랐고 나는 레몬과 생강과 설탕으로 차곡차곡 유리병을 채웠다. 정성에 비해 생각보다 양이 너무 적은 걸 보니 어쩐지 공허했다. 나는 기능이 별로인 오래된 냉장고에 적은 양의 레몬생강청이 담긴 유리병을 넣고 뻗어버렸다.

엄마, 여기 방바닥에 왜 이렇게 칼자국이 많지?

이사를 가고 나서 청소를 한 흔적 같은데. 철수세미로.

뭐가 그렇게 심하게 묻어 있었기에 이렇게까지 문질렀을까?

모르지. 깔끔한 사람이 열심히 했나 보지.

나는 이 작은 방의 벽이며 바닥을 가득 채운, 어둡게 말라버린 핏자국을 떠올렸다.

여기서 누가 죽은 거 아닐까. 월세도 싸잖아.

어느 방이든 다 누군가 죽은 후의 방일 텐데.

…….

새집이어도 아무튼 언젠가 그 방에서 누군가는 죽는다.

…….

나는 증발하듯 사라진 동생의 방을 떠올렸다. 어딘가에 살아 있기는 할까. 기억이라는 건 어쩌면 별것이 아닌 건지 자꾸만 기억하고 말을 하지 않으면 어떤 때는 없던 일이었나, 싶기도 했다. 그러고 나면 그날들이 꿈인지 지금이 꿈인지 헷갈리는, 그런 순간들도 찾아오곤 한다. 잊고 싶지만 잊을 수 없는 것들이 있고 잊고 싶지 않지만 잊히는, 그런 것들도 있겠지. 그렇지만 그게 누군가의 죽음이어도 되는 건지……. 나는 그건 좀 싫었다.

　이제 화요일마다 엄마와 함께 출근을 하게 되었다. 어렵게 할 필요 없이, 유치원 수준이면 된다고 사장이 말했다. 말하자면 가르친다기보다는 그냥 같이 얘기하고 '각종 말'을 들려주면 된다며 마음을 편히 가지라는 것이었다. 각종 말이라는 표현이 재미있다고 나는 생각했다. 물론 약간의 두려움이 없지는 않았는데 그렇다고 거절할 마음까진 들지 않았다.

　첫날엔 사무실 한쪽에 마련된 자리에서 그들과 아침 인사를 하고 자기소개를 했다. 다들 인사 정도도 정확히 알고 있지 않았다. 그런데 나부터도 그들의 이름조차 알아듣질 못했다. 모든 것이 중간쯤의 발음이었다. 내가 "응? 허블랑?" 하며 좀 버벅거리자 사장은 웃으면서 "수연 씨. 뭐라고 하시는 거예요"라고 말했다.

　생각보다 어려웠던 첫 시간이 지나갔다. 공장 사람들과

섞여 점심을 먹고 집엘 가려는데 엄마가 심부름을 시켰다. 철물점에 들러 세금계산서를 받아두고 새마을금고에 가서 통장을 하나 만들라는 것이었다. 요즘 나는 공장의 소소한 심부름을 전보다 자주 하게 되었는데 나로서는 즐거운 일이기도 했다. 사장은 하나의 사업으로 시작해 그것과 관련된 사업으로까지 넓히는 중이라서 늘 바빴고 엄마도 걸어서 철물점에 다녀오기엔 시간이 애매한 데다 나머지는 전부 외국인이라서 내가 꽤나 도움이 되었던 것이다.

미세먼지가 심해 마스크를 단단히 착용한 뒤 공장을 나섰다. 공장과 철물점의 중간에 기차역이 있었다. 낮이라 사람의 왕래가 거의 없는 작은 역. 나는 그 앞에 잠시 서서 마침 지나가는 기차 소리를 들었다.

새마을금고에선 통장을 만들 수 없었다. 이곳으로 전입신고가 되어 있지 않아서였다.

대포통장은 아니시겠지만요, 아무튼 어렵겠습니다.

직원이 말했고 나는 철물점으로 갔다. 문 앞엔 누군가의 죽음을 알리는 한자가 적힌 종이가 바람에 날리고 있었다. 혹시 노새 할아버지가 친구를 잃은 걸까…… 걱정을 하며 집으로 돌아왔다. 그리고 퇴근을 한 엄마에게서 철물점 주인 할아버지에게 일어난 일을 들을 수 있었다.

　오늘은 저녁에 엄마와 복권방에서 만나기로 했다. 우리는 목요일마다 동네 복권방엘 간다. 언젠가 목요일에 로또를 사야 잘된다는 말을 들은 적이 있다. 거짓말이었을지 모르겠다. 아무도 당첨된 적이 없으니까.

　오늘 바빠서 커피도 한잔 못 마셨다.

　엄마는 서비스로 비치되어 있는 커피믹스를 타서 마시고 있었다.

　뜨겁지만 맛있다.

　엄마가 말했다. 우리는 로또와 즉석복권을 구입한 다음 집으로 돌아왔다. 돌아오는 길엔 오래전 문을 닫은 문구점 앞을 지났다. 엄마가 매번 들르는 곳이다. 문구점의 맞은 편엔 슬레이트로 막아놓은 벽 같은 것이 있었는데 그 너머에 고양이 두 마리가 살고 있었다. 집에서 키우는 것 같기도 하고 아닌 것 같기도 했다. 엄마는 그 앞에 쪼그리고 앉았다.

　나비야, 나비야. 엄마는 나올 때까지 고양이들을 불렀다. 마침내 고양이들이 나오자 예쁘다고 칭찬을 해주었다.

나는 그 자리에 서서 엄마와 고양이 두 마리의 머리가 서로 모여 있는 것을 보았다.

데려가서 키우고 싶다.

그렇다고 한다. 집으로 돌아오는 길엔 누군가를 예뻐하고 같이 살고 싶어 하는 엄마의 마음을 가만히 생각하며 걸었다. 라면을 끓여 저녁을 먹고 누워 있다가 얼려둔 감과 함께 오랜만에 술을 마시기로 했다.

우리는 살기 위해 구급차에 탔다가 교통사고로 돌아가신 철물점 할아버지에 대한 이야기를 조금 했다. 얼었던 감에 손을 대지 않아 감은 모양 그대로 녹아가고 있었다.

어쩌면 그런 일이 있을까.

…….

갑자기 아쉬운 게 하나 생각났는데, 집 나올 때 담가뒀던 술을 놓고 온 거.

술?

응. 그땐 그게 우스웠거든.

아, 그 사과주?

응. 애는 사라졌는데 뭘 그렇게 맛있게 먹고 살겠다고 그 수고를 했을까 몰라.

엄마는 그렇게 말하고 녹아가는 감을 스푼으로 떠먹었다.

엄마, 우리 주말에 술 담그자.

술?

응. 아, 그럼 짐이 늘어나는데!

엄마 놀리는 거야?

진심이었기 때문에 예상치 못했는데 엄마가 웃으니 기분이 좋았다.

엄마. 방이 좁은데 내가 와서 안 답답해?

아직은.

다행이라고, 나는 생각했다. 서울에서 짐을 정리할 때 버릴 것을 정하기가 너무 어려웠다. [버릴 거 말고, 남길 걸 정해야지. 그럼 쉽지.] 엄마의 메시지에 나는 남길 것들을 골랐는데, 막상 남길 것들은 생각보다 많지 않았다.

여기서 우리는 둘이었으나 밥그릇 세 개, 수저 세트 세 벌이 전부였다. 식사 후에는 늘 바로 설거지를 해둬야 했지만 더 사지 않기로 했다. 가끔 피곤해서 설거지가 안 되어 있을 때는 다섯 개 세트인 커피잔이나 컵 받침을 그릇인 양 접시인 양 쓰면 되었다.

나는 겨울 동안 다른 나라에서 온 사람들과 계속 대화를 나눴다. 우리는 사무실에서 사무실 이야기를 했고 그다음엔 식당에서 식당 이야기를 했고 그다음엔 앞마당에 가서 날씨며 풀 이야기를 했다. 그러다 그들이 사장의 차를 타고 고국의 음식을 해 먹기 위한 재료를 사러 마트에 갈 때 따라간 적도 있었다. 그들은 물건을 고르고 계산을 할 줄은 알았지만 아주 가끔만 나갔기 때문에 필요한 것만 사고 얼른 돌아오곤 했는데 그날은 이것저것 꼼꼼히 둘러보고 구경했다. 옷을 파는 곳이 마땅치 않아 다음엔 조치원이나 청주로 나가자고, 그런 얘기도 했다. 나는 그건 좀 싫었지만 엄마가 같이 한번 가자고 말해서 알았다고 했다. 실은 나도 좀 살 게 있고. 엄마가 슬쩍 말했다. 사장은 엄마의 음식이 정말 맛있다면서 이젠 밖에서 사 먹기가 싫다고 말했다.

명절 같지 않은 명절이 지나고 봄 날씨가 며칠 이어졌다. 화요일이라 엄마와 같이 출근을 했는데, 사무실에 아무도 없었다. 주문이 너무 밀려 30분도 채 시간을 내기가 힘들다고, 오늘은 수업을 하지 못할 것 같은데 미리 말하지 못해서 미안하다고 사장이 말했다. 주말 내내 일을 했는데 오늘도 새벽 6시부터 공장에 나왔다는 것이었다. 나는 알겠다고 하고 온 김에 엄마를 도우려 식당으로 갔다. 엄마는 텅 빈 냉장고 앞에서, 뭐가 다 없어졌는데, 하고 말했다.

그럼 오늘 뭐 할 게 없는데.

엄마는 생각에 잠겼고 그때 태국인인 아차가 뛰어들어와 냉장고를 여는 시늉을 하며 엄마에게 말했다.

닭, 먹었어, 어제, 닭.

엄마는 미안한 표정의 아차에게 말했다.

응, 괜찮아. 괜찮아.

내가 얼른 마트에 다녀와야 했다. 밖엔 눈이 내리고 있었다. 우산을 쓸 정도였으나 귀찮아서 잠시 고민을 하며 그 자리에 서 있는데 엄마가 뛰어나왔다.

그냥 있는 걸로 하자! 들어와!

엄마는 중국인 반장이 명절 연휴를 앞두고 손을 다쳐서 일을 못 하게 된 김에 중국에 다녀오면서 사 온 포두부를 꺼냈다.

이걸 어떻게 하면 될 텐데.

엄마가 검색을 좀 해보라고 해서 인터넷에 포두부 요리법을 검색했다. 자신이 없는데, 중얼거리면서 엄마는 골똘히 휴대폰 화면을 바라보았다. 그러다가 포두부를 썰어 데친 다음에 손질한 야채들을 썰어 넣고 굴 소스를 넣더니 단숨에 볶아버렸다.

엄마, 대부분 빨갛게 무친 것 같은데?

몰라요, 몰라. 맛없으면 남기겠지요.

엄마는 말에 멜로디를 넣어 노래하듯 흥얼거렸다. 이제 두 개의 밥솥에 밥을 하고 국도 끓여야 했다. 나는 얼른 쌀을 씻었다. 식사 시간에 반장이 포두부를 맛있게 잘 먹어서 엄마는 기분이 좋아 보였다. 나는 설거지를 하고 기차역을 지나 집으로 돌아왔다. 오랜 친구들에게 가끔 연락이 왔고, 나는 조만간 한번 올라가겠다고, 답장을 했다.

재섭 씨를 처음 본 건 붓을 닮은 목련 꽃눈이 하나둘 번져갈 때였다. 심부름으로 철물점에 갔더니 재섭 씨가 있었다.

수연 씨죠?

네?

맞죠?

나는 대답을 하지 않고 그냥 있었다. 재섭 씨는 목장갑만 바로 찾았고 다른 부품들은 찾느라 한참이 걸렸다.

죄송해요. 초보거든요.

사다리에 올라가 내 쪽을 돌아보며 말했다.

괜찮아요.

그제야 나는 한마디를 했다.

무거우실 텐데 안녕히 가세요.

안녕히 계세요.

무거워도 어쩔 도리가 없으므로 나는 재섭 씨가 두 장씩 겹쳐 넣어준 검정 봉지를 받아 들고 철물점을 나왔다. 집에 갖다 두면 내일 엄마가 출근길에 차로 가지고 가면 된다. 아무리 시골 동네라도 어떻게 내 이름까지 아는지는 모르겠는데, 사장하고 철물점이 워낙 막역한 사이니까 걱정할 건 아닐 거야, 생각했다.

돌아오는 주말에 다시 K가 찾아왔다.

말도 없이 어쩐 일이야?

나 이번엔 기차 타고 왔어. 너무 좋더라.

영등포역에서 비둘기 똥을 맞진 않았지?

푸하하하하하.

K는 혼자였다. 배가 몹시 고프다고 해서 역 근처에 위치한 식당으로 갔다. 엄마와 종종 가는 식당이었다. 식당엔 태국인 직원 한 명과 손님으로 중년 남성 두 명이 있었다. 뼈다귀해장국을 주문하고 중년 남성 둘과 멀찍이 떨어진 곳에 자리를 잡았다. 음식은 천천히 나왔고, 음식이 나오고 나서 우리는 소주 한 병을 주문했다.

뉴질랜드에 다녀왔어.

대낮이었지만 K는 단숨에 소주 한 잔을 입에 털어 넣었다.

적응이 안 돼서 역주행을 몇 번 했지.

역주행?

하지만 살아 돌아왔네.

K는 살아 돌아왔고, 한국에 와서는 다시 적응이 안 돼서 또 역주행을 몇 번 했노라고 말했다. 아무튼 이젠 모든 것이 제자리로 돌아왔다고.

우리 여기서 같이 학원 차릴까?

갑자기?

내가 영어 가르치고 니가 국어 가르치고.

내가 국어를?

왜. 너 초등학교 때 최우수상도 받았었잖아.

잊어줄래?

아닌 게 아니라 초등학생 시절의 나는 독후감 대회에서 받은 상장의 '우수상'이라는 글자 앞에 '최'라는 글자를 삽입한 적이 있었다. 물론 엄마를 속이기 위해 진짜처럼 꾸민 것은 아니었고 연필로 장난을 친 것이었다. 아주 오래된 친구인 데다 기억력까지 좋은 K. 지난날들을 속일 수가 없다. 아무튼 K가 정말 내려올 일은 없었기 때문에 그 얘긴 그쯤에서 멈추었다.

금세 한 병을 다 마시고 다시 한 병을 주문했을 때 중년 남성 둘이 자리에서 일어났다. 그들은 태국인 직원에게 너 어디서 왔어? 혼자 왔어? 현금영수증 할 줄 알아? 알 리가 없지. 뭐 그런 식의 말을 내뱉었다. 둘 다 그런 건 아니었고 한 명이 그랬다. 직원은 다른 대꾸는 없었고 그저 웃으며 거스름돈을 꺼내고 있을 뿐이었다.

한국어를 알면 좋을 텐데.

내가 말하자 K가 좀 크게 말했다.

알든 모르든 왜 반말이야?

중년 남성 둘과 직원은 K를 바라보았고 K는 일어서서 카운터 쪽을 바라보며 "뭘 봐요?"라고 소리쳤다. 싸움이 날 것만 같아 긴장을 했지만 다행히 싸움이 나진 않았다.

뭐라고?

직원에게 반말을 하던 남자가 소리치자 다른 남자 한 명이 아이고, 죄송합니다, 하면서 반말을 하던 남자를 문 밖으로 이끌었다. 그는 이끌려 나가는 듯하더니 카운터 앞에 서서 밀크커피를 뽑았고 마침내 식당을 나갔다. K는 아무 일도 없었다는 듯이 자리에 앉았다.

국어까진 아니더라도 한국어학당 같은 걸 해볼까?

내가 말하자 K가,

봉숭아학당같이 될 것 같아, 하며 웃었다.

밥과 술을 다 먹은 뒤엔 지난번에 갔던 성당으로 산책을 나섰다. 오늘은 현금인지 헌금인지를 챙겨 왔다면서 K가 앞장을 섰다. 또 기도할 것이 있구나, 나는 K의 그런 점이 좋았다.

오늘은 나도 초를 켤 거야.

정말?

응. 돈 좀 줘봐.

K는 내게 지폐를 몇 장 건넸다. 우리는 오래되어 보이는 검은색 상자에 돈을 넣고 초에 불을 붙였다. 그리고 차례로 눈을 감았다. 아무 소리도 들리지 않았고 이따금 새소리만 들려왔다. 그리고 나는 내가 누구에게도 말하지 못한 그 일을 완전히 잊게 되길 빌었다. 나끼리 매일 싸우지 않고 내가 온전히 나 하나가 되길 빌었고 달의 뒷면처럼 영원히 볼 수 없을 것 같은 나 자신을 내가 끝내 찾아내길 빌었다. 완전히 잊게 해달라고 빌고 있는 순간에도 그날의 기억은 떠오르지만…… 그래도.

우리는 별말 없이 있다가 성당 가운데 있는 느티나무를 배경으로 사진을 몇 장 찍었다. 볕이 좋았다.

엄마랑 오늘 술을 담그기로 했는데 같이 갈래?

담가서 좀 가져가도 돼?

당연하지.

아니다. 두고 간 다음에 여기 와서 같이 먹는 게 좋겠다!

그러면 너무 좋고.

가끔 서울 와?

아직까진 한 번도 안 갔어.

오면 우리 집에서 자.

아무래도 헤어진 것 같은데 모른 체했다. 나는 K와 마트에 들러서 사과와 과실주용 소주를 샀다.

무거우실 텐데 들어드릴까요?

돌아보니 재섭 씨가 있었다. K가 나와 재섭 씨를 번갈아 바라보았다. 가는 길이라서, 재섭 씨가 말했고 나는 잠시 망설이다가 소주를 든 손을 재섭 씨 쪽으로 뻗었다.

아뇨, 그건 너무 무겁고 사과를 들어드릴까 했는데요.

재섭 씨의 말에 K가 웃었다.

농담인데 안 웃으시네.

재섭 씨는 그렇게 말하면서 잽싸게 내가 든 과실주용 소주를 받아 들었다.

딱딱한 수연 씨.

재섭 씨가 말을 덧붙이며 내 손에 자신이 들고 있던 장바구니를 쥐여주었다. 무엇이 들었는지 사과보다 가벼운 것 같아서 K에게 사과를 달라고 했다. K가 괜찮다고 말했지만 그래도 먼 길 내려온 손님이니까. K는 내게 사과를

126

내어준 뒤에 자연스럽게 재섭 씨의 장바구니를 들었다. 집 앞까지 가기는 좀 그래서 이제 괜찮다고 말할까 하는데 재섭 씨가 말했다.

무거우실 텐데 안녕히 가세요.

사람이 간결해서 좋다, 그런 생각이 들었다. 얼마 전까지의 나는 상대방을 실망시키고 싶지 않아서 먼저 나서서 무리를 하곤 했는데.

각자가 들고 있던 것들은 돌고 돌아 제자리로 갔다. 나는 재섭 씨에게 넘겨받은 술을 들었다. K는 오랜만에 엄마를 보는 거였는데, 집에 도착하자 아차, 빈손으로 왔다며 어쩔 줄을 몰라 했다. 엄마는 아니라며 나야말로 대접할 음식이 없어서 어떡하냐고 반갑게 K를 맞았다. 씨가 들어가면 안 된다기에 신경 써서 사과를 손질했다. 사과와 술과 유리병과 K까지 방 안에 있으니 안 그래도 작은 방이 정말 꽉 차버렸다. 엄마는 사무실에서 챙겨 온 견출지를 꺼내 오늘의 날짜를 쓴 다음 유리병마다 붙였다.

K, 꼭 먹으러 와.

엄마가 말했고 K와 나는 다시 밖으로 나왔다. 시설 좋고 저렴한 호텔로 갔다.

이것 봐. 안마의자에다가 스타일러도 있다.

우린 둘 다 쓰지 않을 거지만.

별말도 없이 캔맥주를 좀 마셨고 K가 먼저 잠들었다. 어쩌면 K에게는 하고 싶은 말이 있었을지도 모른다는 생각을 했다.

다음 날 K와 나는 해장을 하려고 다시 뼈다귀해장국집을 향해 걸었다. 쌀쌀했지만 이제 진짜 봄이 올 것만 같은 날이었다. 어젯밤에 본 별도 그렇고, 서울하고 햇살도 뭐가 좀 다른 것 같다고 K가 말했고 나는 그냥 웃었다.

어? 잠깐만.

나는 K를 두고 잠시 뛰었다. 진미짬뽕이 문을 연 것 같았다. 드르륵 문을 밀면서 K에게 이쪽으로 오라고 손을 흔들었다. 가게 안은 그대로였지만 사람은 보이지 않았다.

저기요.

한참이나 가게 안을 두리번거렸지만 인기척은 없었다. 나는 다시 밖으로 나왔다. 가게 앞에 K가 서 있었다. 어떻게 된 걸까 생각하다가 문을 닫고 골목을 걸어나가는데 그동안 눈과 비와 바람을 맞았을 '건강상의 이유로 당분간 쉽니다'라는 문구가 적힌 종이가 바람에 날려 구석으로 말려들어가고 있었다.

우리는 또 뼈다귀해장국을 먹었고 K가 굳이 엄마에게 인사를 하고 간다고 해서 마트에 들러 두유니 뭐니 하는 것들을 잔뜩 샀다.

우린 매일 짐이 무거워.

그러게.

젊을 때 이러면 나중에 고생한다는데.

고생이라…….

시시껄렁한 얘길 하며 골목으로 들어왔는데 나비 한 마리가 진미짬뽕 안내문을 물고 슬레이트 벽 앞에 앉아 있었다.

겨울이 가니 봄이 왔고 봄이 오니 목련과 산수유, 개나리와 과일나무 꽃들이 뒤섞여 동네도 성당도 더 아름다운 모습이 되었다. 엄마와 나는 종교는 없었지만 자주 성당을 산책했다. 그간 얼추 한국말을 하게 된 엄마의 직장 동료들은 이제 각자 자신의 나라에서 온 동료들에게 각종 말을 알려주었고 나는 화요일마다 출근을 하지 않아도 되어서 하던 심부름만 하며 지냈다. 이 정도면 충분하다고 사장은 말했다고 한다. 나 역시 충분하다는 생각이 들었고 그래서 기분이 좋았다.

나는 시간이 날 때마다 기차역이 보이는 카페에 가서 그림을 그렸다. 해산을 하고 왔군요, 오해를 받은 적은 있어도 왜 내려왔느냐고 물은 사람이 없어서 내가 왜 내려왔는지는 진실로도 거짓으로도 대답할 일이 없었다. 아무 말도 할 필요가 없었던 것이다. 어느 날 밤엔 갑자기 외롭거나 불안하기도 했지만 별다른 노력 없이도 아침엔 괜찮아졌다.

틈틈이 작업한 그림책 원고를 들고 서울에 가려고 아침부터 기차역엘 갔는데 거기서 재섭 씨를 보았다.

오늘은 짐이 없으시네요.

재섭 씨가 말했다. 나는 그러네요, 말하고 웃었다. 재섭 씨는 대학 동기의 결혼식이 내일이라 오늘부터 주말까지 휴가를 얻었다고 했다. 오늘은 여기저기 다니면서 좀 놀고 내일 결혼식에 참석할 예정이라고 했는데 대학 동기들을 만나면 보나 마나 이름 가지고 놀려댈 거라며, 계속 놀림을 받으면 진짜로 화도 나는데 어쩌냐며 걱정을 했다.

초딩처럼 이름 가지고 놀려요, 진짜.

그 모습이 사뭇 진지한 걸 보니 웃으라고 한 말 같지는 않았다.

전 재섭 씨 이름이 좋다고 생각하는데요.

나도 모르게 그런 말이 나왔다.

그쵸!

대답을 바란 건 아니었겠지만, 재섭 씨의 말에 고개를 끄덕였다.

수연 씨는 어쩐 일로 올라가세요?

재섭 씨가 물었고 나는 그냥 볼일이 있다고 말했다. 오래 걸리는 일인가요, 재섭 씨가 물었고 내가 아니라고 말했더니 그럼 오늘 저랑 조금만 놀까요, 하고 물었다. 내가 어찌해야 할지 몰라서 대답을 안 하고 있었더니 미술관에 갈까 하는데요, 라고 말했다.

아…… 미술관이라면 조금 가고 싶네요.

고민을 하다가 겨우 한마디를 했다. 우리는 곧 들어선 기차에 올랐고, 각자의 자리로 가 앉았다. 나는 창밖을 바라보며 이런저런 생각을 했다. 대단할 것 없는 풍경들이었지만 보고 있자니 기분이 좋았다. 내리기 전에 재섭 씨가 내가 앉은 쪽으로 왔다.

서울이네요.

네.

시답잖은 말을 몇 마디 했고 재섭 씨와 나는 서울역에서 내렸다.

이따가 다시 만나려면 전화번호를 알아야겠는데요.

재섭 씨가 말했고 나는 그가 내민 휴대전화에 내 전화번호를 눌렀다. 곧이어 내 휴대전화가 울렸다. 거기엔 재섭 씨의 전화번호가 떠 있었다.

나는 공덕에 있는 출판사에 갔다가 카페에 가서 커피를 한 잔 마신 다음에 재섭 씨에게 메시지를 보냈다.

[볼일을 다 보았어요.]

그러자 곧바로 재섭 씨에게 답장이 왔다.

[시청역 12번 출구에서 만나요.]

재섭 씨는 정시에 도착했다. 우리는 사람들을 지나치며 걷기 시작했다.

사람이 참 많아요, 그쵸?

네.

나는 주위를 둘러보며 짧게 대답했다.

이젠 서울에 오면 적응이 안 돼요.

저도요.

우리는 많고 많은 사람들을 바라보며 별말 없이 덕수궁 돌담길을 걸어 미술관으로 갔다. 자주 오던 길이고 좋아하는 길이었다.

근데 사람이 진짜 많다. 그쵸?

내가 말했더니 재섭 씨가 제가 했던 말이잖아요, 라며 웃었다.

또 할 수도 있죠. 또 하세요.

하면서 재섭 씨는 또 혼자 웃었다. 우리는 미술관 안으로 들어갔다. 지나치고 싶으면 지나치고 멈추고 싶으면 멈추는 게 좋아서 원래 혼자서 전시를 보곤 했었다. 하지만 지금은 재섭 씨와 같이 보고 있고…… 나는 언제 발걸음을 옮기면 좋을지 몰라 재섭 씨의 표정이나 몸짓 같은 것을 조금씩 살피며 전시를 보았다. 어쩌면 재섭 씨도 그랬을까. 작품들을 눈으로 보았는지 발로 보았는지 모르게 보폭을 맞추며 걷다 보니 어느새 시간이 많이 지나 있었다.

우리는 밖으로 나와 잠시 앉아 있다가 다시 걷기 시작했다.

영국대사관 쪽으로 막혀 있던 길이 뚫렸다고 하네요.

네.

그쪽으로 갈까요.

좋아요.

재섭 씨와 나는 천천히 걸었다. 와플을 사 먹고 싶은데 재섭 씨 앞에서 무언가를 먹기가 불편할 것 같기도 해서 고민만 하고 있을 때 재섭 씨가 와플을 먹자고 말했고 우리는 와플을 먹으며 한 번 더 그 길을 걸었다.

이 길을 같이 걸으면 헤어진다는 말이 있잖아요.

네.

재섭 씨가 갑자기 뛰었다. 뛰면서 나를 돌아보았다. 나는 와플이나 먹으면서 재섭 씨를 향해 천천히 걸었다. 재섭 씨는 뛰는 것을 멈추고 그 자리에 서서 나를 기다렸다.

제가 좀 재미가 없죠.

어떤 스님이 그러시는데 재미없게 사는 게 최고라고 하던데요.

진짜 그럴까요.

나와 재섭 씨는 다시 같이 걷기 시작했다.

헤어지는 게 두려우면 더 사랑하면 될 텐데. 그쵸?

재섭 씨가 말했고 나는 그냥 가만히 있었다. 물론 자기
가 아는 어떤 커플도 이 길을 걸은 뒤에 헤어지긴 했다고
말하면서도 아, 그러고 보니 내일 결혼하는 커플도 미술관
에 갈 때마다 이 길을 걸었다고 덧붙였다. 아무튼 오늘은
오랜만에 미세먼지도 없고 날씨도 기분도 좀 많이 좋다고,
나는 생각했다.

저녁으로 같이 우동을 먹자기에 미안하지만 우동은 다
음에 먹자고, 내려가는 기차표를 끊어두었다고 말했다. 괜
찮다는데도 재섭 씨는 나를 서울역까지 데려다주었다.

그럼 다음에 우동을 동네에서 먹나요, 덕수궁에서 먹나
요.

내가 물었고,

둘 다 좋지만 아무래도 덕수궁이 좋지 않을까요.

재섭 씨가 말했다. 오늘 영 재섭 씨를 재미있게 대하지
못한 것 같아 영등포역에서 비둘기 똥을 맞은 얘기를 했더
니 새는 괄약근이 없어 소화를 시킴과 동시에 싸버릴 수밖

에 없는데 자기가 알기론 서울역엔 영등포역보다 비둘기가 더 많다고, 아무튼 뭐든 더 많다고 재섭 씨가 말했다.

조심하세요.

재섭 씨가 진지하게 말했고, 비슷하게 재미가 없어서 좋다고, 나는 생각했다.

[마중 갈까?]

도착 무렵 엄마에게서 메시지가 왔다.

[거의 다 왔어. 괜찮아.]

답장을 보내고 역에서 내린 뒤엔 큰길로 갔다. 길엔 나말고 아무도 없었다. 나는 괜히 뛰다가 멈추기를 반복했다. 벌써 멀어진 기차역을 바라보며 잠시 멈춰 있을 때 재섭 씨에게 메시지가 왔다.

[잘 도착했나요.]

[네.]

[별일은 없고요?]

[기차 타고 조금 오는데 별일은요.]

[아무튼 잘 가셨다니 마음이 놓입니다.]

[저도요.]

답장을 보내고 나서 한참을 휴대전화 화면만 바라보았다. 나는 아무 말도 하지 않았는데…… 그런데도…… 울지 않으려고 고개를 들었을 때, 저 멀리 반대편에서 내가 있는 쪽으로 횡단보도를 건너는 엄마의 모습을 보았다. 선선한 봄바람이 불었고 나는 멀리 간격을 두고 떨어져 있는 집 몇 채와 십자가만 하나 보이는, 고요한 풍경 속으로 걸어 들어갔다.

오후 5시,
한강은 불꽃놀이 중

조수경

조수경

글·그림·여행. 세상 구경 실컷 하고, 아이들과 동물들을 사랑하면서 살다 가고
싶은 소설가. 경희대학교 국어국문학과를 졸업했고, 2013년 〈서울신문〉 신춘문
예에 단편 〈젤리피시〉가 당선되어 등단했다. 장편소설 《아침을 볼 때마다 당신
을 떠올릴 거야》로 소나기마을문학상 황순원신진상을 수상했다. 소설집 《모두
가 부서진》이 있다.

오늘

　금요일 오후치고 도로는 한산했다. 하늘은 금방이라도 눈을 쏟을 것처럼 무겁게 내려와 있었고, 바람이 불 때마다 낙엽이 바닥을 긁는 소리가 요란했다.

　나는 앞차와 충분히 거리를 두고 달렸다. 1톤 트럭에는 재활용인지 폐기용인지 모를 가구들이 잔뜩 실려 있었다. 얼핏 안정적으로 쌓아 올린 듯했지만, 자세히 보면 곳곳에 헐거운 틈이 있었다. 낡은 가구들은 서로 부딪히며 불안하게 흔들렸다. 금방이라도 한쪽으로 쏠려 바닥에 떨어질 것만 같았다. 뒤에 실은 물건 때문인지 트럭은 속도를 내지 못했다. 왕복 2차선 도로에서 트럭을 앞지를 방법은 한 가지뿐이었다. 전방을 살피고 방향을 틀었다. 황색 실선을 침범했을 때, 맞은편에서 검은색 SUV가 나타났다. 차는 경적을 울리며 빠른 속도로 달려왔다. 서둘러 핸들을 돌렸다. 땀에 젖은 손바닥이 자꾸만 미끄러졌다.

서울 서남부에 위치한 사무실에서 서남쪽으로 좀 더 내려가는 길에 경로를 두 번이나 이탈했다. 그 결과 시(市)의 경계를 살짝 벗어났고, 궤도에 재진입하기 위해 한적한 도로를 지나는 중이었다. 출발한 지 20분도 안 됐지만, 지명이 낯선 탓에 아주 멀리 떠나온 기분이었다. 심지어 두렵고 불길한 마음마저 들었는데, 그건 앞에서 달리는 트럭 때문이었다. 나는 짐칸 꼭대기에 아무렇게나 얹어놓은 붉은색 소파를 쏘아봤다. 소파가 큰 폭으로 흔들린다고 느낀 순간, 트럭이 어둠 속으로 사라졌다.

터널에 진입하자 헤드라이트에 불이 들어왔다. 시야가 조금씩 선명해졌다. 나는 미간을 좁혔다. 붉은색 소파가 아래로 기울어 있었다. 기분이 그런 걸까. 아니었다. 아까는 밑에 놓인 장식장 서랍이 두 칸 다 보였는데, 지금은 한 칸만 보였다. 그 사실을 깨닫는 동시에 소파가 떨어졌다. 브레이크를 밟았다. 날카로운 마찰음이 귀를 찔렀다. 소파는 바닥에 떨어지고도 몇 바퀴를 구른 뒤에야 멈췄다. 도로 한가운데 누워 있는 핏빛 소파는 처참한 사고 현장을 연상시켰다. 몸이 떨렸다. 축축하게 젖은 손바닥을 바지에 문질렀다. 괜찮아, 곧 트럭이 멈추고 운전사가 내리겠지.

문득 연석의 목소리가 듣고 싶었다. 나는 전화기를 꺼내 들었다.

4일 전

월요일 아침. 사무실에 들어와 출입문을 닫는데 거기 A4용지가 붙어 있었다.

문을 닫으세요. 돈이 셉니다.

매직으로 눌러쓴 글자를 보자 한숨이 나왔다. 사장의 필체였다. 몇 개의 작은 사업체를 굴리는 사장은 출근 시간이 일정치 않았다. 오후 늦게 나타나는 날도 종종 있었으나 월요일은 아침 8시부터 자리를 지켰다. 덕분에 나 역시 월요일만큼은 평소보다 일찍 집을 나서는 습관이 생겼다.

사무실은 서울 서남부에 위치한 5층짜리 낡은 건물 3층에 자리 잡고 있었다. 일자리를 소개해주는 곳이었는데, 주로 중국 국적을 가진 이들이 찾아왔다. 구직자 중에는 남자들이 더 많았고 철우 씨와 광재 씨 등이 그들을 상대했다. 나는 전화를 받거나 사장의 심부름 같은 잡다한 업무를 도맡았다. 일은 어렵지 않았다. 가끔 우리 쪽에서 소개한 육아도우미가 마음에 들지 않는다며 항의하는 고객이 있기는 했다. 이유는, 예를 들면 이런 거였다. 폐렴으로 입원한 아이가 퇴원하던 날, 조선족 도우미가 '출원'이라는 말을 쓰더라. 아이가 이상한 한국말을 배우게 될 거라며 불만을 터뜨리던 부모는 결국 돈 문제에서 갈등하다 전화를 끊었다. 한국 국적을 가진 도우미보다 중국 국적을 가진 도우미를 쓸 때 확실히 비용을 줄일 수 있었다. 이런 일이 썩 유쾌하지는 않았지만 불만은 없었다. 출퇴근 시간이 일정하다는 것, 짬짬이 유튜브 강의를 시청할 수 있다는 것, 주말을 온전히 내 시간으로 쓸 수 있다는 것 등 장

점이 더 많은 직장이었다.

딱히 힘들 게 없는데도 월요일 아침, 종이 한 장 때문에 몹시 피로해졌다. 사장은 출입문을 열어두면 복도 달아나고 돈도 샌다는 이상한 믿음을 가진 사람이었는데, 방문객 중에는 문을 그대로 열어두고 들어오거나 나가는 사람들이 종종 있었고, 냉방이 필요한 여름이나 지금처럼 난방이 필요한 겨울에는 어떤 면에서 돈이 샌다고 볼 수도 있었다. 지난주에는 문을 열어두고 다니는 사람이 유난히 많았다. 그때마다 인상을 찌푸리던 사장이 참다못해 손수 종이를 붙여둔 거였다. 그것은 부탁의 말이 분명했지만, 필체가 거칠어 경고문처럼 느껴졌다.

문득 지난여름에 목격한 장면이 떠올랐다. 퇴근길, 사무실 건물을 막 빠져나왔을 때 조선족 여자가 빗자루로 길바닥을 내리치고 있었다. 맞은편 건물 1층에서 장사하는 미림식당 여자였다. 여름 해가 길어 세상은 아직 훤했다. 가볍게 인사하고 지나치려는데, 여자가 나에게 하는 말인지 혼잣말인지 알 수 없는 소리를 질렀다. 시선을 따라가보니 빗자루 아래에 커다란 곤충이 있었다. 담황색 몸통에 오렌지색 반점이 있는 어른 손가락만 한 곤충이었다.

"이놈의 벌레, 징그러워 죽겠네."

여자는 몸을 떨면서도 쉬지 않고 빗자루를 휘둘렀다. 벌써 여러 차례 내리친 뒤라 곤충은 성치 않아 보였다. 더 듬이와 여섯 개의 다리를 겨우 움직이며 포획자로부터 달아나기 위해 버둥거렸다.

"아줌마, 그거 죽이면 안 돼요. 그거……."

내 말이 끝나기도 전에 여자는 다른 손에 들고 있던 쓰레받기로 곤충을 내리찍었다. 단단한 외피를 가진 생명체는 순식간에 두 동강이 났다. 여자는 인상을 찌푸리고 비질을 하다가 나를 올려다봤다.

"무슨 말인지 못 들었네. 아까 뭐라고 한 거야?"

나는 잘린 몸통에 달린 다리가 구물거리는 것을 바라봤다. 그거 함부로 죽이면 안 된다고요. 그거, 벌레 아니고 천연기념물이라고요. 말을 입 밖에 내는 대신 여자에게 인사도 없이 돌아섰다. 어쩌면 학자들의 눈에 띄지 않았을 뿐 곤충은 여전히 서울 어딘가에 서식 중인지도 몰랐다. 혹은 누군가 불법으로 기르던 곤충이 사육장에서 탈출한 건지도 몰랐다. 그러나 나는 천연기념물이 서울에서 발견된 기이한 이유보다 여자의 행동에 집중했다. 그저 독이 가득한 벌레로 보였겠지. 장수하늘소가 뭔지 그런 여자가 어떻게 알겠어.

그날 이후로 누가 "어디 살아요?" 하고 물을 때마다 이상하게도 빗자루를 휘두르던 미림식당 여자가 생각났다. 토막 난 채로 꿈틀거리던 곤충도 함께 떠올라 나는 동네 이름을 작게 말하고는 슬그머니 화제를 돌렸다.

"의진 씨이"

점심을 먹고 돌아온 사장이 자리에 앉자마자 나를 불렀다. 이름 다음에 '씨' 자를 길게 늘여 부르는 건 믹스커피를 타 오라는 신호였다. 나는 유튜브 영상을 정지시켰다. 멈춘 화면에서 이 박사가 지도 한가운데를 가리키고 있었다. 이 박사는 아는 사람들은 다 아는 유튜브 스타강사였다. 분야는 부동산. 투자해야 할 곳을 기가 막히게 집어준다 해서 '족집게 이 박사'라고도 불렸고, 별명처럼 지시봉 대신 족집게를 사용했다. 강의는 오프라인에서도 진행됐는데, 아무나 참석할 수 있는 자리가 아니었다. 이 박사가 운영하는 인터넷 카페에서 '우수회원' 이상이 되어야 접수할 자격이 생겼다. 수강료가 만만치 않았지만, 신청자는 늘 넘쳐났다.

전에 다닌 IT업체에서는 야근은 물론, 주말에 출근하는 것도 일상이었다. 열심히 일하고 알뜰하게 저축하면 언젠가 서울에 작은 아파트 한 채쯤 살 수 있을 거라고 생각했는데, 우연히 이 박사의 강의를 접하고 그것이 불가능한 꿈이라는 걸 깨달았다. "여러분, 안 먹고 안 입고 짠돌이 짠순이 소리 들어가면서 저축하면 뭐합니까? 그동안 집값은 또 무섭게 오르는데?" 질문을 던지고 그는 말없이 카메라를 응시했다. 침묵은 고스란히 불안감으로 돌아왔다. 저축으로 집을 살 생각을 했다니 얼마나 어리석고 순진했던가. 자책과 좌절감에 절망한 순간, 이 박사가 부드러운 음성으로 위로를 건넸다. "여러분, 나는 투자를 하기에 아직 멀었다, 절대 이런 생각하지 마세요. 왜냐, 우리에겐 갭투자가 있으니까."

몇 개의 프로젝트를 끝내고 보너스를 받았을 때, 나는 계획했던 대로 디지털단지를 떠났다. 그동안 부은 적금에 퇴직금과 보너스까지 합하면 제법 큰돈이었다. 팍팍하지 않은 일자리를 얻고 이 박사가 운영하는 카페에 수시로 드나들며 작은 정보 하나도 놓치지 않았다. 먼저 감을 익히고 나서 본격적으로 투자를 시작할 계획이었다. 소모임도 활발하게 참석했다. 최근에는 회원들과 함께 지방으로 '관광'도 다녔다. '관광'은 45인승 버스를 빌려 투자가치가 있는 지역 몇 군데를 돌아보는 일이었는데, 거주할 집을 보러 다니는 사람은 아무도 없었다. 적은 돈을 투자해 전세 낀 아파트를 매수한 다음, 가격이 정점을 찍는 타이밍을 놓치지 않고 되팔려는 '꾼'들이었다. 개중에는 나 같은 평범한 직장인도 몇 있었고, 꿈의 종착지는 서울 중심가에 있는 30평대 아파트였다.

"아, 그리고 식사권 좀 구해놔."

"어디 거로요?"

티스푼을 찻잔에 넣고 휘휘 저었다. 인스턴트커피 향이 올라오며 유리창에 뿌연 흔적을 남겼다. 창밖으로 검정 패딩점퍼를 입은 남자가 보였다. 한 손에 파란색 선풍기를 들고, 다른 손으로는 캐리어를 끌며 어딘가로 가고 있었다. 바퀴가 지나간 자리에 진한 잔상이 남았다. 남자는 지금 삶을 옮기는 중이었다.

"하얏뜨로 여덟 장. 언니네 엄마가 환갑이란다."

사장은 꼭 '하얏트'를 '하얏뜨'라고 발음했다. 그는 종종 상품권 심부름을 시켰다. 그랜드하얏트서울의 테라스, 서울신라호텔의 더파크뷰, 반얀트리클럽앤스파서울의 그라넘다이닝라운지, 시그니엘서울의 스테이 등등 선물 받을 상대방의 성향과 취향에 맞는 호텔을 선정해 식사권 혹은 패키지 상품권을 사 오게 했다. 사장은 선물을 전달하기 전날 심부름을 시켰는데, 그 이유는 상품권에 선명하게 찍힌 날짜로 '당신을 위해 정성껏 준비한 선물'임을 증명하기 위해서였다.

하지만 이번에는 달랐다. 사장은 한남동에 다녀오라는 말 대신 중고나라에 들어가라는 지시를 내렸다. 유효기간이 임박한 물건일수록 더 저렴하게 구할 수 있다는 팁까지 알려주면서. 고개를 끄덕이며 찻잔을 건넸다. 사장은 뜨거운 커피를 후루룩 마셨다. 유난히 붉은 얼굴이 더 벌게지며 콧등에 땀방울이 맺혔다. 그렇게 돈이 아까우면서 대체 바람은 어떻게 피우지. '언니'는 사장의 애인이었다. 사모님은 '아줌마'라고 불렀는데, '아줌마'의 엄마, 그러니까 장모 칠순 때는 분명 장충동 신라호텔까지 심부름을 다녀왔었다.

"촌사람들한테는 하얏뜨에서 구경하는 한강 야경이 최

고거든.”

커피로 우물우물 입가심을 하고 사장이 말했다. 자리로 돌아와 중고나라 창을 띄우고 회원가입 절차를 밟으면서도 뭔가 내키지 않았다. 내가 전주 출신이라는 걸 빤히 알고도 사장은 종종 지방 사람을 얕보는 말을 했다. 천박하다니까 진짜. 생각할수록 짜증이 났다. 게다가 장모와 내연녀 엄마의 생일을 차별하는 건 정말 치사한 짓이었다. 사장이 바람을 피우는 걸 좋게 본 적이 없으면서도 이건 뭔가 아니다 싶었다. 화를 누르며 한숨을 내쉴 때, 출입문에 붙여둔 종이가 눈에 들어왔다. 아침에 저걸 보고 피로감 혹은 불쾌감 같은 걸 느꼈는데, 비로소 그 이유를 알 것 같았다. 그래, 수치스러웠다. 글자를 틀리게 쓴 사장도, 그런 사장 밑에서 일하는 나도, 사무실을 오가는 이들 중 잘못된 글자를 집어낸 사람이 아무도 없다는 사실도, 갑자기 모든 게 수치스럽게만 느껴졌다. 이런 동네였다. ‘찌개’를 ‘찌게’로 써 붙인 동네. 중국어 간판이 더 많은 동네. 아이의 얼굴에서 20세기의 분위기가 풍기는 동네. 길에 함부로 침을 뱉고 쓰레기를 버리는 사람들이 사는 동네. 그리고, 천연기념물을 아무렇게나 때려죽이는 여자와 바람은 피우지만 돈 쓰는 건 아까운 남자가 사는 동네.

나는 한글 창을 띄우고 견고딕체, 글자 크기 80으로 이렇게 써넣었다.

문을 닫으세요. 돈이 샙니다.

A4용지에 출력해 헌 종이를 떼고 새로 붙여놓았다. 화장실에 다녀오던 사장이 문을 힐끗 보더니 만족스러운 얼굴을 했다. 맞춤법에 대한 언급은 없었다.

3일 전

출근하자마자 중고나라 게시판에 들어갔다. 밤새 올라온 게시물은 생각보다 많았다. 식사권을 선물 받았는데 갈 시간이 없어서 내놓은 사람. 기념일에 쓰려고 사두었는데 사정이 생겨 되파는 사람. 어떤 사람은 두 장. 어떤 사람은 여섯 장. 아직 유효기간이 넉넉한 것도 있었고 일주일만 지나면 휴지 조각이 돼버릴 것도 있었다. 나는 사장이 알려준 대로 유효기간이 임박한 상품권을 올린 사람, 여러 장을 구입할 경우 가격 절충이 가능하다는 글을 남긴 사람의 닉네임을 메모해두었다. 확실히 두 장을 살 때보다 네 장을 살 때가, 네 장을 살 때보다 여섯 장을 살 때가 더 경제적이었다. 모니터 옆에 세워둔 달력을 곁눈질했다. 2주 뒤가 연석과의 2주년 기념일이었다.

유 대리님, 남산 올라가본 적 있어요?

IT업체를 그만두고 몇 주 지났을 때, 같이 일했던 연석에게서 메시지가 왔다. 야근하다 쪽잠을 잘 때 어깨에 담요를 둘러주던 사람, 내 자리에 비타민 음료를 가져다 놓던 사람이 연석이라는 걸 알고 있었기에 메시지에 담긴 속뜻을 짐작할 수 있었다. 조금 심심했지만 깔끔하고 선한 사람이었다. 내가 만든 콘텐츠를 담당한 프로그래머였는데, 기획자의 의도를 정확하게 파악하는 똑똑한 동료였다. 무엇보다 확실한 기술이 있으니 일자리 걱정은 없을 거라는 생각이 들었다.

걷기에는 추운 날씨였으므로 연석의 차를 타고 남산에 올랐다. 차창 밖으로 보이는 근사한 야경에 마음이 금세 말랑해졌다.

"유 대리님, 계속 서울에 있을 거예요?"

눈이 마주치자 연석은 황급히 고개를 돌렸다. 둥그런

귀가 빨개지는 것을 보고 웃음이 났다.

"회사도 그만뒀는데 아직 유 대리님이 뭐예요. 나이도 같은데 이름 불러요, 서로."

천천히 차를 몰던 연석이 시동을 끈 곳은 5성급 호텔 앞이었다. 그랜드하얏트. 건물 꼭대기에서 하얗게 빛나는 글자를 발음하자 혀끝에 달콤한 맛이 감돌았다. 연석은 창가 자리를 예약해두었고 부담스럽지 않을 정도의 매너를 유지했다. 심심한 사람답게 별다른 말이 없었지만, 이번에는 말이 없다기보다 망설이는 것처럼 느껴졌다. 그는 식사가 마무리될 즈음에야 어렵게 입을 뗐다.

"의진 씨, 나랑 진지하게 만나볼래요?"

창밖으로 미끄러질 듯 부드러운 강이 흐르고 있었고, 그 위로 도시의 불빛이 잘게 부서지며 반짝였다. 고향인 전주에서도 몇 번 동고사에 올라 시내를 내려다본 적이 있었다. 전주의 야경이, 뭐랄까, 고요하고 평면적이라면 서울의 야경은 화려하고 입체적이었다. 나는 창가에 고정해두었던 시선을 연석에게로 옮기며 고개를 끄덕였다.

그날, 소망이 하나 늘어났다. 창문 너머로 이웃의 초라

한 삶이 보이는 집이 아니라 멋진 야경이 보이는 집에서 살고 싶다고.

지금 내가 사는 곳은 사무실과 같은 구(區)에 속한 동네였다. 그러나 중국인 밀집 지역에서는 꽤 떨어진, 집에서 조금만 걸어가면 고층아파트와 대형마트, 백화점과 5성급 호텔이 들어선 번화가가 나오는 곳이었다. 가까운 곳에 하천이 흐르고 있었는데, 건너편에는 내가 살고 있는 곳과 비슷하지만 집값은 제법 차이 나는 동네가 자리 잡고 있었다. 연애 초기에 연석과 천변을 산책하다 그 얘기를 처음 들었다.

"거짓말. 하천 하나 사이에 두고 있을 뿐인데, 그게 말이 돼?"

처음에는 그 말을 믿지 않았다. 연석이 스마트폰을 꺼내 시세를 확인시켜줬음에도 쉽게 이해할 수 없었다.

"낡긴 했지만 단지도 크고, 학군도 좋고. 그래서 아이를 키우는 사람들에겐 강남만큼이나 매력적인 곳이거든."

연석은 커다란 손을 펼쳐 내 뒤통수를 따뜻하게 감쌌다.

사실 나에게는 강남의 아파트 단지나 맞은편 동네나 다 재미가 없었다. 그저 아파트와 학원으로 가득한, 이야기가 없는, 색깔이 없는 동네 같달까. 하지만 서울 생활이 길어 지면서 지하철에서 함부로 밀치며 먼저 타거나 내리려는 사람들, 공공장소에서 스마트폰으로 TV를 보는 사람들, 방음에 취약하다는 걸 알면서도 새벽 2시가 넘도록 웃고 떠드는 이웃들로 마음이 피로해질 때면 나는 다리를 건너 맞은편 동네로 향했다. 외국영화에서 본 유모차에 아기를 태우고 나온 젊은 엄마들. 다정하게 등을 굽혀 손주의 얘 기에 귀 기울이는 할아버지와 할머니들. 삶에 여유가 묻어 있는 걸음에 합류해 느리게 걷다 보면 찌들었던 마음이 어 느덧 말개졌다. 그래서였을까. 어느 날 한강을 지나다 연 석이 낡은 아파트를 가리키며 저기에 자기 이름으로 된 집 이 하나 있다고 했을 때, 나는 가슴이 두근거렸다.

　"저게 볼품없어 보여도 재건축만 되면 로또에 당첨되 는 거나 다름없어. 지금도 거실에서 한강이 보이는데, 초 고층으로 올리면 특급호텔 전망도 부럽지 않을걸."

　연석은 언젠가 그와 내가 결혼해 그 집에 함께 살고 있 을 거라는 가정을, 가정이 아닌 우리에게 다가올 당연한

156

미래인 것처럼 말했고, 나는 그런 얘기들이 좋아 상체를 연석 쪽으로 좀 더 기울였다. 연석과의 결혼을 생각한 건 그 무렵이었다. 이제는 오랜 세월을 함께 산 부부처럼 감정이 밋밋해졌지만, 관계를 정리해야겠다는 생각은 들지 않았다. 단점이 별로 없는 사람, 확실한 기술을 갖고 있는 사람……. 그와 헤어지지 않는 이유는 여러 가지가 있었는데, 그중에는 분명 한강 조망이 가능한 아파트가 포함돼 있었다.

그랜드하얏트에 가자. 월급에 비해 좀 무리한 지출이기는 해도 2주년 기념일에 연석과 다시 한강 야경을 보고 싶었다. 내 또래의 연인들에게 '2년'은 결혼을 하거나 헤어지거나 둘 중 하나를 선택해야 할 때가 됐음을 말해주는 시간이었다. 요즘 연석은 어떤가. 아침마다 보내던 짧지만 다정한 문자를 종종 건너뛰었다. 전화를 걸어도 받지 않을 때가 있었다. 어떤 날의 눈빛은 낯설었고, 어떤 날의 손길은 여전히 세심했다. 연석은 감정 변화가 거의 없는 사람이지만 그만큼 그 속을 알 수 없어 불안했다. 이제 우리 관계를 새로운 단계로 끌어올릴 타이밍이었다. 사장이 주문한 여덟 장에 내가 두 장을 추가해 총 열 장이 되면 따로

살 때보다 더 경제적인 셈이었다. 이런 기회에 특별한 이
벤트를 준비하는 것도 나쁘지 않겠지. 마침 누군가 식사권
을 딱 맞게 내놓기도 했고.

**그랜드하얏트서울 식사권 판매합니다. 유효기간 20XX년 X월
XX일. 총 10매. 짝수 단위로 판매. 10매 모두 구입 시 가격 절충
가능. 직거래, 등기 거래 모두 가능.**

나는 게시물을 한 번 더 확인하고 쪽지를 보냈다.

**식사권 아직 있나요? 열 장 전부 구입할 의사 있습니다. 연락
주세요.**

2일 전

아침에 출근해 중고나라에 접속했을 때 받은 쪽지함에
메시지가 들어와 있었다.

**식사권 문의 주셨죠? 열 장 다 가능합니다. 연락 주세요.
010-XXXX-XXXX.**

나는 상대방이 남긴 번호로 문자를 보냈다.

식사권 문의한 사람입니다. 직거래 원하는데, 지역이 어디시

죠?

곧장 답장이 왔다.

여긴 원주예요.

여긴 서울인데, 멀어서 어렵겠네요.

얘기가 싱겁게 끝났다고 생각했는데 아니었다.

확실히 구입하실 거면 이천까지는 갈 수 있습니다.

이천이 어디쯤이지? 인터넷으로 위치를 검색했다. 대략 서울과 원주 중간 정도 되는 곳이었다. 아주 멀다고 할 수는 없지만, 곧바로 좋다고 대답할 만한 거리도 아니었다. 고민하는 걸 알아챘는지 상대방이 다시 메시지를 보내왔다.

이천까지 오시기 어려우면 등기 거래해도 되고요. 빠른 등기는 다음 날이면 받아보실 수 있습니다.

대답을 미루고 중고나라 게시판을 다시 살폈다. 새로 올라온 글 중에 조건이 맞는 건 없었다. 사장이 말해준 팁을 메모해둔 노트를 펼쳤다. 직거래 우선으로 할 것. 직거래가 어려우면 안전거래 이용할 것. 거래 전에 상품권 일련번호 확인할 것.

일련번호 먼저 볼 수 있을까요? 사용 가능한 건지 확인해보고

구입하려고 합니다.

전송 버튼을 누르고 얼마간 시간이 흘렀지만, 이번에는 상대방이 답이 없었다. 다른 판매자가 나타나기를 기다려야 하는 걸까 생각했을 때 전화벨이 울렸다. 조금 전까지 문자를 주고받았던 번호였다.

"여보세요?"

"갑자기 전화 드려서 죄송해요."

20대 후반이나 30대 초반쯤 됐을까. 나와 비슷한 또래로 짐작되는, 차분한 말투에 약간의 수줍음이 느껴지는 여자 목소리였다.

"아니에요. 말씀하세요."

"사람을 믿어야 하는데, 요즘 워낙 이상한 사람들이 많아서요. 일련번호를 함부로 알려드리기도 좀 그렇고…… 그쪽 아이디 확인해봤는데, 새싹회원이라 거래내역도 전혀 없더라고요. 아무래도 목소리를 들으면 조금은 안심이 될 것 같아서 전화 드렸어요."

물건을 파는 사람이 사기당하는 경우도 있나? 잠시 의문이 들었다. 하지만 저마다 자기 입장이라는 게 있는 거니까. 상대방 입장에서 생각해보니 충분히 걱정할 수 있는 문제였다.

"네, 안심하셔도 돼요. 그리고 일련번호만으로는 식사권을 사용할 수 없으니까 마음 놓으세요."

"그건 알고 있지만, 혹시라도 위조한 상품권이 아닐까 걱정하시는 것처럼 제 입장에서는 일련번호를 알려주면 어떤 식으로든 악용할 수 있지 않을까 신경 쓰일 수밖에 없어서요."

상대는 잠시 말을 멈췄다.

"혹시 식사권 구입하시는 이유가 뭔지 여쭤봐도 될까요?"

뭐라고 해야 하나. 사장의 심부름, 내연녀 엄마의 환갑, 연석과의 2주년을 앞두고 이끌어내야 할 중대한 결정. 이 모든 걸 설명하기엔 너무 복잡하고 또 구차했다.

"엄마 환갑이라서요."

나도 모르게 가짜 대답이 튀어나왔다.

"그렇군요. 저도 엄마 환갑 때 쓰려고 중고나라에서 조금씩 사 모은 거거든요. 정말 힘들게 모았는데. 근데, 엄마가 몸이 안 좋아지셔서……"

수화기 너머에서 엷은 한숨 소리가 이어졌다.

"하여간 알겠어요. 믿어야죠. 일련번호 찍어서 보내드
릴게요. 의심해서 불쾌하셨다면 죄송해요."

잠시 뒤, 메시지 수신음이 몇 차례 울렸다. 일련번호가
잘 보이도록 촬영한 식사권 사진. 호텔에 전화해 확인해보
니 모두 사용이 가능한 것들이었다.

1일 전

사장은 점심시간이 조금 지나서야 들어왔다.

어제 일련번호를 확인한 후에 식사권 판매자와 적당한
선에서 가격을 맞췄다. 구입한 가격에 비하면 약간 손해를
보는 셈이라고 하면서도 그녀는 "시간도 돈이니까요" 하
고 기분 좋게 합의했다. 거래를 마무리 지으면 더 이상 중
고나라에 드나들며 신경 쓸 필요가 없었고, 그건 그녀에게
든 나에게든 좋은 일이었다. 나는 물건을 등기로 보내되
안전거래를 이용하자고 메시지를 보냈다. 몇 분 뒤 장문의
답장이 왔다.

전에 안전거래를 이용한 적이 있는데, 입금되기까지 시간이

꽤 걸리더라고요. 솔직히 말씀드리면 제가 지금 돈이 급한 상황이라…… 엄마가 병원에 계셔서 당장 카드값 빠져나갈 것도 많고…… 그래서 식사권도 내놓은 거고요. 제 아이디 검색하시면 과거 거래내역 보실 수 있어요. 그래도 불안하시면 주말쯤 이천에서 직거래해도 되고요.

어떻게 하면 좋을지 사장에게 메시지를 보냈지만 기다려도 답이 없었다. 사장은 '언니'와 함께 있는 게 분명했다. 늘 그랬듯 다음 날 점심 무렵에 나른한 얼굴로 나타날 거라는 걸 알면서도 마음이 조급해졌다.

등기로 할지 직거래로 할지 내일까지 확실히 답 드릴게요.

판매자에게 문자를 보내고도 마음이 놓이지 않아 점심까지만 기다려달라는 메시지를 한 통 더 보냈다.

이런 상황이었기에 사무실에 들어온 사장을 붙잡고 곧장 의견을 묻고 싶었으나, 사장은 같이 들어온 광재 씨에게 끊임없이 말을 건네고 있었으므로 내가 끼어들 틈이 없었다. 일단 들을 수밖에 없는 상황이라 들어보니 사장이 오래전에 사둔 낡은 건물이 하나 있는데, 그 동네가 도시개발 구역으로 지정됐다는 얘기였다. 한강변에 있는 연석의 아파트와 비슷한 시기에 지어진 건물이었다. 사장은 기분이 좋아 보였다.

연석의 아파트도 멀지 않았겠지?

내 머릿속에서 그 집은 이미 오래전에 재건축을 마쳤다. 방 세 개. 욕실 두 개. 드레스룸이 딸린 안방. ㄷ자 구조로 만든 주방. 대리석이 깔린 거실. 나는 그 집에 모던한 디자인의 가구를 들여놓고 거기 어울리는 식물도 배치해 뒀다. 한강이 내다보이는 창가에는 작은 테이블과 의자 두 개를 가져다 놓았다. 아침은 간단하게 차려 거기서 먹을 생각이었다. 가끔은 와인이나 맥주 한 잔을 놓고 앉아 야경을 감상해도 좋겠지. 언젠가 새로 지어질 그 집은 나의 집이었다. 문을 열면 익숙한 냄새가 마중 나오는, 나의 집이 되어야 했다. 하얏트 식사권을 구입하는 것만이 연석과 한 단계 더 깊어지는 유일한 방법이라도 되는 것처럼 나는 이 일에 매달리는 마음이었다. 이제 사장의 심부름보다 연석과의 2주년 기념일이 더 중요했다.

"사장님"

한턱내셔야겠다는 광재 씨의 농담에 사장이 웃음을 터뜨린 틈을 놓치지 않았다. 사장이 웃는 얼굴 그대로 나를 돌아봤다.

"입금해요?"

"응?"

"식사권이요. 등기로 보내라 하고 입금해요?"

"응, 그래, 그래."

사장은 대답을 마치기도 전에 고개를 돌렸다. 도시가 개발되면 얻을 이익에 대해 미리 계산해보느라 '언니' 엄마의 환갑 같은 건 신경 쓸 겨를이 없어 보였다. 나는 자리로 돌아왔다. 안전거래가 아니어도 상관없을 것 같았다. 이천에서 만나 직거래하는 방법을 선택할 수도 있다는 사실이 나를 안심시켰다. 만약에, 정말 만약에 무슨 일이 생기면, 그땐 경찰에 신고하면 되니까.

등기로 할게요. 계좌번호 알려주세요.

몇 분 뒤에 메시지가 도착했다.

○○은행 XXXX-XXXX-XXXXXX 양승미. 어찌 될지 몰라서 식사권을 집에 두고 출근했거든요. 동생한테 부쳐달라고 할게요. 빠른 등기로 보내면 내일 받으실 수 있어요. 성함이랑 주소 알려주세요.

서울 ○○구 ○○로 XXX 삼진빌딩 3층 유의진 앞으로 보내주세요. 지금 입금할게요.

계좌이체를 하고 한 시간쯤 지났을 때 양승미가 문자메시지로 등기번호를 보내왔다. 우체국 홈페이지에 번호를 조회해보니 원주우체국에서 접수된 내용이 확인됐다. 나는 양승미에게 메시지를 보냈다.

바로 발송해주셔서 감사해요. 어머님이 하루빨리 쾌차하시길 바랄게요.

잠시 후에 답장이 왔다.

고맙습니다.

오늘 오전

의진 씨, 내일 관광 갈 수 있어? 지난번에 선착순 마감한 거, 방금 자리 하나 생겼는데.

팀장이 보낸 문자였다. 그는 이 박사 카페 운영진이자 내가 활동하는 소모임을 이끌어가는 사람이었다. 소모임 회원들은 그를 '팀장님'이라고 부르며 따랐다.

무조건 가야죠. 몇 시, 어디로 가면 되나요?

곧장 답장을 보냈다.

처음 '관광'을 나갔을 때 나를 챙겨준 사람이 팀장이었다. 낯선 이들과 관광버스에 오르는 게 어색해 몇 걸음 떨어져 있었는데, 그때 팀장이 다가와 말을 걸었고 몇몇 사람을 소개해줬다. 버스를 타고 이동하는 동안 그는 마이크를 들고 '어디는 몇 달 만에 얼마가 올랐다'는 식으로 각 지역에 대한 정보를 쉴 새 없이 쏟아냈다.

"자, 우리는 이제 막 서울을 벗어났어요. 서울이 아니다, 이건 무슨 얘기?"

팀장의 질문에 마흔 명에 가까운 사람들이 한소리로 외쳤다.

"규제 지역이 아니다!"

"그렇죠. 서울은 규제가 심해서 대출받기 어려우니까 이제 서울 밖에서 놀아야 해."

언제나 틈은 존재하는 법이었다. 정부가 집값을 잡기 위해 대책을 마련하면 이 박사는 틈새를 찾아 회원들에게 알려주었다. 이 박사가 언급한 지역으로 회원들이 몰렸고, 사람이 몰리면 어김없이 집값이 올랐다. 카페에서는 이 박사 덕분에 돈을 번 사람들의 이야기가 신화처럼 떠돌았다. 이 박사가 꿈과 불안을 동시에 팔고 있다는 생각도 들었지만, 세상에 불안을 이길 수 있는 건 없었다. 망설이는 동안에도 집값은 계속 오르고 있다는 불안. 갭 투자로 큰돈을 벌 수 있는 마지막 기회를 놓칠 거라는 불안. 그렇게 되면 영영 꿈에서 멀어질 거라는 불안. 결국 나는 집값이 계속 오를 수밖에 없는 기이한 이유보다 어쨌든 누군가는 돈을 번다는 사실에 집중했다.

"지금 다들 집값 떨어지길 기대하면서 지갑을 닫는단 말이야. 그렇게 생각하면 돈 못 벌어요. 평생 집 못 사. 위기는 뭐다?"

"기회다!"

그랬다. 위기는 기회였다. 시작은 '갭 투자'부터. 내일 적당한 매물이 있으면 무조건 계약금부터 입금할 생각이었다. 팀장의 답장을 기다리느라 휴대전화 화면에서 눈을 떼지 않았다. 곧 메시지가 들어왔다.

동생이 일반 등기로 보냈다고 하네요. 빠른 거로 보내라고 그렇게 당부했는데 애가 워낙 덜렁거려서요. 오늘 말고 내일 도착할 거예요.

양승미였다. 발신자가 팀장이 아닌 데다 오늘 받아볼 거라고 생각했던 물건이 내일 도착한다는 말에 불쑥 짜증이 났다. 숨을 길게 내쉬고 한 글자씩 써넣었다.

네. 알겠습니다.

불편한 심기가 그대로 드러났다고 생각하면서도 사무적인 말투를 고치지 않고 그대로 전송 버튼을 눌렀다. 그런데 잠깐, 내일은 토요일인데?

토요일은 우체국 쉬는 날 아닌가요?

토요일에도 배송 오던데요?

그랬나? 기억을 더듬어봤다. 토요일에 우체국 택배를 받은 일이 떠올랐다. 우체국 홈페이지에 들어가 등기번호를 조회했다. 양승미가 보낸 물건은 밤새 원주를 떠나 A우편집중국에 도착한 상태였다. A우편집중국이라면 여기서 그리 멀지 않은 곳이니 내일이면 충분히 도착할 것 같았다. 하지만…… 내일은 토요일인데 우편물 때문에 사무실에 나와야 하는 건가. 무엇보다 내일 '관광'을 가려면 아침 일찍 출발해야 할 텐데. A우편집중국에 전화를 걸었다. 일단 우편물이 언제쯤 도착할지 알아보자는 생각이었다. 몇 번의 신호음 끝에 직원과 연결됐다. 나는 등기번호를 불러줬다.

"받으시는 분 성함이 어떻게 되시나요?"

"유의진입니다."

"확인 감사합니다. 음, 이건…… 다음 주 화요일에 받아 보시겠네요."

"다음 주 화요일이라고요?"

직원은 일반 등기의 경우 영업일 기준 3일째 되는 날 도착한다고 친절하게 설명해주었다. 분명 토요일에 받을 거라고 그랬는데. 달력을 봤다. 머릿속이 혼란스러워 날짜를 하나씩 짚어가며 셈을 했다. 어제 발송. 오늘이 1일째. 토요일, 일요일 영업일 아님. 월요일 2일째. 화요일 3일째. 그랬다. 물건이 도착할 때까지 나는 5일을 기다려야 하는 셈이었다. 당장 양승미에게 전화를 걸어 따지고 싶었다. 하지만 그런다고 해서 그녀가 해결해줄 수 있는 것도, 상황이 달라질 것도 없었다. 그러니, 기다리는 수밖에.

"알겠습니다."

어쩔 수 없다는 생각에 힘이 빠졌다. 전화를 끊으려는 찰나 다른 방법이 떠올랐다.

"잠깐만요!"

직원이 아직 수화기를 들고 있는 걸 확인한 다음 말을 이었다.

"혹시 A우편집중국에 가서 직접 찾을 수도 있나요?"

직원은 어렵다고 했다. 다만 A우편집중국에서 B우체국으로 배달되면 그곳에서는 수령이 가능하다고 했다. 이번에는 B우체국에 전화를 걸었다. 물건이 B우체국에 도착하는 시간은 오늘 오후 2시경. 직원은 3시쯤 오면 충분할 거라는 말과 함께 신분증을 가져오라고 덧붙였다.

인터넷에 B우체국을 검색했다. 길이 막히지 않는다면 20분도 안 걸리는 거리였다. 시계를 봤다. 3시까지는 멀게 느껴졌다. 나는 양승미와 주고받던 문자메시지를 훑어봤다. 그녀가 보낸 마지막 메시지에 오래 눈길을 주다 답장을 보냈다.

알겠습니다. 기다려야죠, 뭐.

휴대전화를 책상에 내려놓았다. 기다리겠다고 한 것과는 달리 머릿속에서 차가운 생각들이 떠다녔다. 우체국 영업일이라든가 하는 것들은 충분히 착각할 수 있는 일이었다. 하지만, 뭔가 개운치 않은 것도 사실이었다. 그렇다고 함부로 의심하기에는 지나친 면이 있었다. 무엇보다 이천에서 만나는 방법을 택할 수 있었는데도 등기 거래를 원한 건 다름 아닌 나였다. 믿음과 의심 사이에서 갈등하다 결

론을 내렸다. 5일을 기다리느니 일을 빨리 마무리 짓는 쪽
이 나을 것이다. 나는 철우 씨에게 말했다.

"이따 2시 넘어서 사무실 차 좀 쓸게요."

그리고

나는 도로 한가운데 떨어진 붉은색 소파를 노려봤다.
신호음이 이어졌지만, 연석은 전화를 받지 않았다. 맞은편
에서 승용차 한 대가 다가왔다. 차는 소파와 조금 떨어진
곳에서 속도를 줄이는가 싶더니 금세 내 뒤쪽으로 사라졌
다. 룸미러에서 눈을 떼고 전방을 주시했다. 트럭은 벌써
터널을 빠져나가고 없었다. 갓길에 차를 세우고 사람이 내
릴 거라 생각했는데, 시커먼 매연을 뿜으며 그대로 멀어졌
다. 컴컴한 터널 안에 나, 그리고 붉은색 소파만 덩그러니
남았다. 트럭운전사는 모르는 걸까. 그걸, 모를 수가 있나.
알고 있다면 어떻게 그냥 갈 수가 있지. 소파 때문에 사고
가 날 수도 있는 일이었다. 이럴 땐 어디에 신고해야 하나.
시계를 봤다. 3시 15분 전이었다. 터널 안이 조금 어둡기

는 했지만 그렇다고 소파가 안 보일 정도는 아니었다. 작은 물건이라면 모를까 덩치가 큰 소파는 멀리서도 잘 보일 듯했다. 방금 지나간 차도 속도를 줄였잖아. 그러니까, 괜찮을 거야.

핸들을 돌렸다. 맞은편 도로에 차가 없는 것을 확인하고 가속페달을 밟았다. 황색 실선을 넘어 반대쪽 차선을 달리다 소파를 지나친 뒤에 다시 원래 차선으로 돌아왔다. B우체국까지 3시면 충분히 도착할 것이다.

주차장은 커다란 트럭들로 복잡했다. 이곳에 도착한 물건을 분류해 각 동(洞)에 속한 우체국으로 전달하고, 그곳에서 집집마다 배달하는 데까지 며칠이 소요되는 것이었다. 나는 트럭과 트럭 사이에 위태롭게 서 있다가 건물 안으로 들어갔다. 바람이 점점 차가워지고 있었다.

등기우편물을 담당하는 구역에 사람이 몇 있었다. 줄 끝에서 차례를 기다렸다. 여기까지 달려온 시간보다 줄을 서 있는 몇 분이 더 길게 느껴졌다. 곧 식사권을 손에 쥐게 될 거라고 생각해도 초조한 마음은 가라앉지 않았다. 그나저나 하얏트에 가려면 연석과 미리 약속을 정해야 하는데 언제가 좋을까. 식사권 얘기는 비밀로 할 계획이었다. 이번에는 내가 그를 놀라게 하고 싶었다. 적당히 분위기를 만든 다음, 우리의 미래에 대해 어떤 생각을 하고 있는지 물어볼 것이다. 그런데, 팀장은 왜 아직 연락이 없는 걸까. 그사이 누군가 내 자리를 가로챈 게 아닐까.

창구 앞에 섰을 때, 직원은 모니터에서 눈을 떼지 않고 뭔가를 입력하는 중이었다. 일이 마무리되기를 기다리며 뒤쪽에 차곡차곡 쌓여 있는 봉투들을 바라봤다. 저 많은 봉투가 다 어디에서 왔을지, 안에 뭐가 들어 있을지 궁금해졌을 즈음 모니터에 시선을 고정한 채로 직원이 말했다.

"등기번호요. 신분증도 주시고요."

번호를 불러주자 직원은 뒤에 쌓인 뭉치 가운데 하나를 집어 들고 돈을 세듯 봉투를 한 장씩 넘기기 시작했다. 내 것이 아닌 우편물의 양이 늘어날수록 불안했다. 이미 인터넷으로 우편물이 이동한 경로를 확인했음에도 불구하고 그것이 사라지지는 않았을까, 애초에 존재하지 않았던 게 아닐까 하는 의심이 들었다. 그때, 직원이 뭉치 사이에서 흰색 봉투를 끄집어냈다. 그제야 마음이 놓였다. 봉투와 모니터 사이를 오가는 시선과 마우스를 움직이는 동작 같은 것을 바라보며 차분하게 기다렸다. 전산 처리를 마쳤는지 직원이 나를 슬며시 올려다봤다. 그리고, 물건을 건넸다. 나는 천천히 손을 내밀었다. 그녀 손에서 내 손으로 봉투가 옮겨왔을 때, 손끝의 감각으로 뭔가 이상하다는 걸 느꼈다. 머리보다 몸이 먼저 알아차리는 서늘한 감각. 봉투는, 식사권 열 장이 들어 있다고 하기에 너무 얇았다.

그냥 기분이 그런 거겠지. 붉은색 소파 때문에 자꾸 안 좋은 생각이 드는 걸 거야. 나를 안심시키기 위한 말들을 되뇌는 중에도 봉투를 들고 있는 손이 떨렸다. 당장 입구를 열어 내용물을 확인하고 싶었지만, 일단 호흡부터 가다듬었다. 주변을 둘러봤다. 멀지 않은 곳에 화장실 팻말이 보였다.

안에는 아무도 없었다. 받지 말아야 할 물건을 받은 사람처럼 화장실 세 칸 중 제일 구석진 곳으로 들어갔다. 문을 잠그고 봉투를 뜯었다. 풀로 꼼꼼하게 붙인 입구를 열자 안에 옅은 분홍색 봉투가 하나 더 들어 있었다. 그것을 잡았을 때, 얇은 종이를 사이에 두고 엄지와 검지가 맞닿았다. 설마. 설마 그럴 리가. 봉투를 열었다. 안에는, 아무것도 없었다. 나는 이 상황을 도무지 이해할 수 없었다. 마땅히 들어 있어야 할 물건이 들어 있지 않아서가 아니라 마땅히 보냈어야 할 물건을 보내지 않았다는 게 이해되지 않았다. 그럴 리 없잖아. 작은 봉투 안에 또 다른 공간이라도 있는 것처럼 손을 넣고 샅샅이 훑었다.

휴대전화를 꺼내고 1, 1, 2를 차례로 눌렀다. 머릿속이 뒤죽박죽돼 뭘 어째야 할지 모르는 상황에서도 '범죄 신고는 112'라는 말이 주문처럼 떠올랐다. 하지만 통화 버튼을 누르기 전에 멈칫했다. 양승미와 얘기하는 게 우선 아닐까. 생각은 그렇게 하면서도 내키지는 않았다. 나는 지금 사기를 당했고 양승미는 사기꾼이 분명한데, 범죄를 저지른 사람과 말을 섞는 건 겁나는 일이었다. 아무렇지 않게 거짓말을 하던 목소리가 떠올랐다. 소름 돋아. 어쩌면 이것보다 더 끔찍한 일들을 저지르며 사는 사람인지도 모르잖아. 양승미가 내 이름, 전화번호, 사무실 주소까지 알고 있다는 사실을 떠올리자 심장이 내려앉았다. 그렇지만, 그래도, 일단 얘기는 좀 들어봐야 하지 않을까. 전화를 받지 않으면 메시지를 남기고, 그래도 답이 없으면 그때 신고해도 늦지 않을 것이다.

수화기 너머에서 신호음이 이어졌다. 길게 이어졌다 끊

기는 소리가 누군가의 숨소리처럼 느껴져 가슴이 서늘했다. 그렇지, 받을 리 없지, 하며 포기하려 할 때쯤 전화가 연결됐다.

"여보세요?"

상대방은 긴장된 목소리였다. 아니, 내가 그렇게 느끼는 건지도 몰랐다. 나는 겁먹은 걸 감추려고 최대한 차분한 톤으로 말했다.

"지금 우체국에 왔거든요. 그런데."

숨을 참았다. 수화기 너머에서 침묵이 이어졌다.

"빈 봉투네요."

목소리가 떨리는 걸 겨우 삼켰다. 아마도 양승미는 발 뺌하려 들 것이다. 그럴 리 없다는 듯, 자기는 아무것도 모른다는 듯. 오히려 나를 협박할지도 모를 일이었다. 곧장 경찰서에 신고했어야 했는데. 후회됐다.

"죄송해요."

죄송하다고? 상대방은, 그게 대체 무슨 소리냐는 말 대신, 자기는 분명 식사권을 보냈다고 우기는 대신, 죄송하다고 했다. 봉투가 비어 있는 상황에 대해 누구보다 잘 알고 있는 사람처럼 내 얘기에 일말의 의문도, 의심도 없이 죄송하다고만 했다.

"정말 죄송해요. 동생이 실수했나 봐요."

"이게, 실수라고요?"

"진짜예요. 믿어주세요. 식사권은 다시 보내드릴게요."

상대는 고분고분한 투였다. 오히려 죄인처럼 쩔쩔매기까지 했다. 그제야 긴장이 풀리며 슬슬 화가 나기 시작했다.

"아뇨, 입금한 돈 돌려주세요."

"제가 지금 바로 입금할 상황이 아니라서……"

그녀가 직장에 다닌다고 했던 게 생각났다. 하지만 전화받는 장소가 일터라고 하기엔 너무 조용했다. 직장도, 동생도 다 거짓말이겠지. 전부 지어낸 얘기일 게 뻔했다.

"당신 말, 믿지 않아요. 당장 입금하지 않으면 신고할 겁니다."

전화를 끊었다. 휴대전화를 들고 있는 손이 떨렸다. 상대방이 순순히 군다고 해도 마음을 놓을 수 없었다. 그녀는, 사기꾼 아닌가. 일단 나를 안심시킨 뒤에 연락을 끊을 수도 있었다. 우편물이 화요일에 도착할 걸 알면서도 내일이라고 거짓말한 거잖아. 내일이 되면 미안하다는 말을 하면서 또 시간을 끌었겠지. 시간을 충분히 끌며 흔적을 다 없애고 나면, 사라졌겠지. 이런 일, 아무 감각 없이 지나치던 뉴스였는데 막상 내 일이 되자 막막했다. 완벽한 어둠 속에 갇혀 손으로 허공을 더듬는 기분이었다. 메시지가 들어왔다. 돈이 입금됐다는 안내 문자였다. 숫자를 하나씩 세어보려다 그만두었다. 확인할 필요도 없이 한눈에 봐도 부족한 액수였다. 다시 전화를 걸었다.

"계산이 잘못됐는데요."

"지금 통장에 있는 돈이 그게 다예요. 진짜예요. 나머지는 좀 천천히 드릴게요."

헛웃음이 나왔다. 일부만 입금하고 나머지는 가로챌 수작이 분명했다.

"양승미 씨."

나는 그녀의 이름을 부르고 잠시 말을 멈췄다.

"아니, 본명이 정말 양승미인지는 모르겠지만, 어쨌든, 이런저런 핑계 대면서 시간 끌 생각하지 말아요. 큰돈도 아니니 경찰에서 중요하게 취급할 사건도 아닐 테고, 그래서 사기당한 사람들이 결국 포기하는지 모르겠지만, 또 그래서 당신 같은 사람들이 계속 이런 짓을 하는지 모르겠지만, 아뇨, 나는 포기 안 해요. 당신, 끝까지 찾아낼 겁니다."

"죄송해요. 정말 돈이 없어서 그래요."

"내가 그 말을 믿을 것 같아요?"

상대방은 아무 말이 없었다. 나는 강원도 원주 어딘가에 살고 있는, 아니, 원주인지는 확신할 수 없고, 최소한 원주우체국까지 한 시간 안에 갈 수 있는 곳에 사는, 얼굴도 알 수 없고 본명이 뭔지도 알 수 없는 여자에 대해 생각했다. 그녀는 왜, 대체 왜 이렇게 사는 걸까. 왜 고작 이렇게 사는 걸까. 싫다, 고 생각했다. 정말 싫다, 고.

"알았어요. 조금만 더 기다려주세요. 10분, 아니 20분 안에 다 입금할게요."

얼마간 기다리자 두 번에 걸쳐 나머지 금액이 입금됐다. 각기 다른 은행에서 보낸 돈이었고, 입금한 사람 이름은 양승미 하나였다. 식사권 대신 내가 보낸 돈 모두가 고스란히 돌아왔다. 모든 것이 원점이 된 셈이었다. 하지만, 마음은 그렇지 않았다.

건물 밖으로 빠져나와 주차장으로 향했다. 길을 잃은 사람처럼 한동안 멍하니 서 있었다. 사무실로 돌아갈 마음이 들지 않았다. 손끝을 바라봤다. 진실과 거짓을 손끝으로 감각했다는 것. 얇은 봉투의 질감과 무게가 평생 거짓의 감각으로 남으리라는 걸 알았다. 몸에 더러운 얼룩이 생긴 기분이었다. 주머니에 넣어둔 우편물을 꺼냈다. 하얀 봉투가 바람에 힘없이 흔들렸다. 이걸 보낸 사람이 진짜 양승미인지는 알 수 없지만, 적어도 그녀의 글씨체만큼은 알 수 있었다. 우편물을 보낼 때, 그녀는 죄책감 같은 걸 느꼈을까. 아주 조금이라도 부끄러웠을까. 보낸 사람과 받는 사람난에 가지런히 적힌 글자들을 바라봤다. 그런데…… 뭔가 이상했다. 그게 뭔지 깨닫는 데 약간의 시간이 걸렸다. 양승미는 보내는 사람 자리에 원주가 아닌 서울 주소를 적어두었다. 왜지. 어차피 가짜 주소를 쓸 거라면 원주시로 시작되는 걸 사용했을 텐데. 만일에 대비해 나름대로 수를 쓴 거겠지 생각했지만, 대한민국의 수많은 도시들 가운데 왜 하필 서울이었을까 하는 의문이 사라지지 않았다. 아무렇게나 쓴 가짜겠지, 하면서도 길찾기 앱을 실행시켰다. 그리고 봉투에 적힌 주소를 입력했다. 검색 버튼을 누르자 잠시 뒤 지도 한가운데 빨간색 동그라미가 표시됐다. 가짜 주소가 아니었다. 분명, 세상에 존재하는 곳이었다. 나는 차에 올라타 시동을 걸었다.

　겨울의 밤은 빠르게 내려앉았다. 목적지에 도착했을 때는 날이 저물어가고 있었다. 옅은 어둠 사이로 초라한 골목과 오래된 집들이 보였다. 차에서 내렸다. 길에는 사람이 없었다. 불 켜진 집도 보이지 않았다. 대문 앞이나 담벼락마다 낡은 세간이 아무렇게나 쌓여 있었다. 이곳은, 버려진 동네였다.

　서울시 마포구 아현동 XXX-XX.

　문패 같은 건 없었다. 대문 가까이 다가가자 악취가 풍겨왔다. 문짝이 떨어진 옷장과 부러진 의자들. 버려진 물건들 속에서 뭔가 썩고 있는 게 분명했다. 한쪽에는 소파가 놓여 있었다. 선명한 붉은색이었을 소파는 이제 빛이 바래 옅은 분홍색으로 변해 있었다. 그러고 보니 아까 터널에서 본 것과 비슷한 모양이었다. 빛바랜 소파는 도로에서 처참하게 굴러떨어진 물건의 망령 같았다. 어디선가 바스락거리는 소리가 들렸다. 소리를 찾아 사방을 둘러봤지만, 움직이는 거라곤 아무것도 없었다. 길고양이일 거라고 생각하면서도 불안이 가시지 않았다. 그만 돌아가려는데,

더러워진 옷가지와 냄비 사이로 뭔가 눈에 띄었다. 겉장만 봐도 그 용도를 알 수 있는 것. 그건, 앨범이었다. 누군가 실수로 '빠뜨리고' 간 게 아닌, 분명 '버리고' 간 거였다. 살아온 시간이 고스란히 담긴 물건을 버리고 갔다는 건 대체 어떤 의미일까. 나는 앨범 쪽으로 다가갔다. 웅크리고 앉아 그것을 한 장 넘겼다. 이상한 모양으로 말라버린 사진 몇 장이 바닥에 떨어졌다. 사람들이 떠난 뒤에도 몇 번 비가 내리고 눈이 내렸을 것이다. 흐린 날이면 틈새로 뿌옇게 먼지가 꼈을 것이다. 시간이 흐르면서 형태가 뒤틀린 추억들. 이곳이 재개발 지역이라는 걸 알고 가짜 주소로 사용했겠지, 하면서도 어쩌면 사진에 찍힌 사람들 중에 양승미가 있을지도 모른다는 생각이 들었다. 자꾸만 그런 생각이 들었다.

앨범을 그대로 두고 자리에서 일어났다. 녹슨 대문 안으로 이젠 집이라 부를 수 없는 단층 건물이 보였다. 깨진 유리창 안에 고인 어둠을 응시하다 돌아섰다.

버려진 동네를 빠져나오자 곧 도심이었다. 탁 트인 도로 양옆으로 높은 빌딩이 하늘을 찔렀고 건물마다 환한 불빛을 쏟아냈다. 거리는 사람으로 북적였다. 나는 신호등이 주황색으로 바뀌면 브레이크를 밟았고, 초록색으로 바뀌면 다시 차를 몰았다. 이따금 숨을 참았다. 뭔가가 가슴을 짓누르다가 반대로 저 안에서부터 역류하는 기분도 들었다.

양승미는 낡은 동네에서 밀려나고 서울에서도 밀려나 결국 멀리 떠나야 했는지도 몰랐다. 사는 게 어쩔 수 없어서, 정말 어쩔 도리가 없어서 중고나라에 가짜 판매글을 올린 건지도 몰랐다. 한강변에 있는 연석 명의의 아파트. 언젠가 그곳이 재건축된다면 거기 살던 사람들 중 누군가는 어디로 가게 될까. 어디로 가야 할까. 이런 생각들은 초고층 아파트 창밖으로 보이는 멋진 야경을 보며 다 잊게 되겠지. 잊고 살겠지.

차는 마포대교에 들어섰다. 어느덧 5시가 넘은 시간이었다. 거센 강바람이 차창에 부딪혔다. 강변을 따라 도시의 불빛이 영원히 끝나지 않을 것처럼 이어졌다. 아름답고도 무서운 풍경이었다. 태양이 세상 밖으로 잠기며 하늘은 점점 붉게 타들어갔다. 검붉은빛이 높은 빌딩을, 거대한 아파트 단지를, 강물을 모조리 집어삼켰다. 온통 화염에

휩싸인 세상을 바라보며 나는 몸을 떨었다.

　피로했다. 화가 나는 것도 같았고 쓸쓸한 것도 같았다. 서글펐다. 허탈했다. 아니, 외로운 것도 같았다. 뭘까 이 감정은. 이 감정에는 대체 어떤 이름을 붙여야 하는 걸까.

　답을 찾는 대신 연석에게 전화를 걸었다. 신호음이 길게 이어졌다. 차창 밖으로 핏빛 강물이 고요하게 흘러갔다.

소설 제목〈오후 5시, 한강은 불꽃놀이 중〉은 미스티 블루의 노래〈8월의 8시 하늘은 불꽃놀이 중〉을 바꾼 것이다.

고요한 미래

임현

임현

1983년 전남 순천에서 태어났다. 2014년 《현대문학》 신인추천에 단편소설 〈그 개와 같은 말〉이 당선되어 등단했다. 단편소설 〈고두(叩頭)〉로 제8회 문학동네 젊은작가상 대상을 받았다. 소설집 《그 개와 같은 말》, 중편소설 《당신과 다른 나》가 있다.

1.

　미리 생각해둔 것이 따로 있었다기보다는 단순히 두껍고 지루한 책이면 좋을 것 같았다. 읽거나 베거나 아무튼 숙면에 도움이 좀 될 만한 것을 기대했는데, 금세 적당한 것이 눈에 띄었다. 평일 오후, 광화문 교보문고에서였다. 주말에 비할 정도는 아니었으나 여전히 북적거리는 신간 도서 쪽은 쳐다보지도 않고, 비교적 한산한 서가부터 살피다가 발견한 두툼한 교양과학 도서였다. 제목부터 심상치가 않았다. 무엇보다 아무도 집어 들 것 같지 않은 따분한 표지가 마음에 들었는데 어찌나 효과가 좋았던지 첫 페이지를 채 읽기도 전에 깜빡 잠이 들어버렸다. 문제는 도대체 그 뒤로 얼마나 오래 그러고 있었던 건지 전혀 가늠이 되지 않는다는 점이었다. 시간을 확인하기 위해 나는 호주머니를 뒤져 휴대전화부터 살폈다. 그러나 좀처럼 그걸 찾기가 어려웠는데 어디에 떨어뜨린 게 아닌가 싶어 가까운 주변을 더듬어보기도 하고, 바닥을 살피기도 했으나 결과는 마찬가지였다. 어쩌면 메고 왔던 가방 안에 넣어둔 것일 수도 있었다. 평소라면 그러지 않았겠지만 이번엔 혹시 그랬던 게 아닐까. 그런 생각으로 나는 이번에는 조금 더 부피가 있는 가방부터 찾았다.

그러니까 도대체 그건 또 어디에 둔 거지?

어쩌면 잠든 사이 누군가 들고 가버린 것일 수도 있었다. 가방을 가져가는 김에 휴대전화도 훔쳐서 이미 유유히 서점 밖으로 빠져나간 게 아닐까. 아니라면 실은 아주 가까운 곳에 그것들 모두가 널브러져 있는데, 혼자 엉뚱한 자리에서 헤매고 있는 중일지도 몰랐다. 다만 그런 것조차 제대로 확인할 수 없을 만큼 주변은 몹시 캄캄했다. 더구나 인기척이라고는 전혀 없었는데, 그러니까 누가 본다면 아주 우스운 자세로 나는 지금 바닥을 더듬거리는 중이었고, 그보다 더 웃긴 상황이라면 아무도 없는 대형서점에 홀로 갇혀버렸다는 것이다.

"저기요."

어둡고 적막한 서점 안을 유일하게 울리는 내 목소리는 무척이나 낯설었다. 딱히 돌아올 대답을 기대한 것은 아니었으나 이번에는 더 크고 절박하게 나는 고함을 질렀다.

"여기 사람 있어요. 진짜 아무도 없는 거예요?"

이런 경우를 대비해서 무언가 조치를 해둔 게 있지 않을까. 일종의 도난방지 시스템 같은 것. 건들면 아주 예민하게 작동해서 경찰이든 보안업체 직원이든 이곳으로 들이닥쳐주기를 바랐다. 아니라면 당장 실내를 밝힐 수 있을 만한 조명 스위치 같은 것이라도 좋았다. 암담한 심정으로 나는 손 닿는 곳 아무 데나 더듬고 만져댔다. 그러나 잡히는 것이라곤 온통 서가의 책들뿐이었는데 그것 때문에 마음대로 몸을 움직이기도 어려웠다. 정말이지 아무것도 보이지 않는 어둠이었다. 그런 곳에서 나는 출입구라고 생각되는 쪽으로 겨우 몇 걸음을 옮길 수 있었다. 그러나 그쪽이 진짜 내가 원하는 방향이 맞는지 확신할 수는 없었는데, 평소에는 막혀 있거나 통제된 곳으로 향하는 거면 어떡하나, 문이라고 생각해서 열었는데 실은 직원들만 알고 있는 통로라거나 더 깊은 지하로 연결되면 어쩌나, 불안한 상상을 멈추기 어려웠다. 빛이라고는 조금도 없어서 나는 자꾸 어딘가에 부딪히고, 그때마다 무언가가 떨어지고 떨어진 것에 다시 부딪히기를 반복했다. 나중에는 매장 안에 잠든 고객을 제대로 확인하지 않는 서점 직원들에게 화가 치밀어 올랐다. 책임 의식이라고는 전혀 없이 서둘러 퇴근 시간만 챙기는 몰지각한 사람들이라고 허공에 대고 마구 욕을 하기 시작했다. 무엇보다 그렇게라도 하지 않는다면 도무지 이 외롭고 무서운 기분을 감당하기 어려웠기 때문이었다.

사람이 이렇게 된 데에는 나름 이유가 있었다. 요즘 들어 나는 심한 불면증을 앓는 중이었다. 정확히는 필요할 때 필요한 곳에서 잠들지 못해서 고생했는데, 대신 원하지 않은 곳에서 예상치 못한 순간에 불쑥 잠들어버렸다.

처음에는 뭐, 환경이 바뀐 탓에 예민해진 줄로만 알았

다. 얼마 전에 이사한 신축 공공임대아파트는 혼자 살기에 전혀 부족함이 없었는데 그에 비해 관리비는 몹시 저렴한 편이었다. 무엇보다 겨울에 춥지 않은 욕실을 갖는다는 것은 오랜 자취 생활을 하며 품어온 나의 소박한 꿈 중 하나였다. 이전에 살던 다세대 연립주택들은 하나같이 외벽이 붉은 벽돌이어서 겨울에는 늘 코가 시렸다. 때문에 이불을 머리 위까지 잔뜩 올려 덮고 자야 했는데 그런 날에는 또 어김없이 발이 시려워 깨버리고는 했다. 그러니까 세상에서 가장 이상적인 주거 형태를 꼽는다면 단연 아파트만 한 게 없다고 나는 생각해왔다. 교외의 아늑한 전원생활을 꿈꾸는 사람들은 죄다 아파트에 사는 사람들뿐이고, 그런 탓에 진짜는 그게 얼마나 불편하고 감내해야 할 것투성인지 전혀 모르기 때문이며, 동파 걱정 없이 한겨울을 날 수 있는 지역난방의 고마움을 미처 깨달을 기회가 없었던 사람들이기 때문이었다. 그랬으므로 지금의 임대아파트로 처음 입주하던 날의 감동을 나는 좀처럼 잊을 수가 없었다. 넓은 신발장은 아무리 채워도 모자라지 않을 것 같았고, 입주자를 위한 다양한 복지 프로그램은 만족스러웠다. 오로지 나만을 위한 독립된 공간이었으므로 샤워를 한 뒤에

발가벗은 몸 그대로 안방과 거실을 마음대로 돌아다닐 수
도 있었다. 더구나 무얼 읽거나 쓰면서 재택근무를 하기에
더없이 좋은 환경이었는데 다만, 그럼에도 이사를 한 뒤로
좀처럼 숙면을 취할 수가 없었다. 안방의 천장을 바라보고
가만 누워 있으면 정신이 자꾸 맑아지는 것이었다.

　한번은 빨래를 개다가 이상한 기분이 들었다. 낡은 수
건이었는데 거기에 적힌 '충남 보령군청 제일 산악회'라
는 문구가 낯설었던 것이다. 어디서 이런 걸 받아 왔는지
전혀 기억이 나지 않았다. 더구나 언제부턴가는 자꾸 빨랫
감들이 사라지는 것 같아서 신경이 쓰였는데 혹시 세탁기
에 남아 있는 게 아닌가 싶어 확인했으나 찾을 수 없었다.
내친김에 다용도실 주변을 구석구석 살폈으나 역시나 마
찬가지였는데 반면에 아무리 찾아도 보이지 않던 텔레비
전 리모컨이 소파 위에 얌전히 놓여 있던 적도 있었다. 그
것도 모르고 욕실과 주방은 물론, 찬장과 냉장고 안을 뒤
지며 소란을 피웠는데 어째서 아까는 보이지 않던 것이 지
금 여기에 있는 것인가, 의아했다. 물론 그것은 온전히 나
의 부주의 때문에 생긴 사소한 해프닝일 수도 있었다. 그
럼에도 그때마다 나는 이 집 안에 나 아닌 다른 누군가 있

을지도 모른다는 기분이 들었다. 오로지 나 혼자만의 공간이 침해받고 있는 것 같아 불안했는데 머리를 감거나 책상에 가만 앉아 있을 때 더욱 그랬다. 등 뒤에서 무언가 나를 쳐다보고 있는 것 같아서 순식간에 등골이 오싹해졌다. 그러나 돌아볼 때마다 매번 눈에 띄는 것은 딱히 없었는데 그게 사람을 더 예민하게 만들었다. 그러니까 진짜는 뭐가 있으면 어떡하나. 눈에 보이지 않고 소리도 없는 그것이 지금 나를 노려보고 있는 거면 어쩌지.

또 언젠가는 전에 없던 얼룩을 본 적도 있었다. 잠이 오지 않는 밤에 한쪽 벽을 가만히 바라보다가 발견했는데 특별히 눈에 띄게 선명한 것은 아니었다. 그럼에도 신경이 쓰여서 서둘러 조명을 켜고 같은 자리를 여러 번 확인했으나 평소와 다를 것 없는 빈 벽일 뿐이었다. 하지만 다시 불을 끄고 벽을 바라보면 분명 그 자리에 불투명하고 희끄무레한 무언가가 있었다. 흔들리거나 움직이는 것 없이 그 자리 그대로 맺혀 있었는데, 그러니까 고작 어딘가에 반사된 듯한 그 작은 불빛 때문에 나는 그 밤 또다시 잠들지 못했다. 안방이라고 해봤자 한눈에 바라볼 수 있을 정도의 아담한 크기였다. 무엇보다 꼼꼼히 암막을 점검하고, 방문

도 잘 닫아두었음에도 도대체 어디서 그런 빛이 생긴 것인
지 출처를 확인할 수 없었다. 그게 사람을 몹시 불안하게
만들었다. 그러니까 희미하고 무해한 저것이 지금 나를 쳐
다보고 있는 것은 아닐까. 진짜 그런 종류의 것이면 어떡
하나, 불안했다.

　저렴한 건축자재나 벽지에서 나오는 유해물질 때문일
수도 있었다. 신축 건물의 경우 자주 환기를 시키지 않으
면 오염된 공기로 인해 현기증과 피로감을 느끼거나 집중
력 저하로 고생을 많이 한다고 어디서 읽었던 기억이 있는
데, 그러니까 단순히 신축 공공임대아파트의 구조적인 문
제일 수도 있었다. 말을 안 해서 그렇지 나와 비슷한 불편
을 겪으며, 주택공사에 불만을 품은 입주자들이 어딘가 더
있었을 텐데, 그럼에도 비슷한 수준의 주거공간과 비교해
이것저것 비용을 따져볼 때 제법 괜찮은 조건이었으므로
이 정도의 불편은 마냥 참고 견뎌야 하는 거라고 암묵적으
로 합의된 일일지도 몰랐다. 그것도 아니라면 애당초 전혀
다른 문제일 수도 있었다. 단순히 타이밍이 기가 막히게
들어맞았을 뿐, 원인은 전혀 다른 데 있었는데 그것도 모
르고 괜히 바뀐 환경만을 탓했던 게 아닐까.

전문적인 치료를 받을 생각으로 상담을 한 적이 있었다. 거기 의사 선생님도 비슷한 말을 했었는데 그간의 나의 증세를 가만 듣다가 무슨 일을 하느냐고 내게 물었다.

"아, 그래서 그러시구나."

그러니까 고작 소설을 쓴다고 했을 뿐인데도 마치 나의 사정을 훤히 알고 있다는 듯이 이상하게 긍정해버렸던 것이다. 이런 케이스는 아주 흔하다는 것처럼 "그래요, 뭔가를 쓴다는 건 굉장히 예민한 일이죠" 하고 나를 이해해주었다. 한편으로는 왠지 무시를 당한 기분도 들었다. 그러고는 불면증에 좋은 몇 가지 조언을 해주었는데, 종합하자면 술을 줄이고 담배를 끊으라는 것이었다.

생각해보면 어느 날 갑자기 밤에 잠이 오지 않은 것은 아니었다. 세상의 많은 소설가들처럼 나도 밤늦게 창작에 매진하고 낮까지 늦잠을 자는 생활을 즐겨 했는데, 물론 아침형 인간이 건강에 좋더라는 말은 익히 들어서 잘 알고 있었다. 다만 몸에 좋은 일들이 대부분 그렇듯 명료하지만 실천하기가 어려웠고, 대신 규칙적으로 새벽에 자고 한낮에 일어나며 몸에 나쁜 일을 많이 했을 뿐이었다. 더구나 근래 들어 소설이 잘 써지지 않았는데, 무엇보다 그게 내

건강을 해치는 가장 큰 원인이었다.

　이후로 나는 불면증에 좋다는 반신욕을 해보기도 하고, 취침 전에 꾸준히 우유를 데워 마시기도 하고, 일과 중에는 커피 대신 대추차를 수시로 마셔보기도 했다. 그럼에도 간신히 잠들었다가 요의를 느껴 깨는 일이 더 많았는데 그런 다음에는 어김없이 다시 잠들기 어려웠다. 그러나 그런 노력들이 전혀 효과가 없었던 것은 아니었다. 집만 아니라면 나는 아무 곳에서나 곧잘 잠들어버렸던 것이다. 버스나 택시는 물론, 편의점 야외 테이블이나 카페 같은 곳에서 잠들기 일쑤였는데 얼마 전에는 음식을 주문하고 기다리는 그사이를 못 참고 깜빡 잠들어버린 적도 있었다. 주변이 웅성거리는 소리에 퍼뜩 정신을 차렸다. 옆 테이블에 앉아 사진을 찍어대던 중학생 둘이 나와 눈이 마주치자 화들짝 놀라기도 했다. 그러나 아무렇지 않은 척 나는 이미 식어버린 순두부찌개를 숟가락으로 묵묵히 떠먹었다. 민망한 마음에 서둘러 주문한 음식을 해치우고 나갈 생각이었으나 식당 주인의 거친 행주질까지 모른 척할 수 없었다. 무엇보다 혼잣말처럼 중얼거리며 "남들 밥 먹는데 왜

코를 골고 그런데?" 하는 목소리가 전혀 조심스럽지 않아서 도무지 듣지 않을 수가 없었다.

집에서 잠들지 못하기 때문에 종일 졸음에 시달리는 것인지, 바깥에서 내내 졸았던 탓에 정작 집 안에서 숙면하지 못하는 것인지 나중에는 그 인과관계가 아주 명확하지 않게 되어버렸으나, 이상하게 집이 아닌 곳에서 나는 자꾸 잠이 들었다. 오늘만 해도 벌써 두 번째였다. 먼저는 신도림역에서 2호선 내선순환을 타고 시청역으로 가는 도중에 깜빡 잠이 들어버렸던 것이다. 혹시 이미 너무 멀리 와버린 게 아닐까 걱정했으나 다행히 열차는 막 홍대입구역을 통과하는 중이었고, 이대로라면 약속 시간에 늦지 않게 도착할 수 있었다. 그럼에도 다시 잠들었다가는 이번에는 진짜 감당하지 못할 먼 곳으로 가버릴 수 있었다. 그런 염려 때문에 나는 졸음을 쫓는 데 좋다는 혈자리를 꾹꾹 눌러보기도 하고, 마른세수도 여러 번 하면서 나름 무진 애를 쓰고 있었다. 그런데도 만나기로 한 사람은 장문의 문자메시지로 내게 화를 냈다. 언제까지 기다리게 할 생각이냐, 늦으면 늦는다고 미리 연락이라도 해야 할 거 아니냐, 도대체 전화는 왜 안 받는 거냐며 나를 비난했다. 당황한 나는 그제야 시간을 확인했는데, 전화를 걸어 사과를 하기에도 민망할 만큼 오랜 시간이 지나 있었다. 그러니까 아주 잠깐 졸았다고 생각했으나, 순환노선을 대여섯 바퀴 회전하기에도 충분할 만큼 깊이 잠들어버렸던 것이다. 어쩐지 개운하다 싶더라니…….

예정대로 시청역에서 내린 다음, 나는 아무도 기다리고 있지 않을 약속 장소로 가는 대신 광화문 교보문고로 향했다. 단순히 적당한 책을 골라 곧장 집으로 돌아갈 생각이었는데, 그런 걸 좀 읽다 보면 불면증에 도움이 되지 않겠나 기대했을 뿐이었다. 그러나 돌이켜보면 이곳만큼 주의를 기울이고 조심해야 할 곳도 없었다. 그랬는데도 무얼 대비하기는커녕 너무 방심해버렸다는 생각에 나는 내가 몹시 원망스러웠다. 무엇보다 아무도 찾지 않는 내 처지가 불쌍하고 황당해서 서럽게 울기 시작했는데 울면서도 낮은 포복 자세를 유지하며 열심히 앞으로 나아가기를 멈추지 않았다. 그리고 그 순간 낯선 무언가가 내 손에 닿았다.

어째서 여기에 이런 것이…… 라고 나는 생각했다. 서재나 진열대라고 하기에는 닿는 감촉이 너무나 달라서 화들짝 놀랐는데, 나는 고함을 지르며 재빠르게 온몸을 가능한 잔뜩 움츠렸다. 그러니까 아마 그것은 가방이었을 것이다. 내가 잃어버린 거라고 단정 짓기에는 처음 출발한 곳에서 제법 멀리 떨어진 자리였으나, 실은 근처를 줄곧 맴돌고 있었던 게 아닐까. 모양이나 색깔을 확인할 수 없었으므로 어쩌면 또 다른 누군가의 분실물일 수 있었다. 그게 아니라면 쓸모를 알 수 없는 자루거나 누가 떨어뜨린 외투 같은 것일지도 몰랐다. 그것도 아니라면 사람만큼 큰 인형이거나 마네킹이거나 아무튼 제발 다른 것이라고 믿고 싶었다. 아주 잠깐 닿았을 뿐인데도 물컹거리는 감촉만큼은 몹시 생생했기 때문이었다.

"누구…… 거기 있어요?"

그것을 향해 조심스럽게 물었으나 돌아오는 대답은 없었다. 순간 무서운 기분이 들었다. 어딘가를 심각하게 다쳤거나 정신을 아주 잃어버린 게 아닐까. 그보다 혹시…… 이미 죽은 거면 어쩌지. 그리고 나는 다시 한 번 가방이라기에는 크고 진열대라기에는 부드러운 그것을 신중하게 더듬어보았다. 그러니까 그것은 틀림없이 사람이었다. 무엇보다 적막 속에서 내 것이 아닌 규칙적인 숨소리가 들렸으므로 나는 거칠게 그를 흔들어 깨웠다.

"이봐요, 괜찮아요? 정신 좀 차려봐요. 왜 여기에 이러고 있어요."

이윽고 조금 몸을 뒤척이더니 정신을 차린 듯한 누군가의 목소리가 들려왔다.

"어떻게 된 겁니까? 여기는 또 어디예요? 왜 아무것도 보이지 않아요? 불 좀 켜주세요."

남자는 지금 자신이 처한 상황을 이해해보려고 애쓰는 것 같았다. 그를 위해 나는 대강의 자초지종을 설명해주었다.

"아무래도 우리가 이곳에 갇혀버린 것 같습니다."

그러고는 무엇보다 서둘러 외부에 연락을 취해야 한다고, 112든 119든 어디든 전화를 좀 넣어보라며 재촉했다. 그러나 여전히 허둥거리며 당혹스러운 기색을 감추지 못하던 남자는 전화기를 어디에 뒀는지 전혀 기억이 나지 않는다고 불안해했다.

"잘 좀 찾아봐요. 호주머니는 다 확인해본 거예요?"

"마지막으로 아내와 통화한 것까지는 기억이 나는데, 그다음에 그걸 어떻게 했는지 전혀 모르겠어요. 그러니까 그러고는 깜빡 잠이 들었던 것 같은데…… 실은 제가 어젯밤에 한숨도 자지 못했거든요."

현대인의 고질적인 수면장애가 우리를 이곳에 가뒀다고 생각하니 암담했다. 대신 이 밤에 아직 잠들지 않은 또 다른 누군가가 더 있을 거라는 기대도 생겼는데 그러나 우리를 발견하고 구출해줄 만한 사람은 나타날 기미가 전혀 없어 보였다. 나는 거의 체념한 상태로 어서 날이 밝기만을 기다렸다. 이대로 잠이 들었다가 처음 출근한 누군가에게 발견되는 것도 나쁘지 않다고 스스로를 달래보았다. 무엇보다 혼자일 때보다 비교적 덜 외롭고 덜 무서워서 견딜 만했다. 방금까지 내내 숙면을 취해서 그런지 남자는 쉴새 없이 무언가를 떠들어댔다. 그것이 어둠에 적응하는 나름의 방법이라는 것을 나도 알고 있었다. 그리고 나는 적막하고 고요한 것보다는 그쪽이 더 다행이라고 생각했다. 더구나 그가 들려주는 이야기들은 같은 불면증 환자로서 내게도 아주 익숙한 사연들이어서 어느 순간 나는 그의 말에 공감하며 더 깊이 빠져들었다.

"그런데 말입니다. 혹시 누군가가 쳐다보는 기분을 느낀 적은 없습니까?"

딱히 대답을 바라고 하는 질문 같지는 않았다. 그럼에도 나는 남자가 전혀 볼 수 없다는 걸 알면서도 고개를 과하게 끄덕이며 내가 그렇다고, 당신과 정말 다르지 않다고 격하게 동의했다.

2.

그런데 말입니다. 혹시 누군가가 쳐다보는 기분을 느낀 적은 없습니까? 나는 그렇습니다. 주변을 살펴보면 그럴 만한 사람은 아무도 없는데도 요즘 들어 자꾸 그런 의심이 들거든요. 한번은 아내가 그래요. 길에서 무얼 보았다고요. 아파트 단지 입구 쪽 횡단보도를 건너던 중이었는데, 바닥에 양말 하나가 떨어져 있었다고 했습니다. 신발이라면 그럴 수도 있지 않을까 생각했습니다. 아주 흔한 일은 아니겠지만 어떤 이유가 있어서 벗겨지거나 떨어뜨릴 수 있을 만한 물건이잖아요. 다시 신거나 챙길 수 없을 만큼 몹시 급한 사정이 있는 누군가의 것일 수도 있습니다. 불행하거나 다급하거나 평범하지도 일상적이지도 않는 아주 예외적인 경우라면 말입니다. 그러나 그날 아내가 본 것은 겨우 양말 한 짝이었습니다. 아내의 말에 따르면 그것은 아주 이상한 일이라고 했습니다. 그러니까 그런 예외적인 경우가 연속적으로 두 번 일어나야 가능한 일이라고요. 더구나 목이 길고 검은 신사용 양말이었습니다. 아내의 설명처럼 거기에 어울리는 구두가 먼저 벗겨지고 동시에 양말까지 벗겨질 수 있는 가능성은 좀처럼 떠올리기 어려웠습니다.

어쩌면 더 단순한 경우였을 수도 있습니다. 처음부터 벗겨진 양말이 있었고, 그걸 호주머니나 가방에 넣어두었다가 떨어진 것일 수도 있지요. 휴대전화나 지갑을 꺼내려고 했을 뿐인데, 실수로 그것이 함께 비어져 나왔을 수 있잖아요. 잃어버린 사람도 굳이 다시 찾으려 하지 않을 만큼 양말이란 매우 사소한 물건이지 않습니까. 아니면 일부러 버린 것일 수도 있어요. 아무렇게나 바닥에 쓰레기를 버리듯 당장 필요 없는 양말을 버린 사람의 소행일 수도 있잖아요. 그런데도 아내의 말투는 제법 진지하더군요.

"생각해보니까 그게 우리 집 물건 같은 거지. 당신이 신던 거랑 아주 똑같았다니까."

그러고는 자기가 보았다는 양말의 문양과 형태를 아내는 세밀하게 묘사하기 시작했습니다. 듣기에도 그것은 정말이지 내가 자주 즐겨 신는 양말과 다르지 않았으나 동시에 어느 집에서든 흔하게 볼 수 있는 종류의 것이었습니다. 그러니까 아내는 고작 그런 것이 길 한가운데 떨어져 있었다고 했습니다.

"어떻게 그게 거기까지 가 있던 걸까?"

쓸데없이 왜 자꾸 그런 소리를 하느냐고 나는 아내를 가볍게 나무랐습니다. 그런데도 좀처럼 아내는 그 이야기를 멈추지 않았습니다. 무엇보다 마치 누군가 일부러 우리 집 안의 물건에 손을 대고 있다는 듯이 의심하더군요. 빨래를 개던 중이었고, 그게 아니라면 어째서 자꾸 양말 한 짝만 사라지는 건지 모르겠다고 중얼거렸습니다. 물론 그때의 아내의 입장에서는 그냥 가볍게 하는 말이었을지도 모릅니다. 고작 그런 것을 아까워할 만큼 인색한 사람은 아니었거든요.

아내에게 내색하지는 않았으나 그 무렵 내게도 신경 쓰이는 일이 있었습니다. 그러니까 며칠 전, 아내는 납부해야 할 공과금 항목을 살피던 중이었고, 전에 비해 난방비가 더 많이 나온 것 같다며 의아해했습니다. 그러나 부담을 가질 만큼의 큰 액수는 아니었습니다. 겨우 그 정도의 비용이라면 특별히 무얼 계획하거나 절약할 것도 없이 금세 잊을 만한 수준이었거든요. 대신, 아내는 내게 이렇게 물었습니다.

"그런데 혹시 다른 우편물은 더 없었어?"

현관문 가까운 곳에 낮은 협탁이 있었습니다. 서랍 없이 간소한 모양이었는데, 주로 외출하고 돌아온 뒤에 생기는 자질구레한 것들을 올려두었습니다. 이를테면, 영수증이나 동전 같은 것들, 자동차 키나 오다가다 받은 명함도 있었습니다. 그러니까 아내가 공과금 고지서를 발견한 것도 그곳에서였습니다. 어색할 것이라고는 전혀 없이 우리 두 사람에게는 몹시 익숙한 자리였거든요. 그런데도 그때는 어딘가 낯설게 느껴졌습니다. 무엇보다 그것을 거기에 올려둔 것은 내가 아니었습니다.

남은 양말 한 짝을 따로 정리하는 아내에게 나는 그날의 이야기를 해줄 수도 있었습니다. 우편물함에 얌전히 있어야 할 그것이 어째서 집 안에 들어와 있는 것인지 모를 일이었거든요. 혹시, 당신이 챙기고 잊어버린 것은 아니냐. 지난번에는 통화를 하면서 전화기를 찾은 적도 있지 않느냐. 요즘 정신을 어디에 두고 다니는 거야. 아니야? 당신도 아니라고? 그럼, 도대체 누가 그랬다는 걸까. 그런 다음, 천천히 아내의 말을 주의 깊게 되새겨야 했습니다. 무엇보다 이 집에 낯선 누군가가 드나들지도 모를 가능성에 대해 대비해야 했거든요. 그러나 나는 그러지 않았습니다. 생각해보면 우리가 잃어버린 것은 고작 양말 한 짝이었습니다. 더구나 고지서라면, 누군가 겨우 그런 것을 내 집에 들여놓은 거라면 문제될 것이 없다고 여겼습니다. 그보다는 우리가 무언가를 오해하고 착각했을 가능성이 더 높아보였습니다.

　생각보다 사태가 심각하다고 느낀 것은 그로부터 얼마 뒤의 일이었습니다. 서재에서 아내의 전화를 받았거든요. 주말 내내 급하게 처리해야 할 일이 있었고 복잡한 서류를 살피느라 정신이 없는데도 아내는 내게 전화를 걸어 옷방 서랍장에서 무언가를 찾아 확인하기를 부탁했습니다. 그 말에 나는 불쑥 짜증이 치밀었습니다. 고작 그런 일로 바쁜 사람을 귀찮게 하는 아내가 도무지 이해되지 않았습니다. 그런데도 무언가 다급한 용무가 있다는 듯이 나를 보채더군요. 그렇게 급한 일이라면 당신이 찾아보면 되지 않느냐, 굳이 바쁜 나를 시키는 이유가 다 무엇이냐, 방문을 세차게 열어젖히며 거실을 향해 나는 불만을 쏟아냈습니다. 그러나 예상과는 달리 아내는 거기에 없었습니다. 안방이나 욕실, 베란다 같은 곳에 숨어 지금 장난을 치는 거라고 생각했으나 그렇다고 하기에는 전화기 건너편 아내의 목소리가 지나치게 신경질적이었습니다.

"내가 뭐 대단한 걸 부탁한 거야?"

그러니까 만약 이 집 어딘가에 아내가 있었다면 그곳이 어디인지 모를 수 없을 만큼 화를 냈습니다. 그런 상황이 나를 몹시 당혹스럽게 만들었습니다. 어째서 나는 아내가 줄곧 집 안에 나와 함께 있다고 생각했던 걸까요. 단순히 오해가 있었던 것일 수도 있습니다. 한군데 몹시 집중했던 탓에 생긴 주의력 부족일 수도 있어요. 그러면 내가 방금까지 들었던 그 소리들은 다 뭐였을까. 분명 닫힌 문 너머로 들리는 것들이 있었습니다. 변기의 물을 내리고, 주방에서 수돗물을 틀기도 하고, 바닥을 끌며 걷다가 찬장에서 무엇을 꺼내는지 달그락거리는 소리도 틀림없이 들었는데…… 그럼 그건 도대체 누구였을까.

집으로 돌아온 아내는 아직 화가 풀리지 않은 듯 보였
습니다. 현관문을 들어서자마자 전화로 내게 말했던 옷방
의 서랍장부터 열어보고는 무언가를 확인했습니다. 그것
은 아내의 말대로 대단할 것 없는 스카프였습니다. 언젠가
여행을 갔다가 기념으로 사 온 것이었는데, 한동안 보이
지 않아서 잃어버린 줄로만 알고 있던 것이었습니다. 그럼
에도 당장 필요가 없고 급할 것도 없었으므로 따로 찾으려
하지 않던 것이었습니다. 아내는 여전히 화가 난 상태로
거실 소파에 우두커니 앉아 한참 그것을 바라보고 있더군
요. 나중에는 무얼 읽는 척, 내 쪽으로는 전혀 신경도 쓰지
않았습니다. 다만 거칠게 페이지를 넘기며 아직 서운한 감
정이 하나도 줄지 않았다는 걸 내게 분명하게 보여주고 싶
어 했습니다.

거기에 대해 내 편에서 함부로 뭐라 변명하기도 어려웠
습니다. 자초지종을 설명하고 아내를 이해시키려는 일들
이 오히려 불안감만 키울 수도 있었습니다. 그러니까 알고
보면 별것도 아닐 수 있는 일에 아내가 덜컥 겁을 낼 것이

걱정되었기 때문입니다. 어쩌면 위층이나 옆집의 소음을 예민하게 들었던 걸지도 모릅니다. 그런 것을 혼자 오해하고 염려했던 게 아닐까. 벽을 타고 넘어 온 소음일 뿐이라고 생각하면 나를 불안하게 만들었던 많은 부분이 설명되었습니다. 겨우 그런 종류의 것이라면 어느 집에서나 겪을 수 있는 아주 일상적이고 평범한 불편이었습니다. 모른 척하고 참을 만한 정도의 수준이었거든요.

　더구나 사소한 오해에서 시작해서 불필요하게 커지는 싸움을 나는 바라지 않았습니다. 아내의 옆자리 대신 마주 보는 자세로 앉아서 오랜만에 보는 그 스카프를 가리켰습니다. 그러고는 이걸 어떻게 찾은 거냐, 지금 읽고 있는 건 또 무엇이냐, 물었으나 사실 거기에 대해서라면 하나도 관심이 없었습니다. 다만 그것을 시작으로 우리의 화해를 모색해볼 생각이었습니다. 나는 아무 대답도 하지 않는 아내의 무릎에 손을 얹었습니다. 그러고는 읽고 있던 것이 무엇인지 살피려 했을 뿐인데 돌아오는 반응이 지나치게 예민했습니다. 억지로 뺏을 의도나 강압적인 기색이라고는 전혀 없었습니다. 그런데도 아내는 힘을 주고 버티는 게 아니겠습니까. 마치 그것을 볼 권한이 내게는 전혀 없다는 듯이 굳었습니다. 아내의 굳은 표정에는 전혀 변함이 없었습니다. 그러고는 나를 빤히 바라보며 말했습니다.

"여보, 아무래도 누군가 우리를 지켜보고 있는 것 같아."

아내의 말에 나는 화들짝 놀랐습니다. 혹시 내가 들은 것을 아내도 들었던 것은 아닌지, 혼자 있는 집 안에서 누군가의 기척을 나보다 먼저 느꼈던 것은 아닌지 걱정이 되었습니다. 내가 없는 사이에 무슨 일이 있었던 거냐고, 당신도 무얼 들은 게 있는 거냐고, 나는 서둘러 물었습니다. 그러나 돌아오는 아내의 반응은 전혀 예상치 못한 것이었습니다. 뜻밖에도 오랜만에 찾은 그 스카프를 가리키는 게 아니겠습니까.

"서랍 안쪽에 이게 떨어져 있잖아."

아무래도 다른 옷들에 밀린 탓에 그런 거라고 나는 생각했습니다. 그런 이유로 여태껏 찾지 못했던 거라면 하나도 이상하지 않았습니다. 수납장은 늘 부족했거든요. 그런데도 채워야 할 것들은 많아서 그중 어느 것은 뒤로 넘어가거나 떨어지거나 그럴 수 있다고요. 그런데도 아내의 태도가 심상치 않아 보였습니다. 도무지 그걸 이해하지 못하겠다고 말했습니다.

"어떻게 그럴 수 있지? 당신은 알았어? 이게 거기 있는 줄 알았던 거야?"

나는 서둘러 고개를 가로저었습니다. 그것은 사실이었습니다. 알았다면 그대로 그냥 방치하지 않았을 겁니다. 정말 나는 몰랐거든요. 그러나 내가 가장 모르는 것은 아내가 무슨 말을 하고 싶어하는지에 대한 것이었습니다. 아마 아내도 모르기는 마찬가지인 것 같았습니다. 지금 무슨 말을 하고 있는지도 모르고 이번에는 들고 있던 책을 가리키며 계속 이상한 소리만 해대는 것이었습니다.

"그런데 어떻게 이게 여기에 적혀 있는 거지? 어떻게 우리도 모르는 이 스카프에 대한 이야기가 여기 쓰여 있어?"

무얼 보고 하는 말인지 나는 궁금했습니다. 단지 그것을 확인하려 했을 뿐인데도 아내는 다급하게 책을 덮고 나를 경계했습니다. 손을 대지 못하게 나를 멀찌감치 물러서게 했습니다. 마치 내게는 절대 들켜서는 안 되는 이야기가 거기 적혀 있다는 것처럼요.

우리 부부로 말할 것 같으면, 대단한 행운을 누려본 적도 없지만 그렇다고 특별히 불행할 것도 없는 보통의 가정이었습니다. 남들처럼 평범하게 늙어갈 것을 기대하고, 작은 사고를 대비하는 것이 고작이었거든요. 그러니까 아내가 읽은 것은 겨우 그런 인물들이 등장하는 소설이었습니다. 그런 사람들에게 있을 법한 불운하고 불행한 일들뿐이라고 했습니다. 아내는 거기에서 우리의 흔적을 발견하기를 멈추지 않았습니다. 내게는 허락하지 않은 그 이야기를 혼자서 열심히 탐독하고는 누가 읽더라도 그들은 우리라고 할 수밖에 없을 만큼, 닮은 사람들이라고 주장했습니다. 심지어 오직 우리 두 사람만 나누었던 대화가 적혀 있다고도 했는데 그러니까 아내가 길에서 보았다던 그 버려진 양말 이야기 말입니다.

"생각해보니까 그게 우리 집 물건 같은 거지. 당신이 신던 거랑 아주 똑같았다니까."

아내는 그 문장을 여러 번 곱씹어 읽었습니다. 자기가 했던 말을 다른 누군가의 대사처럼 되풀이해서 흉내내는 아내는 몹시 낯설게 보였습니다. 더구나 그런 장면들은 실제와는 미묘하게 조금씩 달라서 우리가 알지 못했던 우리

자신을 발견하게 만들었습니다. 그러니까 그때는 아주 일 상적이고 평범했던 일들도 소설 안에서는 불길하고 암담한 결말의 징후처럼 읽혔습니다.

그 밤, 좀처럼 잠들지 못하던 아내가 내게 물었습니다.

"우리는 불행하지 않아, 그렇지? 그렇게 되는 일은 정말 없을 거야. 그렇게 되지 않을 거라고 말해줘."

아무래도 그 소설의 결말을 염두에 두고 하는 말 같았습니다. 그러나 나로서는 전혀 그것이 무엇인지 알지 못했습니다. 우리와는 아주 다르고 앞으로도 전혀 없을 것만 같은 암담한 미래라고만 할 뿐 아내는 한사코 내가 그것을 읽지 못하게 말렸습니다. 내가 알아서는 안 되는 그 미래가 나는 궁금했습니다. 그러나 불안해하는 아내를 나는 어떻게든 달래는 게 먼저였습니다. 누운 자세 그대로 아내를 안아 다독여주었습니다. 무엇보다 이대로 가만두었다가는 진짜 더 무서운 일이 생길 것만 같았습니다. 그런데도 아내는 혼잣말인 듯 중얼거리기를 멈추지 않았습니다.

"여보, 그런데 갑자기 내가 사고를 당하면 어떡하지. 당신이 큰 병에 걸리거나 크게 다치기라도 하면 어떡해. 아니면 내가 당신을 그렇게 만들면 어떡하냐고."

"왜 자꾸 그런 소리를 해."

"누군가 우리를 결국 그렇게 만들어버리려는 걸 수도 있잖아."

우리가 살면서 바란 것은 고작 평범한 것들뿐이었습니다. 그런데도 누군가 그걸 망치려 한다고 아내는 의심했습니다. 그때라도 나는 아내를 말려야 했습니다. 우는 아내를 안타깝게 바라보며 그냥 내버려둘 것이 아니라 제발 이상한 상상은 그만두라며 다그치고 화를 내야 했습니다.

나는 혼자 있는 아내를 생각하면 여전히 걱정이 됩니다. 아내를 진짜 두렵게 만드는 것이 무엇인지 나도 대강은 짐작할 수 있었습니다. 무엇보다 사라진 양말 한 짝은 어디서도 끝내 찾을 수 없었거든요. 그러니까 아주 예외적인 가능성들 말입니다. 그런 일들이 지금 우리에게 일어나고 있는 건 아닐까. 진짜는 누군가 이 집 안에 우리와 함께 있고, 그래서 내 양말 한 짝을 몰래 훔쳐가는 거라면 언젠가는 다른 것도 그렇게 할 수 있지 않을까. 그러니까 그게 내 아내라면 어떡하나 불안했습니다. 그러나 지금 나를 가장 불안하게 만드는 것은 아직 내 옆에 있는 아내였습니다. 어제 아침만 해도 한바탕 소동을 치러야 했습니다. 전에 없는 비명 소리에 나는 서둘러 욕실로 달려갔습니다. 그때 아내는 굳은 몸으로 벽 한쪽을 가리키고 있었습니다. 그러나 거기에는 이상할 만한 것은 하나도 없었습니다. 그런데도 마치 징그러운 벌레라도 있다는 듯이 아내는 아주 끔찍한 표정을 하고 있었습니다. 제정신이 아닌 것처럼 보였습니다.

"이게 뭐야. 왜 내 집에 이런 게 걸려 있어. 언제부터 여기에 있었던 거야?"

아내가 가리킨 것은 정확한 출처를 알 수 없는 물건이긴 했습니다. 어디서 받아왔는지 언제부터 사용하고 있었는지 기억나는 것은 전혀 없지만 그러나 고작 수건일 뿐이었거든요. 그런 것들은 어느 집에서나 쉽게 볼 수 있는 종류이지 않습니까. 더구나 위협적인 데라고는 하나도 없는 '충남 보령군청 제일 산악회'라고 적힌 그 문구에 아내가 그토록 경악한 이유는 도대체 무엇 때문이었을까요. 욕실에 주저앉은 아내가 울부짖기 시작했습니다.

"다 끝났어. 다 끝났다고. 그 사람이 결국 우리를 망쳐놓을 거야."

나는 아내의 말을 도무지 이해할 수 없었습니다. 도대

체 아내가 읽은 그 이야기의 결말은 무엇이었던 걸까요. 그러나 어쩐지 나는 그게 무엇인지 상상할 수도 있을 것 같았습니다. 그게 나를 몹시 두렵게 만들었습니다. 겨우 수건 한 장으로 할 수 있는 가능한 불행들을 떠올려보았습니다. 아니면 스카프 쪽이 더 적당할 수도 있습니다. 그것을 목에 걸고 조이는 시늉을 조금 했을 뿐인데도 금세 숨이 막혀왔습니다.

"그러지 마. 제발 그러지 마."

아내는 미친 듯이 소리를 질러댔습니다.

3.

소설을 쓰는 동안 가장 많이 들었던 조언 중에 하나는 자기 경험에 대해 써야 한다는 것이고, 아는 것에 대해서, 결국 나 자신을 이야기해야 한다는 것이었다. 그런 이유로 불면증을 앓는 동안 나는 내게 일어난 이상한 경험들에 대해 쓸 수밖에 없었다. 근래 나의 관심은 오로지 그것뿐이라 그게 아니라면 도무지 다른 생각을 할 수 없었다. 그러므로 평범하고 그럴듯한 인물들을 등장시키고 내가 겪은 일들을 똑같이 경험하게 했을 뿐이었다. 누군가 자신을 훔쳐본다는 불안감에 시달리다 끝내 비극적인 결말에 이르는 장면을 상상하고, 그것을 그대로 옮겨 적은 것이 전부였는데, 말하자면 그것은 나의 일이었을 뿐이다.

남자의 이야기가 계속되는 동안 나는 들키지 않게 조금씩 그와 멀어지기 위해 애썼다. 그러나 여전히 보이는 것이라고는 전혀 없어서 나는 자꾸 어디에 부딪히고, 무언가가 떨어지고, 떨어진 것 때문에 나의 위치가 발각될 것이 몹시 두려웠다. 무엇보다 나는 남자가 모르는 것을 알고 있었다. 그걸 들키는 일이 지금 이 순간 나는 가장 무서웠다. 그러니까 그 이야기의 결말, 내가 상상하고 지어낸 이 남자의 미래…….

어둠 속에서 남자의 목소리는 계속해서 이어졌다.

"도대체 왜 우리를 가만두지 않는 겁니까. 불안해하는 아내를 나는 안심시켜야 했습니다. 당신이 무얼 읽었든 그런 일은 정말 없을 거라고, 다짐을 해두었습니다. 그러나 끝내 그렇게 되어버린다면요? 아주 확신할 수 없었습니다. 아내가 먼저 그러더군요. 그 불길한 책 표지에 적힌 저자의 이름을 가리키며, 이 사람을 한번 찾아가보는 게 어떻겠느냐고요. 그러니까 오늘 나는 시청역에서 그를 만나기로 했습니다. 애원을 하든 협박을 하든 우리를 훔쳐보고 그것으로 소설을 쓰는 일 따위는 이제 그만두게 만들 생각이었습니다. 그런데도 어째서인지 약속 시간에 나타나지도 않고 연락도 받지 않더군요. 그런데…… 이봐요. 내 말 듣고 있어요? 지금 어디 있는 거예요? 왜 아무 소리도 들리지 않는 거예요?"

어느 순간 남자는 곁에 없는 나를 찾기 시작했다. 그리고 나는 이 어둠이 당분간 계속되기를 간절히 바랐다. 어쩌면 지금쯤 내가 누구인지 이미 눈치를 챈 것일 수도 있었다. 이런 상황에서 갑자기 주변이 밝아진다면 그가 나를 향해 무섭게 달려들지도 몰랐다. 무엇보다 남자의 손에 무언가 쥐여 있을 수도 있었다. 수건이거나 스카프거나 그것으로 내 목을 조를 수도 있었다. 나는 되도록 남자와 멀어지기 위해 애썼다. 어둠 속에서 더 어두운 곳으로 몸을 숨겨야 했다. 그리고 그 순간 익숙한 무언가가 내 눈에 들어왔다. 거리를 가늠하기 어려워 정확히 어디에 맺힌 것인지는 알 수 없었으나, 분명 내 방에 맺힌 불투명하고 희끄무레한 무언가와 몹시 비슷해 보였다. 여전히 흔들리지도 움직이지도 않고 한자리에 오래 맺혀 있는 그것을 향해 나는 최선을 다해 달리기 시작했다. 모서리에 몸 어딘가를 찧고, 여기저기 부딪히는 것들이 많았으나 상관하지 않았다. 희미하고 무해한 그것이 여전히 나를 쳐다보고 있었다. 그러니까 그것이 나의 암담한 미래를 마저 완성하기 전에 그곳에 도착해야 했다.

무한의 섬

정지돈

정지돈

2013년 《문학과사회》의 신인문학상에 단편소설 〈눈먼 부엉이〉가 당선되면서 등단했다. 〈건축이냐 혁명이냐〉로 2015년 젊은작가상 대상과 〈창백한 말〉로 2016년 문지문학상을 수상했다. 2018년 베니스 건축 비엔날레 한국관 작가로 참여했다. 낸 책으로는 소설집 《내가 싸우듯이》《우리는 다른 사람들의 기억에서 살 것이다》《농담을 싫어하는 사람들》, 문학평론집 《문학의 기쁨》(공저), 중편소설 《작은 겁쟁이 겁쟁이 새로운 파티》《야간 경비원의 일기》, 에세이 《영화와 시》가 있다.

한 사람이 우주에게 말했다.

"선생님, 제가 여기 있다고요!"

우주가 대답했다.

"그런데? 난 거기에 대해

아무런 책임감도 느끼지 않는다네."

-스티븐 크레인,〈한 남자가 우주에게 말했다〉

하룻밤 새 정치인이 모두 사라져버렸다. 부도덕한 정치
인, 희생적인 정치인, 친기업 성향의 정치인, 낙선한 정치인과 머리숱이 적은 정치인과 눈썹 문신을 한 정치인과 사우나를 하는 정치인과 SNS에 악플을 쓰는 정치인과 봉사활동을 하는 정치인과 천막에서 농성을 하는 정치인까지. 모든 정치인이 자취를 감추고 말았다. 환호성을 질러야 마땅하지만 일이 생각처럼 풀리지는 않았다. 검은 머리 외국인이 내 방문을 열고 들어왔고(혼란을 피하기 위해 부연하자면 검은 머리 외국인은 나의 생물학적 오빠다) 소리쳤다.

아빠가 사라졌어!

뉴스에서 전 세계에 벌어지는 대혼란을 생중계하고 있었다. 국회의사당은 텅 비었고 백악관도 비었고 청와대도 비었고 시의회와 도의회도 비어버렸다. 혼란을 수습해야 하는데 수습할 사람이 없다는 사실을 사람들은 깨달았다. 더 혼란스러운 일은 이 혼란이 일상에는 아무런 영향을 끼치지 않는 데 있었다. 명령을 내릴 정치인이 다 사라져버려서 실무자들은 각자 할 일을 했다.

세상은 아무 문제 없이 돌아갔다.

정말 아무 문제도 없는 걸까.

아빠가 사라졌다니까!

검은 머리 외국인이 다시 외쳤다.

알아, 안다고!

물론 아빠가 사라진 건 큰일이지만……. 아빠, 그러니까 정치는 하지 말라고 했잖아요. 나는 허공에 대고 부르짖고 싶었지만 꼴이 우스울 것 같아 그러지 않았다.

다 내 잘못이야.

검은 머리 외국인에게 말했다. 검머외는 동정심이 가득한 눈으로 나를 바라봤다.

슬픈 건 알지만 이건 니 잘못이 아니야.

그가 말했다.

멍청아! 이건 내 잘못이 맞다고. 나는 그에게 말하고 내 방으로 들어갔다. 그리고 문을 잠갔다. 검머외가 문을 두드리며 말했다. 무슨 소리야, 이건 아빠만의 문제가 아니야. 전 세계적으로 일어난 기현상이라고! 디나야! 문 열어!

멍청아. 전 세계적으로 일어난 그 기현상이 내 잘못이라고. 나는 속으로 되뇌었다. 하지만 검머외가 내 말을 믿어줄 리 없었다. 아무도 내 말을 믿어주지 않을 것이다. 나도 내 말을 못 믿겠는데. 이건 정말 꿈이 아닐까. 현실에서 비현실적인 일이 일어나면 이 현실이 꿈이 아니라 현실이라는 사실을 어떻게 확인할 수 있을까. 나는 짐을 챙겼다. 밤섬에 가야 했다.

모든 일은 밤섬에서 시작됐다. 하지만 본격적인 이야기를 하기 전에 나에 대해서 말해야겠다. 나는 열여섯 살이고 이름은 디아나, 성은 김이다. 가족들은 나를 디나라고 부르고 학교 친구들은 김디라고 부른다. 가끔 남자애들이 궁디라고 부르기도 해서 나는 남자애들과 내 이름을 모두 싫어하기로 했지만 아빠는 엄마가 지어준 이름이라고, 디아나, 디나, 얼마나 국제적인 이름이니, 요즘 시대에는 한국에만 있으면 안 돼, 세계로 나갈 생각을 해야지, 라고 했다.

아빠는 아무래도 제정신이 아닌 것 같다(그가 유튜브로 가짜 뉴스를 만드는 모습도 봤다). 종종 말 같지도 않은 소리를 하지만 사람들은 아빠를 좋아한다. 아빠는 미국에서 박사 학위를 받은 경제학 교수고 오빠는 아빠가 공부 중일 때 태어나서 미국인이 되었다. 나는 서울에서 태어났고 미국인이 되지 못했다. 거기에 대해 큰 불만은 없지만 오빠가 군대를 가기 위해 시민권을 포기하니 어쩌니 소리를 하면 정말 멍청해 보인다.

디나야, 이건 아빠를 위해서야.

아빠는 몇 해 전에 정치를 시작했고 국회의원이 됐다. 오빠는 자신이 군대를 가야 아빠의 인생에 도움이 된다고 했다.

오빠는 제정신이 아니야.

디나야……

오빠가 전도유망하고 잘생긴 데다 성격 나쁜 사춘기 여동생에게 자상하기까지 한 훈남을 '연기'할 때면 정말 죽여버리고 싶다. 눈썹을 내리며 눈을 크게 뜨고 유기견을 보듯 애처로운 표정으로 중얼거리는 거다. 내 동생…… 엄마가 없어서 힘든 거 다 알아…….

대충 이게 우리 가족이고 사실 그들을 사랑하지 않는 건 아니다. 가끔 사랑하는 거 같다는 생각도 한다. 그렇지만 참치는 '사랑은 관심'이라고 말했다. 사랑은 상대방이 무슨 생각을 하는지, 힘든 일은 없는지, 뭘 좋아하고 뭘 싫어하는지 알아가고 배워가는 거라고. 그런 관점에서 보면 나는 아빠와 오빠를 전혀 사랑하지 않는다. 나는 정말 두 사람에게 좆도 관심이 없다!

참치에게는 관심이 많다. 참치는 초등학교 동창인데 최근에 친해졌다. 5년 만에 만났는데 키가 훌쩍 컸고 얼굴이 뾰족해졌다. 강동원이랑 닮아서 참치라고 부른다. 참치는 생긴 거랑 달리 순하고 말도 잘 듣는다.

남자는 자고로 고분고분해야 돼.

참치 엄마의 말이다. 참치는 아빠가 없고 엄마랑 둘이 산다. 형제도 없고 친척도 없고 집도 없다. 정확히 말하면 사는 곳은 있지만 방 두 개짜리 월셋집이다. 참치는 방학 때 아르바이트를 하는 성실한 청소년이다. 참치가 흑화되지 않고 잘 자라기 위해서는 내 도움이 필요할 것이다. 물론 참치에게 이런 얘기는 하지 않았다. 결혼하자는 걸로 오해할 수도 있으니까……. 참치가 원한다면 못 할 것도 없지…….

하지만 진짜 문제는 참치도 아니고 오빠도 아니고 아빠도 아니다. 문제는 나다. 문제는 늘 나였고 나는 그 사실이 너무 싫다. 잘못된 건 세상인데 왜 문제는 나일까. 아무도 이 문제에 대해서 제대로 답해주지 않았고 귀 기울여 듣지 않았다. 사실 이 문제를 어떻게 설명해야 할지 모르겠다. 내 얼굴에 불만이 있는 건지, 세상의 불공평함에 불만이 있는 건지 모르겠다(내 얼굴이 지나치게 설치류 같다는 문제는 미뤄두자……). 어떻게 되고 싶은 건지, 어떻게 되고 싶기나 한 건지도 모르겠다. 오직 밤섬의 존재만이 질문에 답해주었다. 모든 걸 묻지만 정확히 묻는 건 하나도 없는 질문에 대한 답. 우주를 설명하는 단 하나의 완벽하고 아름다운 공식, 모든 문제에 대한 답이자 최종적인 결론.

밤섬은 오랫동안 노래를 준비했다. 바람이 강해지는 날에는 몸을 흔들며 시동을 건다. 습지 위를 날아다니는 새들과 다리 위를 오가는 차들, 섬 위로 솟아오른 빌딩을 거느린 오케스트라의 지휘자가 머리를 늘어뜨리고 리듬을 타는 것 같다. 물론 우리 훌륭한 아빠, 서울시향 공연 티켓을 끊고 베토벤 교향곡 전곡 연주회를 빠짐없이 나가는 나의 아빠는 그 비유가 본질적으로 틀린 거라고 넌지시 지적했다.

디나야, 여자 지휘자를 본 적 있니?

나는 대답하지 않았다.

물론 있을 수도 있겠지…… 핵심은 그게 아니란다……. 뛰어난 지휘자 중에 여자를 본 적 있니? 아빠는 지금 남녀

차별을 하는 게 아니라 사실을 지적하고 있는 것뿐이란다.

나는 웅얼거리며 남자가 머리 길 수도 있잖아요, 라고 말해버렸다. 아빠는 무릎을 탁 치고, 그렇네! 마음에 드는 헤어스타일은 아니지만…… 역시 똑똑해, 세계로 뻗어나가는 우리 딸, 이라고 말했다.

웅얼거리는 내 모습이 떠오르면 너무 수치스럽다. 왜? 부끄러워서? 자신이 없어서? 내가 왜 부끄러워해야 하지. 내가 뭘 잘못했지.

우리 집은 밤섬이 잘 보일 뿐 아니라 아파트 이름에도 밤섬이 들어간다. 한강 조망권을 뜻하는 상징적인 이름이라고 검머외는 말했다. 검머외는 우리 집에 대해서, 밤섬에 대해서 주절주절 늘어놓는 걸 좋아한다. 네이버 부동산 스터디 카페에 입주민 후기를 올렸는데 게시글이 명예의 전당에 올랐다고 자랑스러워했다. 댓글이 삼백 개라나…….

저걸 하중도라고 해. 원래는 크기가 작았는데 토사물이 쌓여서 최근 20년 사이에 면적이 수배로 커졌고,

람사르 습지. 이건 배워서 알지? 검머외가 말했다.

람사르 협회 사무총장은 마르타 로하스 우레고야.

뭐?

사무총장은 마르타 로하스 우레고라고! 내가 소리쳤다.

솔직히 내가 겁머외보다 밤섬에 대해서 훨씬 더 잘 안다. 겁머외는 뭐든 아는 척하는 걸 좋아하는데 실제로 아는 건 거의 없다.

아빠와 겁머외와 처음 밤섬에 갔던 날을 기억한다.

가시박을 제거하기 위해서 갔다.

가시박은 박과에 속하는 덩굴식물이다. 번식력이 강해 다른 식물의 광합성을 방해하고 미관을 해친다. 번식력이 강한 건 어딜 가나 말썽이다. 그런 걸 생태교란종이라고 한다. 끝도 없이 퍼져나가는 가시박의 덩굴, 지면은 잎으로 뒤덮여 발 디딜 틈이 없다. 어디로 가도 오로지 가시박만 보이는, 단 하나의 종이 지배하는 가시박 행성으로 우리는 향했다.

봉사 활동을 하는 정당 사람들과 보트를 나눠 탔다. 아빠와 오빠는 보트에서부터 사진 찍느라 정신이 없었다. 사람들은 준비해 온 피켓을 들고 뒤뚱거리며 보트에서 내렸다. 아빠는 손수건을 꺼내 땀을 닦고 메이크업을 고쳤다. 완벽한 가르마야. 그렇지 않니? 정당 조끼를 입은 아저씨가 내게 말했다. 나는 대답할 수 없었다…….

아빠와 오빠가 셀카를 찍고…… 셀카를 찍는 모습을 다시 카메라맨이 찍고…… 그 모습을 다시 홍보 담당자가 찍고…… 부자가 조끼를 입고 포즈를 취하는 모습을 보면 혼란에 빠진다. 내가 저 사람들의 핏줄이 맞나. 신이시여 (있다면) 제발 저를 주워 온 자식이라고 해주세요.

나는 가시박을 제거하는지 뭘 하는지 모르겠는 사람들 틈을 벗어나 밤섬 깊이 들어갔다. 과거에 사람들이 살았던 섬이라고 하지만 어떻게 살았는지 짐작이 가지 않았다. 우거진 풀숲은 한 번도 맡아보지 못한 기묘한 냄새를 풍겼다. 펄과 습지, 숲이 엉켜 소용돌이쳤고 한강에서 떠내려온 쓰레기가 모래사장에 시체처럼 엎드려 있었다. 고개를 돌리면 후드득 소리와 함께 새 떼가 사방으로 흩어졌다. 강 너머의 도시는 눈을 가리고 주춤 뒷걸음질 쳤다. 더 걸어 들어가자 소리가 멀어졌다. 고요가 하늘에서 빙글빙글 돌다가 습지 위로 내려왔다. 숲의 그림자가 해를 가렸고 작은 벌레들은 수면 아래 자취를 감췄다. 나는 나무 아래 자리를 잡고 한참 앉아 있었다.

디나야, 어딨니? 검머외가 소리를 지르며 나타났다.

넌 왜 이렇게 사람을 걱정시키니!

가시박이나 뽑으시지.

뭐라고?

람사르는 이란의 지명이다!

넋이 나간 검머외 뒤로 아빠가 모습을 드러냈다. 측은한 표정이 역력했다.

여기서 너를 잃어버렸으면 아빠는 한강물을 다 퍼서라도 우리 딸을 찾았을 거다.

…….

디나야, 여기서 뭐 한 거니?

나는 고개를 주억거리며 중얼거렸다.

장한나…….

뭐라고?

장한나도 지휘하잖아요…….

아빠는 못마땅한 표정을 지었다. 반항하는 사춘기 소녀를 둔 알파맨 홀아비의 심정이란…… 하는 식의 일일드라마 연기를 시작했고, 나는 그냥 못 본 척했다. 잘못했으니까 빨리 집에 가요.

아빠는 계류장에 소형 보트를 박아두고 거의 사용하지 않았다. 나는 봉사 활동 이후 가끔 아빠의 보트를 타고 밤섬으로 갔다. 처음에는 낮에, 나중에는 해 질 녘에. 밤섬은 계류장에서 가까웠고 순찰을 도는 해양경찰의 눈을 피하는 건 어렵지 않았다.

섬은 여름에는 조용했고 가을에도 조용했다. 이제 곧 겨울이었고 철새들이 똥을 싸기 시작할 것이다. 나는 버드나무가 드리워진 자갈밭에 앉아 책을 보고 일기를 쓰고 유튜브를 봤다. 시간이 지나면 한강의 수위가 올라간다. 강의 경계가 몸에 닿을 만큼 가까워지면 사람들로부터 점점 멀어지고 있는 기분이 들었다. 사운딩 로켓을 탄 우주 생쥐 엑토르. 궤도를 이탈해 끝없이 밀려나가는 인공위성. 아폴로 17호에는 다섯 마리의 실험용 쥐가 탔는데 이들은 페, 피, 포, 품, 푸이라고 불렸다. 이대로 가족들과 멀어지고 참치와도 멀어지고 다시는 돌아가지 못하는 게 아닐까 하는 두려움이 들었지만 두근거림이 멈추고 나면 영원히 계속될 것 같은 물결과 흔들림, 고요함이 찾아왔다. 날씨가 좋은 날 깜빡 잠이 든 적도 있다. 참치가 전화를 하지 않았다면 아마 계속 잤을 것이다. 참치는 여러모로 쓸모가 많다.

그렇게 밤섬을 오가다 그 존재와 만났다.

처음 존재를 봤을 땐 연기라고 생각했다. 그을음이 짙게 나온 검은 연기. 아니라는 사실을 곧 깨달았다. 연기는 투명하지 않았고 검은색 도미노처럼 무너지면서 허공에서 종횡으로 선을 그었다. 거꾸로 재생하는 것처럼 도미노는 다시 일어서고 무너지길 반복하며 허공에 패턴을 그렸다. 갑자기 비처럼 쏟아졌다가 순식간에 모습을 감췄고 검은깨를 뿌린 것처럼 확산되었다가 구 형태로 축소되면 회전했다. 움직일 때마다 자전거 체인을 감았다 푸는 것처럼 촤르르 하는 이상한 파동이 느껴졌다. 주변 공간은 셀로판지를 갈아 끼는 것처럼 옅은 붉은색과 푸른색, 보라색을 번갈아가며 띄었다.

나는 그 자리에 주저앉았다. 악! 하고 비명도 지른 거 같다. 존재는 페인트탄처럼 팍 터지면서 분산됐고 응축되었으며 솟아올랐다가 습지 위에 정지했다. 그리고 미소를 지었다(진짜 미소를 지은 건 아니다. 입이 없으니까⋯⋯).

그건 정말 기이했다. 미세먼지로 변색된 갈색, 회색 식물들이 무지갯빛으로 물들며 살아났다. 나는 순수하게 감탄했다. 대박…… 그리고 정신을 잃었다.

집으로 어떻게 돌아왔는지 모르겠다. 존재를 다시 볼 생각은 하지 않았다. 다시 보면 잡아먹히거나 납치당하거나 삭제될지도 모른다는 불안감이 들었다. 공포 영화에서 제일 먼저 죽는 사람은 뭐가 있는지 확인하는 사람이다. 봐도 못 본 척, 알아도 모른 척해야 한다. 아빠가 말했다. 정치는 벙어리 3년! 귀머거리 3년! 나는 노래를 흥얼거리며 보트를 타고 집으로 돌아왔다. 강을 건너는 내내 한 번도 돌아보지 않았다.

방에 들어가서 이불을 덮고 한참 누워 있었다. 검머외가 씻고 자라고 여러 번 말했지만 못 들은 척했다. 그러다 불현듯 깨달았다.

감염!

나는 소리쳤다.

무슨 소리야? 검머외가 말했다.

감염됐으면 어쩌지!

나는 욕실로 뛰어들어갔다. 검머외는 우당탕하는 소리를 들으며 얼이 빠져 나를 쳐다봤다. 욕조에 물을 채우고 한참 앉아 있었다. 손바닥에 물을 퍼서 바라봤다. 물이 미소 짓고 있는 게 느껴졌다. 등골이 오싹했다. 그런데 이상하게 자꾸 보고 싶었다. 나한테 무슨 짓을 한 걸까. 다시 물을 펐는데 손가락 사이로 빠져나가는 물의 흐름이 전과 다르게 느껴졌다. 산소와 수소 원자가 덩어리져 꿈틀거리는 모습이 보였다. 액체는 더 이상 흐르지 않았다.

아악! 살아 있어!!

왜? 무슨 일이야??

검머외가 욕실 밖에서 문을 두드렸다.

됐어. 괜찮아.

내가 말했다.

디나야. 오빠한테 다 말해. 오빠잖아.

나는 대답하지 않았다. 물속으로 머리를 집어넣었다.

디나야! 그날인 거니!!

물의 감촉이 완전히 달라져 있었다. 나는 느낄 수 있었다. 무서웠지만 좋았다. 이 감각을 어떻게 설명할 수 있을까.

디나야! 누구나 겪는 일이야…… 놀라지 마…….

검머외가 말했다.

나는 컵에 물을 받아 검머외의 얼굴에 뿌렸다. 그리고

문을 잠갔다.

씻는 데 방해 좀 하지 마.

검머외는 어떻게 대학에 간 걸까. 생각할수록 놀라운
일이다.

참치와 나는 광흥창역에서 만났다. 지금 생각해도 참치
를 데려가길 잘했다. 아빠나 오빠에게 말했으면 나를 다시
병원에 처넣으려 했을 것이다. 이번에는 구속복을 입혔을
지도 모른다. 빨대를 꽂은 음료를 주며 여기에 영양이 다
들어 있으니 이것만 마시면 돼, 우리 딸, 이라고 했겠지.
그러면 나는 빨대를 씹어 짓이기고 끈적끈적한 음료를 두
사람의 얼굴에 뿜었을 것이다. 아빠는 울면서 기자회견을
하고…… 오빠는 수기를 써서 네이트판에 올리겠지…….
〔꼭조언부탁〕 여동생에게 악령이 씌었습니다

참치는 얼굴에 물음표를 가득 띄우고 휘적거리며 걸어
왔다. 조금만 살이 더 쪘으면 좋겠는데, 외모 얘기는 안 하
는 게 맞는 거 같아서 참았다. 그런데 솔직히 참치에 대해
서는 외모 말고 할 얘기가 별로 없다. 누가 내 외모에 대해
말하는 건 싫지만 내가 남 외모에 대해서 말하는 건 좋다.

이것도 정신과 진료가 필요한 문제일까.

나는 참치에게 설명을 하지 않고 보트를 탔다. 한강에서 밤에 보트를 탄다는 사실만으로 참치는 충분히 감탄했다. 게다가 밤섬으로 들어간다니. 참치는 밤섬이 뭐 하는 곳인지도 몰랐다. 한강에도 섬이 있어? 우와. 보트도 몰 줄 알아? 우와. 밤섬에도 매점 있어?

없어.

우와.

우와 소리 좀 그만하면 안 돼?

참치가 고개를 끄덕였다. 조명이 어두운 강물에 비치는 모습을 보며 속으로 우와, 우와 하고 있는 것처럼 보였다. 평소보다 안개가 자욱한 날이었고 보트는 서서히 나아갔다. 인류가 첫발을 내디디는 행성에 탐사를 나온 연인. 새로운 문명이 시작될 것이다. 참치는 겁 많은 생물학자고 나는 일류 조종사다. 무기를 다룰 줄 아는 것도 나고 임무의 진정한 목적을 알고 있는 것도 나다. 비밀을 감췄다는 사실 때문에 참치는 배신감을 느끼겠지만 결국 용서하겠지. 다 자기를 생각해서 그런 거니까. 원래 사랑이라는 게 용서 아닌가. 용서와 관심. 그런 의미에서 보면 나는 정말

아빠를 사랑하지 않는다.

존재는 여전히 그 자리에 있었다. 이번에는 지난번과 달리 어떤 형태를 이루고 있었다. 오각형? 오십각형? 안개 같기도 했고 액체 같기도 했다. 움직임이 있었지만 어디로 움직이는지 알 수 없었다. 눈에 보이지 않는 다른 차원이 있고 그곳으로의 이동을 반복하는 것 같았다. 빛과 파동, 움직임, 색채가 계속되었지만 놀라울 정도로 고요했다. 깊은 계곡 속에 서서히 밀려들어오는 낮은 바람 소리 같은 것들만 우리를 스쳐 지났다. 참치가 말했다.

우와…….

존재는 우리를 위협하지 않았다. 미소 짓지도 않았다. 우리는 아무 말도 하지 않고 존재를 봤다. 계속되는 시간, 계속되는 공간. 존재는 눈앞에 존재했고 등 뒤에도 존재했고 머리 위에도 존재했다. 바닷속에도, 구름 속에도, 대기권 밖에도 존재할 것이고 강 건너에 있는 아빠의 사무실, 검머외가 수업을 듣는 강의실, 여의도의 삼겹살집 의자 속과 광흥창의 아이스크림 가게 점원의 모자 안에도 존재할 것이다.

나는 가방에서 민트초콜릿 아이스크림을 꺼냈다. 참치

의 눈이 휘둥그레졌다. 아이스크림을 들고 천천히 존재에게 다가갔다. 존재가 촤르르 소리를 내며 공간의 결을 빚어 넘겼다. 빛과 대기의 블록이 거인의 형상처럼 나와 아이스크림을 집어삼켰다.

민트초콜릿이 공중에 떠올랐다. 참치와 나는 그 모습을 바라봤다. 민트초콜릿 아이스크림은 공중에서 부르르 떨더니 두 개가 되었고 세 개가 되었고 네 개가 되었다. 분열하는 세포처럼, 가시박처럼 계속해서 숫자가 늘어났다.

나와 참치는 바닥을 뒤덮은 아이스크림 중 두 통을 골라 먹었고 그 이상은 무리였다. 두 통 다 소름 끼치게 맛있었다. 나는 참치가 우와…… 라고 하는 것을 용서하기로 했다. 검머외가 무슨 일만 있으면 그날이냐고 묻는 것을 용서하기로 했다(그는 생리라는 단어도 못 쓴다). 한심한 내 얼굴과 형편없는 건강과 아침마다 느껴지는 공포와 혐오와 우울함을 오늘 하루만이라도 용서하기로 했다. 참치는 한숨 쉬듯 감탄사를 뱉었고 우리는 가끔 마주 보고 웃었다.

참치와 나는 도서관에 틀어박혀서 외계물질에 관련된

책을 닥치는 대로 읽었다. 천체물리학, 입자물리학, 양자역학, 초끈 이론, 우주생물학, 별자리, 괴물대백과, 트랜스휴머니즘, 로봇공학, 하드SF소설, 소프트SF소설, 사이버펑크, 스페이스 오페라, 코즈믹 호러, 포스트 아포칼립스…… 대부분 무슨 말인지 몰라 엉성하게 넘어갔다. 어쨌든 우리가 본 걸 설명할 길은 없었다.

우리는 가설을 세웠다.

외계인이 가장 먼저 떠올랐다. 참치는 아니라고 했다.

우주선이 없어.

그래. 게다가 여긴 미국이 아니잖아.

우리는 동의했다.

두 번째 가설은 존재가 미래에서 왔다는 거였다. 웜홀 같은 걸 통해서 온 거야.

왜?

지구를…….

지구를?

지구를…… 지켜…….

참치가 자신 없는 목소리로 중얼거렸다.

우리는 두 번째 가설도 파기했다.

세 번째 가설은 평행우주.

그런데 우리 둘 다 평행우주가 뭔지 정확히 알 수 없었다.

우주가 많아. 여러 개야. 참치가 말했다.

그런데?

음…… 다른 우주에서 온 거지.

왜지?

우주를…… 지켜…….

진짜 문제는 존재가 생물이긴 하냐는 거였다. 봤을 때 살아 있다는 느낌은 있었지만 형체나 움직임은 화면 보호기를 연상시켰다. 인공지능을 모니터 안에 시각화한 느낌, 로봇의 전자적 표현, 수억 개의 검은 구슬을 바닥에 굴리는 것처럼 존재는 움직였다.

생물이 아니야.

그럼 죽은 거야?

우리는 형이상학적인 문제에 부딪쳤다.

문제는 또 있다.

왜 하필 밤섬일까? 내가 말했다.

밤섬은 람사르 습지야. 참치가 말했다.

응. 잘 알지.

람사르 습지는 철새 도래지야.

그렇지.

그러니까…… 존재는…… 우주 철새…….

이건 뭔가 새로운데.

내가 말했다.

참치에게도 나와 같은 현상이 일어났다. 물이나 공기, 빛과 나무, 사물과 형체들이 전과 다르게 움직이는 것이다. 보인다고 말하는 건 정확하지 않다. 우리가 실제로 분자나 입자를 보는 건 아니니까. 뭔가 확연히 달랐다. 더 느렸고 더 빛났고 덩어리져 있었다. 실제보다 입체적이었고 현실보다 선명했다. 세상은 불연속적이었다. 그리고 아름다웠다.

변화가 일어난 뒤 일이 어떤 순서로 진행되었는지 모르겠다. 가수면 상태에 빠져 있는 것 같았고 감기약에 취한 것 같았다. 어느 날 우리는 밤섬에 있었고 어느 날에는 침대 위에 있었다. 어느 날에는 아빠가 어디를 돌아다니는 거냐고 전화도 안 받고! 하며 화를 냈고, 어느 날에는 물

246

위에 있었다. 어떤 순간에는 참치와 함께 있었고 어떤 순간에는 누구도 곁에 없었다. 선명하게 돌출된 순간들이 룰렛판처럼 돌아가며 나타났다 사라졌고 모든 장면과 촉감이 나란했다. 나는 엄마를 생각했다. 죽기 전의 엄마, 나를 낳기 전의 엄마, 오빠를 낳기 전의 엄마, 그리고 죽은 후의 엄마. 아빠는 엄마의 시체를 못 보게 했다. 그것은 너무 끔찍하다고, 엄마는 이제 편안해졌다고, 엄마가 있던 곳으로 돌아갔다고 했다. 나는 그런 터무니없는 소리는 믿지 않았다. 엄마가 죽은 건 아빠 때문이고 나는 그걸 알면서도 막지 않았다. 질투 때문에, 이기심 때문에, 귀찮음, 성가심, 응석, 짜증, 분노, 슬픔, 무책임, 무능함. 그리고 무엇보다 어리석음 때문에. 한 치 앞을 보지 못하는 어리석음, 알면서도 모른 척하는 어리석음, 스스로를 학대하는 어리석음, 먼저 손 내밀어주길 바라는 어리석음. 나는 작고 사악한 악마였다. 엄마의 상처 나고 망가진 몸을 봤고 엄마의 차가 트럭으로 돌진하는 모습, 산산이 깨진 유리 속에서 영원히 정지한 시간을 봤다. 아빠가 사라진 건 그 다음이었다.

　참치와 나는 광흥창역에서 만났다. 참치는 파란색 패딩

을 입고 있었다. 차가운 비가 내린 뒤였다. 아스팔트는 검게 물들어 있었다.

우리 때문일까? 우리 때문이지?

참치가 물었다. 나도 몰라. 나도 몰라. 우리는 계류장으로 달려갔다. 밤섬과 한강 주변이 전과 달랐다. 조명이 환하게 밝혀져 있었고 부산한 소리가 났다. 계류장 주변은 각종 텐트와 컨테이너로 가득했고 임시 가설된 경계 초소가 사람들의 출입을 막았다.

경계 너머에 노란색 옷을 입은 사람들이 무리를 지어 다녔다. 구경 나온 사람들이 초소 경계에서 그 모습을 지켜봤다.

나는 참치를 이끌고 서강대교로 갔다. 칼바람이 불었다. 참치가 나를 꼭 붙들었다.

거대한 반투명 얼룩이 밤섬을 덮었다. 주변을 헬기와 선박, 보트, 드론 등 온갖 것들이 둘러싸고 있었다. 얼룩은 일렁이며 꿈틀거렸다. 뉴스에서는 실시간으로 밤섬의 변화를 보도 중이었다. 밤섬에서 정체불명의 에너지가 감지되었다. 방사능일 수도 있고 외계에서 온 위험물질일 수도 있다. 시민 여러분은 집 안을 벗어나지 마라. 곧 서강대교 건너편에서 군부대가 밀려왔다. 다리는 폐쇄되었다.

　변화는 계속되었다. 다음 날, 건물주가 모두 사라졌다. 30층이 넘는 빌딩의 건물주, 신축 빌라를 가진 건물주, 갓 건물을 매매한 젊은 건물주와 막 리모델링한 건물을 가진 건물주……. 전 세계의 모든 건물주가 사라졌다. 기뻐해야 마땅한 일이었지만 일은 그렇게 간단하지 않았다. 건물주가 사라지면 누가 건물의 주인이지? 배우자? 자식? 세입자들이 사이좋게 공동 분배? 건물을 가졌다가 또 사라지면 어떡하지? 사람들은 겁에 질려서 건물을 가지지 못했다. 겁이 나서 정치를 할 생각도 못 했다. 그러나 이제 시작이었다. 미국국가안보국(National Security Agency, 이하 'NSA')에서 사라진 것들의 목록을 작성했다. 정치인, 건물주, 가시박, 도롱뇽, 소금쟁이, 지우개, 머그컵, 가마우지, 통역사, 청소부, 띠지, 포스트잇, 휴대폰 대리점, 힙합, 나시고랭, 피넛버터, 조지 클루니, 〈왕좌의 게임〉……. 계속해서 무언가가 사라지고 있었고 NSA는 사라지는 것들의 공통점을 찾는 중이다. 사라진 것들이 어디로 갔는지 알 수 없다, 다만 이 모든 문제의 중심에 사우스코리아의 아일랜드 밤이 있는 것으로 추정된다. 조사단이 급파되었지만 밤섬에 들어가는 순간 그들도 사라졌기 때문에 조사는 난항을 거듭 중이다. 그러나 동요하지 마라. NSA는 이 문제를 책임지고 해결할 것이다. 대통령은 돌아올 것이다. 사라진 당신의 아버지, 어머니, 가족은 돌아올 것이다. 당신들이 사라지지 않도록 우리가 최선을 다하겠다. 이 사태를 극복하기 위해 NSA는 최선을 다하겠다. 전 세계의 국가와 기관들이 힘을 합칠 것이다.

다음 날 NSA 전체가 사라져버렸다. NSA 국장, 부장, 차장, 과장, 말단 직원들에서 하청 업체 직원까지, NSA의 건물까지 몽땅.

리셋이야.

나는 참치에게 말했다.

존재를 처음 봤을 때 존재가 리셋이라고 말했던 거 같아.

미소를 지었다며?

미소를 지었는데, 존재는 한마디로 많은 말을 하잖아.

존재의 언어는 너무 가득했다. 이 말인 동시에 저 말이었고 이 말이자 저 말이었다. 그것이 실현되기 전까지는 이 말이 그 말이라는 걸 알 수 없었다. 어쩌면 실현되고 난 뒤에야 이 말은 그 말이 되는 건지도 몰랐다.

왜 리셋을 하는 거야?

나도 모르지.

우리도 리셋되는 거야?

몰라. 너는 들은 거 없어?

참치는 미간을 찌푸리고 집중했다. 사마귀처럼 두 손가락으로 관자놀이를 짚으며 생각에 집중했다.

부활.

부활?

응.

확실해?

그냥 떠올랐어. 부활.

그러면 사람들이 다시 부활하는거야?

모르겠는데. 뭔 말인지.

무슨 말인지는 다음 날 알게 되었다. 예수님이 부활한 것이다.

물론 사람들 대부분은 그가 예수님이라는 사실을 믿지 않았다. 예수님 역시 사태가 어떻게 된 일인지 알 수 없었다. 예수님의 얼굴은 사람들이 생각했던 것과 많이 달랐고 특별한 초능력이 있지도 않았다. 가장 큰 문제는 언어였다. 예수님은 아람어로 말했고 사람들과 말이 통하지 않았다. 아람어에 능통한 사람이 와서 대화를 나누기엔 모두 너무 바빴다. 언제, 누가 사라질지 모르는데 자신이 예수라고 주장하는 사내와 대화할 시간이 어디 있겠는가!

검머외가 결단을 내렸다. 집 바로 앞에 밤섬이 있고 그곳이 모든 일의 근원이라면 자신이 가야 한다는 거였다.

왜?

아빠를 찾아야지!

거길 오빠가 어떻게 들어가?

난 매일 밤섬을 봤어. 누구보다 밤섬에 대해 잘 알아. 이건 신의 계시야.

검머외의 자신감은 늘 하늘을 찔렀다. 그는 스스로를 특별한 사람이라고 생각했다. 그저 평균보다 조금 큰 키에 학벌이 좋은 국회의원 아들일 뿐인데 말이다.

그 정도면 충분히 특별하지. 나에 비하면.

참치가 말했다.

그게 뭐가 특별해? 걘 바보야.

참치가 잠깐 웃더니 인상을 썼다. 그렇게 말하지 마.

왜?

니 오빠잖아……. 넌…… 사실 모든 걸 다 가졌어. 불평하는 건 안 좋은 습관이야.

뭐가 어째?

참치는 자신에 비해 나와 검머외가 얼마나 많은 걸 타고났는지, 지금은 우리가 가깝지만 미래에는 말도 걸기 힘든 사이가 될지도 모른다는 둥, 방학 때마다 일하느라 얼마나 힘들고, 엄마의 불평과 히스테리, 생활의 고난, 미래에 대한 불안이 자신을 얼마나 짓누르는지에 대해 털어놓았다.

나는 참치의 불행 따위는 한마디로 날려버릴 수 있었다. 엄마에게 정신병력이 있었고 나도 정신과 치료를 받았다고, 엄마의 죽음은 자살이라고, 다들 사고사라고 하지만 아빠의 외도와 엄마의 외도, 그 외의 것들이 겹쳐진 자살이라고, 아무도 그게 정신병 때문인지, 고통 때문인지, 욱하는 마음에 저지른 실수인지, 깊은 고민에서 온 결단인지 알 수 없지만 자살이 분명하고 나는 그런 일이 있을 거라는 사실을 알았는데도 막지 않았다고, 엄마가 미웠기 때문에, 그녀를 어둠 속으로 밀어 넣는 것에 망설임이 없었다고 말하면 되었다. 그러면 아마 참치는 입을 다물 것이다. 미안해…… 그런 줄 몰랐어…… 라고 하면서.

나는 이것을 불행 배틀이라고 부른다. 친구들과 늘 했던 일이고 나는 언제나 승리했다. 승리의 대가는 달고 크다. 아무도 나에게 불평이나 하소연을 하지 않는다. 나는 혼자가 된다. 참치와도 불행 배틀을 벌일까. 그러고 싶지 않았다. 이기는 건 아무 의미도 없다.

그리고 다음 날 엄마가 모두 사라졌다. 참치가 얼굴이 새하얗게 질려 찾아왔다. 무슨 일이 있어도 밤섬에 가야 해.

밤섬에 들어가기 위해서 우리는 극단의 조치를 취했다. 나와 참치가 존재와 접촉한 사실을 털어놓은 것이다. 솔직히 말하면 우리 때문에 사람들이 사라지고 있어요!

물론 한국 정부는 우리 말을 믿지 않았다. 회신도 없었다. 우리는 검머외의 영어 실력을 빌려 백악관과 NASA, NSA 등에 메일을 보냈다. 수신자가 아직 있다면 답을 주세요! 우리가 최초 접촉자입니다!

뭘 근거로 우리 말을 믿었는지 모르겠지만, 참치와 나는 미국에서 파견된 조사단에 의해 검사를 받았다. 결과적으로 우리의 유전자 코드가 조정되었다는 사실이 입증됐다. 엄밀한 의미에서 참치와 나는 더 이상 같은 인간종, 호모사피엔스사피엔스가 아니라는 말이었다.

검머외는 경악했지만 곧 의기양양해졌다. 자신이 역사의 중심에 있다고 생각한 것이다. 뭔가…… 〈어벤져스〉 시리즈의 출연진이라도 된 거라고 생각하는 모양이었다. 우리를 중심으로 특수 조사단이 구성되었고 검머외는 미성년자인 나와 참치의 보호자로 포함되었다. 조사단의 책임자인 닉 피셔 소령은 우리의 교육을 담당했다. 우리는 우주복 같은 걸 입는 법을 배웠고 생존 스킬을 배웠으며 비밀유지 합의서에 사인했다. 검머외는 통역을 담당했다. 닉과 검머외는 죽이 잘 맞았다. 닉은 죽음도 불사하고 동생을 위해 나선 검머외에게 큰 감명을 받았다고 했다. 검머외는 눈물을 글썽였다.

그래…… 양친은 안녕하시고?

검머외가 참치에게 말했다. 우리는 특수 조사단과 함께 보트를 타고 밤섬으로 진입 중이었다.

미쳤어?

내가 말했다.

허허…… 우리 동생 말버릇 하고는…….

니 말투는 왜 그런데?

디나가 알다시피 좀 당돌하지. 남자인 니가 잘 이해하고.

검머외가 말했다.

마음 같아서는 검머외를 밀어서 강물에 빠트리고 싶었지만 참았다. 우리는 참치의 엄마를 찾아야 하고 지구를…… 지구를…… 지켜야 한다…….

닉 피셔 소령은 밤섬의 존재에 대한 여러 가설을 우리에게 알려주었다. 정부에서는 공식적인 발표를 미루고 있었지만 과학자들 사이에서는 몇 가지 가설이 있었다.

가장 유력한 설은 존재가 전 우주 차원의 양자 컴퓨터라는 거였다.

그게 무슨 말이에요?

참치가 말했다. 우리는 양자 컴퓨터에 대한 책을 같이

읽었지만 참치는 전혀 기억 못 하는 것 같았다.

이 가설에 의하면 존재는 우주적 양자 컴퓨터이자 인공지능이고 우주는 비트와 코드로 이루어진 일종의 프로그램이다. 우리 역시 프로그램이다. 존재가 어떤 사물이나 생명체를 삭제하고 복구시킬 수 있는 이유도 거기에 있다. 코드를 수정하거나 패치를 설치하는 것이다.

전 세계의 프로그래머들은 이 견해에 동의했다. 그러니 해결 방법은 단 하나, 존재를 해킹하는 것이다. 존재를 해킹하면 사라진 이들을 돌아오게 할 수 있을 뿐만 아니라 우주의 신비를 풀 수도 있다. 우주가 우리 손아귀에 들어오는 것이다.

음…… 음…….

참치가 끙끙 앓는 소리를 냈다.

물론 전혀 다른 의견도 있었다. 존재를 신으로 모시는 종교가 수십 개 생겼다. 그들은 성지순례를 위해 남한으로 밀려들었다. 정부는 외국인의 입국을 제재했고 다른 나라들 역시 남한으로의 출국을 제재했다. 그러나 많은 이들이 일본과 중국에서 배를 타고 서해로 진입했고 아라뱃길을 따라 밤섬으로 들어오려고 시도했다. 물론 모조리 잡혔지만.

엉망이야. 검머외가 말했다. 정의가 땅에 떨어졌어.

검머외는 닉 피셔에게 자신의 국적도 미국이라고 말했다. 한 나라 사람, 애국심, 메이크 아메리카 그레이트 어게인 어쩌고.

잇츠 낫 마이 비즈니스. 닉 피셔가 말했다.

아이 풀리 언더스탠드, 브로. 검머외가 말했다.

닉 피셔가 고개를 저었다. 그는 아무래도 검머외의 정체를 금방 알아차린 것 같다. 반면 참치는 그렇지 못했다. 참치는 말했다. 형 진짜 멋있는 것 같다, 영어도 잘하고 잘생겼고, 정의감도 투철하고……. 참치와의 미래를 다시 생각해볼 필요가 있다.

밤섬의 모습은 전과 다를 바 없었다. 다른 게 있다면 소리와 냄새였다. 바람 소리, 나무가 흔들리는 소리, 새소리, 벌레 소리 등이 전혀 들리지 않았다. 땅속 깊은 곳에서 모터가 돌아가는 소리, 창고에서 팬이 돌아가는 소리 같은 것이 희미한 진동과 함께 들렸다. 땅콩버터 냄새, 머리카락을 태우면 나는 냄새도 은은히 풍겼다. 냄새는 공기 중 어딘가에서 났다. 손을 뻗어 허공을 붙잡고 찢으면 너머의 공간에서 외계인이 요리를 하고 있는 모습이 보일 것 같았다.

무장한 군인들이 우리와 일군의 과학자, 프로그래머를 둘러싸고 서서히 걸음을 옮겼다. 나는 닉 피셔 소령에게 방향을 지시했다. 배에서 내리기 전까지의 장난스러운 태도는 씻은 듯이 사라졌다. 나와 참치는 손을 잡았다. 존재가 우리에게 잘못한 건 없지만 우리는 우리 일을 해야 했다.

우리가 존재의 앞에 도착했을 때, 군인들의 손에 들린 총은 이미 어디론가 사라지고 난 뒤였다. 존재의 모습에 사람들은 압도됐다. 존재는 전보다 훨씬 거대했다. 대기권 끝까지 검은 퍼즐로 된 탑이 늘어서 있는 것 같았고 퍼즐들은 회로처럼 째깍거리며 작동을 반복했다. 과학자와 프로그래머들이 컴퓨터를 부팅시켰다. 금발의 여자 프로그래머가 존재의 중심에 다가가 검은 퍼즐 하나에 손을 뻗었다.

철컥.

검은 퍼즐 하나가 USB처럼 금발의 우주복에 부착됐다.

금발의 눈동자가 커졌다. 곧 그녀의 우주복이 사라졌고 검은 퍼즐이 팔을 시작으로 몸 전체로 퍼져나갔다. 군인 서너 명이 그녀에게 달려들어 퍼즐을 움켜쥐듯 잡았지만 금발은 순식간에 사라졌다.

그리고 군인들이 사라졌다. 전부 다. 닉 피셔 소령이 사라지기 직전 나를 돌아봤다. 뭔가를 말하려고 입을 열었지만 사라진 시도만 허공을 맴돌았다.

메시지가 왔어.

과학자 하나가 말했다. 모니터에 yes or no가 떴다. 나는 컴퓨터로 다가갔다.

돌아봤을 때 주위에는 아무도 남아 있지 않았다. 참치도 검머외도 과학자도 프로그래머도. 나와 존재만 남아 있었다. 나는 생각했다. 사랑은 용서와 관심이라고, 다른 사람을 알기 위해 노력하고 허물을 감싸주고 이해해주는 거라고, 그것만이 우리에게 허락된 유일한 것이고 우리가 할 수 있는 거라고. 존재는 철컥거리는 소리와 함께 밤섬의 가장 깊은 곳에서 우주의 끝까지 길을 열었다. 나는 말했다. Yes.

캐빈 방정식

김초엽

김초엽

1993년에 태어났다. 포스텍 화학과를 졸업하고 동 대학원에서 생화학 석사 학위를 받았다. 2017년 〈관내분실〉과 〈우리가 빛의 속도로 갈 수 없다면〉으로 제2회 한국과학문학상 중단편 대상과 가작을 수상하며 작품 활동을 시작했다. 소설집 《우리가 빛의 속도로 갈 수 없다면》이 있다. 젊은작가상과 오늘의작가상을 수상했다.

[강풍으로 운행을 중단합니다]

사슬에 묶인 안내문이 입구를 막고 있었다. 꽉 찬 버스 안에서 30분이나 땀 냄새를 맡으며 온 고생의 결말에 힘이 빠졌다. 나는 안쪽을 흘끔거렸다. 운행 중단이라는 말이 무색하게 공중관람차는 아직 돌아가는 중이었다. 관람차가 저절로 움직일 정도로 강풍이 부는 게 아니라면 말이다. 그래도 바람이 거세긴 했고, 시야를 자꾸 가리는 머리를 걷어내야 했다. 올려다보니 캐빈들이 약간 흔들리고 있었다.

이렇게 돌아가기는 아쉬워 앞에서 계속 서성이는데 직원이 부스 문을 열었다. 불만스러운 표정으로 고개를 내민 남자가 딱 잘라 말했다.

"오늘 운행 못 해요."

"죄송한데, 어차피 돌아가는 중이면 저만 태워주시면 안 될까요? 흔들리는 건 괜찮아요. 저 무서운 거 좋아하거든요."

"이상한 소문 듣고 오셨죠?"

나 같은 사람이 한둘이 아니었는지 직원은 한숨을 내쉬었다.

"그래도 안 되니까 다음에 오세요. 안전 문제예요."

별수 없이 돌아 나왔다. 그렇게까지 말하는데 계속 얼쩡거릴 수는 없었다. 그래도 여기까지 온 거 사진이라도 좀 찍고 갈까 싶어 휴대폰 카메라를 들어 올렸다.

흰색의 거대한 수직 지지대 위로 둥근 전구들로 장식된 Lotte Wheel이라는 글자가 눈에 들어왔다. 두 개의 원이 겹친 중심으로부터 뻗어나가는 평행한 철근 사이에 색색의 캐빈들이 일정한 간격으로 매달려 있었다. 규모가 꽤 컸다. 해가 지고 조명이 들어온다면 꽤 그럴싸해 보일지도 모르겠다. 하지만 애매하게 흐린 하늘 아래 빛조차 켜지지 않은 관람차는 울산의 명물이라고 하기에는 어딘가 좀 민망한 모습이었다.

관광도시에나 어울릴 법한 공중관람차가 울산에 있다는 건 농담 같다는 생각을 항상 했다. 줄지어 선 공장과 컨테이너들이 가장 먼저 떠오르는 공업 도시에 공중관람차라니. 여행 잡지에서는 가끔 울산 공중관람차를 국내 최대 규모의 도심 유일 관람차로 소개하는 홍보 기사가 실리기도 했지만, 랜드마크들이 흔히 그렇듯 주민들은 무신경함으로 이 도시의 눈을 대했다.

마지막으로 관람차를 탄 건 고등학생 때였다. 고속버스터미널에서 언니와 버스를 기다리다 갈 곳도 없고 시간도 때울 겸 탔는데, 별달리 기억에 남는 풍경은 아니었다. 다만 관람차 안에서 시간이 아주 느리게 흐르는 것처럼 느껴지던 것과, 자꾸 바닥이 흔들려서 무서웠다는 것, 그리고 정상에 도달했을 때 무언가 아찔하고 울렁거리는 기분이 들었던 것이 기억난다.

알고 보니 그 이상한 소문이 퍼지기 전부터 울산 관람차는 무서운 관람차로 유명했던 모양이었다. 흔히 세계 각

지의 관광도시들에 있는, 라스베이거스의 하이롤러나 런던의 런던아이와 같이 기념엽서 단골 모델로 활약하는 관람차들은 안에서 걷고 뛰어도 멀쩡한 거대한 캐빈들을 나르지만, 울산 관람차는 오래된 놀이공원의 관람차를 그대로 떼어다 놓은 것처럼 생겼다. 백화점 건물 옥상에 위치해 있다 보니 땅에서부터 시작하는 보통의 관람차와 달리 높이가 더 아찔하게 느껴지는 데다, 작고 좁은 캐빈의 흔들거림과 캐빈이 지지대와 맞닿으며 내는 특유의 소음이 없던 고소공포증까지 만들어낸다고 할까. 타본 사람들 사이에서는 지옥 관람차라던가, 문에서 자꾸 소리가 나서 떨어지는 줄 알았다던가 하는 감상도 흔했다.

1층으로 내려가려고 다시 실내로 들어오니, 엘리베이터 주위에 같은 처지의 사람들이 보였다. B2, B3, B4, 지하 주차장 매 층마다 성실하게 문을 여닫아가며 내려가는 엘리베이터를 조용히 기다리는 동안 한 무리의 대화가 들려왔다. 투덜거리는 말투로 짐작해보면 나처럼 소문의 진상을 확인하러 온 학생들인 것 같았다. 별거 없으니까 오지 말자고 했는데 괜히 왔다는 둥, 어차피 따라왔으면서 말을 왜 그렇게 하냐는 둥, 자칫하면 싸움으로 번질 법한 투덕

거리는 대화가 이어지다가 내가 고개를 돌리자, 그들은 서로 눈치를 보다 입을 다물었다. 나는 한번 확인해보고 싶었다.

"혹시 이 관람차, 유명해요? 직원이 이상한 소릴 해서요."

내 말에 학생들은 눈을 크게 뜨더니 저들끼리 무어라 속닥거렸다. 그러다 도리어 내게 되묻기 시작했다.

"언니 혼자 오셨어요?"

"이거 혼자 타면 죽는다던데."

"야, 그거 아니야."

혼자 타면 죽는 버전도 있구나. 그건 몰랐다.

"아…… 그런 이야기가 있어요?"

분위기가 어색해졌다. 나는 모르는 척 물었다.

"저는 그냥 경치 구경하려고 했는데, 바람 불어서 망했네요. 근데 그게 다 무슨 말이에요?"

당연히 그런 이야기가 있는 줄 알고 왔지만, 슬쩍 호기심을 내비쳤더니 학생들은 신이 나서 한마디씩 거들기 시작했다. 덕분에 나는 소문의 실상을 좀 더 구체적으로 파악할 수 있었다.

집에 돌아가는 길에 학생들이 말해준 키워드로 검색을
해보니 찾던 내용이 나왔다. 정직하게 '울산 관람차 괴담'
으로 검색했을 때는 절대로 나오지 않던, 데이트 추천 코
스와 울산 야경 말머리를 착실히 단 홍보료를 받은 티가
나는 글만 결과에 뜨던 것과는 달랐다. 글은 주로 자유게
시판이나 유머, 괴담, 공포 카테고리로 분류되어 퍼져 있
었다. 최초의 글은 '울산에 관람차 있는 거 알아?'라는 한
카페의 게시글이었고, 어느 순간부터 관람차에서의 심령
현상 목격담들이 줄을 이어 올라오기 시작했다. 대개는 꼭
울산 관람차가 아니어도 될 것 같은 보편적인 괴담이었지
만, 소문에는 하나의 일관된 규칙이 있었다. 그건 모든 사
건이 관람차 정상에서 발생한다는 점이었다.

몇 가지를 정리해보면 이랬다.

1. 관람차 정상에서 밖을 보다가 시선을 안으로 돌리면
바닥에 핏자국이 묻어 있다.

2. 관람차 정상에서 눈을 감았다 뜨면 창문에 귀신의 손
자국이 보인다. 절대로 손을 맞대지 말라.

3. 혼자 관람차에 탄 채로 관람차 정상에 도달하면 반대

편에 토끼 인형을 든 소년이 앉아 있다. 소년의 다리를 보면 그날 가위에 짓눌린다.

(…)

다양한 변형이 있었다. 홀수를 맞춰 타야 한다던가, 비 오는 날에만 볼 수 있다던가 하는 조건이 붙기도 했다. 꼭 39번 캐빈에 타야만 토끼 인형을 든 소년을 볼 수 있다는 이야기도 있었는데 그 글에는 '저는 아무리 기다려도 39번 캐빈이 안 오던데요?'라는 댓글이 달려서 사람들을 경악하게 했다. 물론 괴담이 다 그렇듯이 얼토당토않은 얘기였다.

사실 그 소문이 사실인지에는 관심이 없었다. 아니, 실은 전혀 믿지 않았다. 나는 20년도 넘게 언니에게 철저히 훈련받은 유물론자로, 세상의 온갖 귀신과 유령, 초자연적인 현상들은 단지 인간의 편집증적 인지 왜곡과 문화적 산물에 불과하다는 지론을 고수하고 있었다. 그런데 내가 이곳까지 직접 나서게 된 모든 문제의 발단은, 나를 유물론자로 훈련시킨 바로 그 언니에게서 온 편지였다.

아 참, 백화점 옥상 관람차 있잖아. 요즘 이상한 소문이 돌고 있는데, 그 이야기를 조사해보고 싶거든. 거기 진짜로 뭐가 있을 거야. 혹시 시간 되면 한번 가볼래? 내 계산은 확실해.

나는 언니에게 장난하냐고 묻고 싶었다. 언니는 괴담을 싫어했다. 내가 초등학생이었을 때 검은 배경에 새빨간 글씨로 자극적인 제목이 붙은 괴담 만화책 시리즈가 유행했는데, 친구에게 온갖 사정을 한 끝에 겨우 빌린 것을 언니가 질색하며 쓰레기통에 버린 적도 있었다. 울며불며 항의하자 언니는 동생의 정서에 좋지 않을 것 같아서 그랬다는 핑계를 댔다. 물론 그런 어른스러운 이유일 리가 없었다. 그때 언니는 고작 나보다 세 살 많은 중학생이었다.

모든 현상에는 원인이 있어. 언니는 항상 그렇게 말했다. 혈액형 성격설과 별자리 점성술, 분신사바, 팔꿈치만 달린 여자 귀신 이야기가 말랑한 뇌들을 지배하던 어린 시절, 언니가 그 숱한 심령 현상에 대한 믿음들을 꼬박꼬박 반박해가면서도 멀쩡히 친구를 잘 사귀어가며 졸업했다는 게 놀라울 정도였다. 그런데 이제 와서 뒤늦은 관심이라니.

생사조차 알 수 없었던 시간이 흐르고 겨우 연락이 닿은 후에 처음으로 온 편지에서 언니는 네 줄에 걸쳐 관람차 이야기를 했다. 내 안부는 달랑 한 줄만 물어봤으면서, 그렇게 거듭 언급할 만큼 관람차가 중요했을까. 생각할수록 어이가 없었고 곱씹으면서도 화가 났다. 그러다가 웃음도 나왔다.

　하지만 편지를 그냥 무시해버릴 수 없는 이유가 있었다. 나는 언니가 왜 하필 관람차에 관심을 갖는지 알고 싶었다. 그게 무엇이든 아주 하찮은 이유는 아닐 거라고 생각했다. 그건 내가 언니를 신뢰하거나 존중하기 때문이 아니라, 언니가 그 편지를 쓰기 위해 들였을 시간을 존중하기 때문이었다. 타이프로 열 줄, 길어도 한 시간이면 끝날 그 편지를 쓰기 위해 언니는 일주일도 넘는 시간을 들였을 것이다.

　나는 언니가 그 문장의 마침표를 찍기까지 얼마나 오랫동안 보조기기 앞에 앉아 있었을지를 짐작해보았다. 얼마나 오래 화면을 들여다보았을지, 얼마나 느린 속도로 철자들을 찾아 하나하나 눌렀을지를 상상해보았다. 그러다가 마침내 나는 3년 만에 온 언니의 엉뚱하고 태연한 편지가 나를 안심시키기 위한 위선인지, 괜히 내 속을 긁어놓으려는 위악인지, 아니면 정말로 관람차를 둘러싼 소문의 진상이 궁금했을 뿐인지 헷갈리는 지경에 이르렀다.

그래. 어느 쪽이든.

언니는 정말로 오랫동안 관람차를 생각한 것이 분명하다.

*

처음으로 읽은 언니의 논문을 기억한다. 〈고정된 국지적 시간 거품의 발생 조건과 존재 증명〉. 제목이 금박으로 입혀진 검정 하드커버 학위논문이었다. 박사 과정을 하면서 저널에 발표했던 두 편의 논문을 묶은 것이라고 했다. 언니는 한 권을 나에게 주었다. 맨 뒤편 감사의 글에 내 이름도 썼으니 보라고 했다. 언니가 논문을 쓰는 데에 내가 뭘 거들었다고 감사한다는 건지 알 수 없었지만, 가끔 학교 근처에서 군것질거리들을 사다 새벽까지 들어오지 않는 언니의 책상에 올려놓곤 했으니까, 논문의 한두 줄 정도에는 내가 기여했나 보다 생각했다.

펼쳐본 책 안쪽은 모조리 영어와 수식이었다. 수식에 쓰인 기호들은 한 번도 본 적 없고 어떻게 읽어야 할지 짐작도 되지 않는 것들이었다. 다행히도 본문이 끝나고 감사의 글이 시작되기 전, 한국어로 두 페이지짜리 논문 요약문이 있었다. 훑어 내려가다가 한 단락에서 시선이 멈췄다.

우주 전체에 분포한 고밀도 암흑물질들은 국지적인 시공간 왜곡 현상을 유도하며, 플린스는 이를 **우리 우주는 수많은 주머니 우주를 가지고 있다**고 표현한 바 있다.

가장 중요한 본론도 결론도 아닌, 도입부의 연구 배경을 설명하는 한 줄이었다. 우리 우주는 수많은 주머니 우주를 가지고 있다. 생소하면서도 익숙한 단어의 조합으로 되어 있는 그 말들이 마음에 들었다. 이 세계 밖에 다른 우주도 있다는 명료한 확신을 담은 말 같았다. 내가 평생을 달려도 절대로 따라잡을 수 없을 언니의 세계가 있는 것처럼, 우리의 우주가 있고 그들의 우주가 있다는 고독한 선언. 전혀 이해할 수 없는 요약문을 거듭해 읽으며 나는 언니가 무언가 멋진 일을 하고 있다고 생각했다.

논문들은 학계에서 크게 주목을 받았다고 했다. 학위논문 심사가 끝난 후 독일로 떠나기 전까지 두 명의 기자가 언니를 찾아왔다. 집 앞 카페에서 어색한 포즈로 뻣뻣하게 굳어 카메라 앞에 선 언니를 목격한 이후 나는 인터뷰 연습을 시켜주겠다며 언니에게 기습적으로 질문을 던졌다.

"유현화 박사님. 시공간 차원 거품이 뭡니까? 공상과학소설에 나올 것 같은 이름인데요. 그걸 통하면 다른 차원으로 갈 수 있을까요? 외계인들을 만날 수 있나요?"

"시간 거품은⋯⋯. 야, 너 진짜 웃긴다."

"나 진지해. 대답 못 하면 또 기사 이상하게 나온다?"

"시공간 차원 거품이 아니고 국지적 시간 거품이거든."

"그래서 그게 뭔데요, 박사님?"

내가 능청스레 묻자 언니는 갑자기 목소리를 가다듬었다.

"시간 거품은 아주 국지적으로 미시세계에 한정된 규모에서 발생합니다. 다른 차원으로 가는 건 당연히 아니고요. 어려운 개념이다 보니 흔히 그런 오해를 사긴 하지만, 실제로는 그동안 하나의 가설이자 재미있는 아이디어 정도로 여겨졌던 시간 요동 거품이 실제로 플랑크 길이 이상의 규모에서도 유지될 수 있음을 입증했다는 데에 의미가 있겠습니다.”

“무슨 말씀인지 하나도 모르겠네요. 말 좀 쉽게 해주시면 안 될까요? 초등학생도 이해할 수 있게 써야 하거든요.”

“현지야. 설거지 네가 해.”

“아, 왜. 언니 차례잖아.”

“난 체해서 못 하겠다.”

밖으로 도망치려는 언니를 주방으로 밀어 넣고 다시 방으로 들어서면, 방 안 가득한 언니의 흔적들이 보였다. 언니의 방이라기보다는 물리학자 유현화의 서재라고 불러야 할 것 같은 공간이었다. 클립보드에 끼운 논문들, 학회에서 찍은 사진, 포스터, 화이트보드. 방구석에는 30인치 남색 캐리어와 모서리마다 테이프를 둘둘 감은 박스 세 개가 쌓여 있었다. 박스 겉면에는 여름옷, 겨울옷 라벨이 붙었다. 필요한 건 그냥 가서 사라고 했는데도 언니는 알뜰하게 짐을 챙겼다.

일주일 뒤에 김해 공항으로 언니를 배웅하러 나갔다.

언니는 내 손을 잡고 한참 동안 흔들면서 다음 여름휴가 때 독일에 꼭 놀러 오라고 했다. 슈니첼과 소시지와 맥주를 질릴 때까지 사주겠다고.

언니는 여러 연구소에서 채용 제안을 받았다. 함부르크에서 언니는 국소적 시간 거품이 생성되는 특이 조건에 관한 논문을 몇 편 더 발표했고 3년 뒤에 샌터바버라로 향했다. 이번에는 연구교수직이었다. 샌터바버라로 옮긴 지 얼마 되지 않아서 일곱 번째 논문이 나왔다. 나는 학원에서 수업을 하다가 가끔 언니 이야기를 했다. 학생들은 이론물리학에는 관심이 없었지만, 영웅처럼 활약하는 이론물리학자의 이야기는 눈을 반짝이며 들었다.

언니의 여덟 번째 논문은 발표되지 못했다.

전화가 걸려온 시각은 새벽 3시였다. 오랜만에 듣는 영어에 허둥대기도 잠시, 전화 너머 통보의 의미를 깨닫자 가슴이 서늘해졌다.

로스앤젤레스 공항을 거쳐 샌터바버라로 가면서 나는 병원비를 계산했다. 앰뷸런스 호출에 1000불, 매일 3500불의 입원비, 그리고 각종 검사에 그보다 더 많은 비용이 들 거라고 알려주던 친절한 지식인 답변을 읽었다.

연구소에서 보험을 들어줬을까? 얼마까지 커버해줄까? 그러나 막상 병실에서 언니를 마주하자 머리를 채우던 숫자들이 사라졌다. 슬픔과 안도감이 빈자리로 흘러들었다. 언니는 팔과 다리에 붕대를 감았고, 느리게 눈을 깜빡였다. 옅은 미소를 띤 것 같기도 했다. 언니와 눈이 마주쳤다.

"나 왔어. 벌써 눈 떴네, 그런데……?"

나는 입을 다물었다.

눈이 마주친 게 아니었다. 아무 반응도 돌아오지 않았다. 언니의 눈은 인형에 끼워 넣은 가짜 안구 같았다.

의사들은 언니의 상태를 설명하지 못했다. 신체 기능은 대부분 정상이었다. 그러나 묻는 소리, 이름을 부르는 소리, 어떤 시각적 자극에도 반응하지 않았다. 유일하게 반응하는 것은 촉각 자극이었는데, 그것마저도 일반적인 반응은 아니라고 했다. 유도할 수 있는 반응은 아주 느렸고 뒤틀려 있었다. 병원에서는 시도할 수 있는 종류의 진단을 모두 시도했다. 언니의 연구소 동료들이 와서 보험 청구 절차를 도와주었다.

나는 한 달이 넘게 지나서야 언니의 증상에 붙은 이름

을 확인할 수 있었다. 의사는 아주 비극적인 사실을 전달하면서도 흥미로운 연구 대상을 발견했다는 듯한 표정을 하고 있어서 나를 비참하게 했다.

"시간지각 지연 증후군입니다. 뇌에서 시간을 인지하는 회로에 문제가 생긴 겁니다. 각각의 감각신경들은 제대로 작동하지만 그 감각을 통합하는 과정이 제대로 이루어지지 않는 거예요. 아주 드문 경우입니다."

전달받은 사실은 간단명료했다. 놀랍게도, 언니는 평범하게 불행해진 게 아니라는 것. 언니는 아주 특별한 이유로 불행해졌다는 것. 하지만 그게 대체 무슨 의미가 있을까.

그날 나는 언니가 받은 선고의 의미를 생각해보았다.

시간은 누구에게나 공평하게 분배된 유일한 자원이라고 한다. 어쩌면 언니도 그 격언의 열렬한 신봉자였을지 모른다. 그러나 시간은 객관적이지 않다. 시간은 인간의 뇌를 통해 해석된다. 어떤 사람의 하루가 어떤 사람의 반나절처럼 흘러간다. 우리가 보는 것이 같은 빨간색일까 묻는 사람들은 있어도 우리가 느끼는 1초가 같은 1초일까 묻는 이들은 없다. 똑딱, 초침이 넘어갈 때 방 안의 사람들은 같은 1초를 공유하는 것처럼 보이지만 실은 모두 다른 내적 시계로 셈을 하고 있다.

시간에는 측정할 수 있는 물리적 실체가 없다. 다세포 생물들은 감각의 초인지적 통합을 거쳐 시간을 지각한다. 보이는 것, 들리는 것, 진동하고 울리는 감각들에 대한 뇌의 총체적 해석과 편집이 바로 시간에 대한 감각이다. 인간은 하루, 한 시간, 1분, 1초, 한 달과 1년을 구분할 수 있지만, 각각의 뇌 속에서 흘러가는 시간은 다르게 지각된다.

언니의 내적 시계는 망가졌다. 이제부터 언니의 뇌 속에서 하루 스물네 시간은 한 시간을, 때로는 10분을 끝도 없이 늘려놓은 것처럼 흘러갈 것이라고 의사는 말했다. 그외의 감각과 신체 기능은 모두 정상이지만 의미가 없다. 시간 감각이 완전히 왜곡되어 있으니 외부 세계와의 소통은 불가능하다……. 설명을 들어도 나는 언니에게 무슨 일이 일어난 것인지 알 수 없었다.

"내 말 들려?"

나는 언니와 어떻게 대화해야 할지 몰랐다.

"유현화. 유 박사님."

언니가 지금 생각을 하고 있긴 한 건지 궁금했다.

"언니."

뭐라고 불러도 언니는 대답이 없었다.

질문이 밀려들어 나를 휩쓸고 지나가는 것 같았다. 10분간의 생각을 하루에 걸쳐 한다면 그건 여전히 생각일까? 생각이라기보다는 어떤 파편이나 음소에 가까운 것이 아닐까? 언니는 지금 자신이 어디에 있는지, 무엇을 먹는지, 눈앞에는 어떤 사람이 서 있는지 알까? 나는 언니가 보기에는 너무 찰나의 순간 눈앞에 서 있다 사라져서 내가 언니 옆에 머무르며 말을 걸고 옷을 갈아입히고 씻겨주었다는 사실조차 눈 한 번의 깜빡임으로, 완전히 없었던 사실이 되어버리는 건 아닐까?

언니가 세상을 바라보는 방식을 도저히 상상할 수 없었다.

샌터바버라 병원에서 서너 종류의 치료법을 시도해봤지만 효과가 크지 않았다. 사고 직후에는 언니 혼자 서 있지조차 못했던 것에 비해, 부축을 하면 이끄는 대로 걸음을 옮기는 수준까지는 도달했지만 그게 한계였다. 여전히 언니와 소통은 불가능했다.

나는 언니와 함께 한국으로 돌아왔다. 활동 보조인 지원을 받기 위해 심사를 신청했다. 심사는 비존엄을 평가하는 자리였다. 언니가 한때 탁월한 물리학자였다거나 최연소 파노프스키상의 후보로 거론되었다거나 하는 사실들은 채점표 앞에서 아무 의미가 없었다. 언니가 혼자 걷는지, 손과 다리를 움직이는지, 밥을 먹을 수 있는지, 배변을 하고 뒤처리를 할 수 있는지, 그런 것들에만 낱낱이 점수가 매겨졌다. 방문조사를 하러 온 직원은 부정 수급을 방지하기 위한 어쩔 수 없는 절차라고 했다. 물론 언니는 혼자 걸을 수도 밥을 먹을 수도 화장실에 갈 수도 없었다. 언니의 내적 시계에 비해 바깥 세계의 시간은 너무 빨랐다. 나는 낮에 언니의 활동 보조를 맡아줄 사람을 찾았고 울산에서 학원 강사 일을 다시 시작했다. 아버지가 일을 그만두고 밤에 언니를 돌보았다. 언니는 하루 종일 앉아 있거나 누워 있었다. TV를 언니의 방에 놔두었지만 보는 것 같지는 않았다.

　가끔 언니가 하던 말을 생각했다. 모든 현상에는 원인이 있다던 말. 그렇다면 언니가 이렇게 된 데에도 이유가 있어야 했다. 물론 이유가 있긴 할 것이다. 뇌의 감각 통합

기능이 망가져 시간지각 능력을 잃었다고, 명쾌하게 설명할 수도 있다. 하지만 그건 어디까지나 근접인을 설명할 뿐이다.

그런데 불행에도 궁극인이 있을까? 언니가 피로에 지쳐 잠이 덜 깬 채로 출근해서, 운이 나쁘게도 차가 거기에 있어서, 하필 장애물에 걸려 피하지 못해서, 마지막에 머리를 감싸지 않아서, 인간의 뇌는 연약한 신경섬유질로 구성되어 있어서, 작은 충격이 뇌 전체에 연쇄적인 손상을 불러올 수 있어서, 원래 삶은 한순간에 모든 것을 잃기도 하는 것이어서…… 그런 게 원인이라면 차라리 아무것도 설명되지 않는 편이 낫다고 나는 생각했다.

그 무렵 한 대학 병원에서 연락이 왔다. 저명한 물리학자였던 언니의 사례가 학계에 알려지자 안타까움이 섞인 관심을 보이는 연구자들이 있었고, 몇 가지 새로운 치료 방법이 고안되었다고 했다. 다른 중추신경질환 환자들에게 시도한 치료법들을 변형한 것이었다.

나는 무엇이든 지금보다 언니를 낫게 만들 수 있다면 붙잡고 싶었다.

의료진은 도파민 수용체의 변형을 유도하는 약물을 주

사해 뇌 속에서 강제로 시간을 빠르게 흐르는 방식을 제안했다. 다음으로는 진정제를 과량 투여하는 방법이 고안되었다. 대뇌변연계의 해마체 내부 치상회에 직접 전류 자극을 주는 방법, 레고 블록들의 위치 이동을 연습하며 인지 훈련을 시도하는 방법도 제시되었다. 나는 그중 어떤 것이 언니에게 정말로 효과가 있을지 알 수 없었다. 무언가 가능성이 있다는 말을 믿을 수밖에.

새로운 치료법이 효과가 있었던 것인지, 아니면 다른 이유가 있었는지는 몰라도 언니는 아주 느리지만 의사 표현을 하기 시작했다. 병원에서는 버튼을 눌러 간단한 대화를 할 수 있는 의사소통 보조 장치를 권유했다. 기계는 값이 비쌌고, 보조 기기 지원금은 쥐꼬리만큼 나왔다. 그래도 언니와 같은 공간에서 대화를 나누며 살아갈 수 있다면 감당할 만하다고 생각했다. 언니는 여전히 음성언어를 해석할 수 없었다. 말은 언니에게 너무 빠른 소통 수단이었다. 우리는 아주 오랫동안 메시지를 띄워두고, 또 아주 오랫동안 다음 메시지를 띄우는 방식으로 대화를 했다.

언니가 처음으로 기계를 이용해서 물을 달라고 하는 데에는 한 달이 걸렸다. 다음번까지는 좀 더 짧았다. 언니가 처음으로 나에게 괜찮냐고 물었을 때, 나는 언니를 껴안았다. 언니는 여전히 눈앞에서 나를 보고 있으면서도 내가 어떻게 지내는지, 무슨 말을 걸고 있는지 알아차리지 못했다. 하지만 우리는 한 시간 간격으로 서로에게 안부 인사를 건넬 수 있었다.

치료법은 더 과감해졌다. 나도 그걸 원했다. 언니도 그것을 원하리라고 생각했다.

가끔 언니는 아주 힘들어했다. 약물들은 부작용을 일으켰고 언니는 이틀씩 잠이 들었다가 깨어났다. 이따금 언니는 나아지는 대신 더 악화되는 것처럼도 보였다. 치료를 중단하고 싶다고 강하게 표현하기도 했다. 하지만 여기서 물러설 수는 없었다. 나는 늘 인내심을 가지고 언니를 설득했고, 그럴 때마다 언니는 다시 치료에 동의했다. 언니가 정확히 어떻게 힘든 것인지, 치료를 받을 때 무엇을 느끼는지 나는 알 수 없었다. 그 모든 것을 정확히 전달하려면 우리 사이에 많은 시간이 있어야 했고 동일한 시간이 흘러야 했다. 그런데 언니와 나 사이에는 완전히 다른 시간이 흘렀다. 우리는 서로의 고통을 공유할 수도 없었다. 나는 그 차이를 좁히고 싶었다. 그러면 언니와 내가 다시 같은 시간을 살아갈 수는 없더라도, 함께 살아갈 수는 있을 것 같았다.

모든 게 느리게 천천히, 고통스럽지만 조금씩 나아지고 있었다. 적어도 나는 그렇게 믿었다.

어느 날 언니가 도망쳐버리기 전까지는 말이다.

바깥 공기를 쐬고 싶다고 해서 언니를 잠시 옥상에 데려다주고 내려온 사이에 일어난 일이었다. 언니가 난간 밖으로 떨어졌는지, 아니면 뛰어내린 건지, 혹시나 납치를 당하거나 범죄에 휘말린 것은 아닌지 온갖 상상을 하며 동네를 헤매다가 그날 저녁, 언니가 보조인을 고용해 출국했다는 이야기를 들었다. 관리소에서 폐쇄회로 카메라를 보여주었다. 나는 언니의 데스크톱에서 항공권 예약확인서를 발견했다.

일주일 뒤에 메일이 왔다. 언니의 메시지는 단 네 마디였다. 고마워, 사랑해, 더 견딜 수 없었어, 나는 잘 지내고 있어.

그건 분명한 단절 선언이었다.

*

평일 낮의 관람차는 한산했다. 커플로 보이는 몇 명이 관람차 근처를 서성거릴 뿐이었다. 또 폭풍우라도 몰아치면 어쩌나, 일부러 다른 강사와 수업 시간표까지 바꾸어가며 왔는데, 내심 긴장했지만 다행히 오늘의 날씨는 맑고 화창하고 바람 한 점 없었다. 관람차를 타기에 완벽한 날이었다.

티켓을 내밀자 직원이 빨간색 14번 캐빈의 문을 열어주었다. 내부는 10년 전과 거의 같았다. 캐빈은 좁았고 마주 보는 두 개의 의자는 성인 네 명이 불편하게 붙어 겨우 앉을 수 있는 크기였다. 나는 한쪽 의자에 앉았다. 바닥이 약간 기울었다. 지금은 가동하지 않는 작은 벽걸이 에어컨은 변색되고 낡은 것이 20년은 된 모델처럼 보였다.

문이 덜컹 닫히고, 캐빈이 공중으로 둥실 떠오르기 시작했다.

옥상 놀이공원의 전경이 눈에 들어왔다. 회전목마와 미니 바이킹 앞에는 사람이 아무도 없었다. 티켓 부스에서 틀어둔 듯한 커다란 음악 소리가 쿵쿵거리며 쓸쓸한 분위기를 더했다. 이제 아이들은 하나도 없고 어른들만 귀신 체험하러 줄 서는 놀이공원이라니. 이렇게 우스운 장소가 또 있을까.

창문은 스크래치가 많이 난 데다 먼지까지 묻어 있었다. 비닐로 코팅이 되어 있었는데, 덕분에 바깥 풍경은 뿌옇게 블러 처리를 한 것처럼 보였다.

캐빈이 올라갈수록 빌딩들이 작아졌다. 파란색 슬레이트 지붕으로 덮인 농수산물 도매시장, 그 옆에 붉은 간판을 단 모텔과 사우나가 눈에 띄었다. 멀리 아파트와 주택들이 있었고 그림자 같은 산과 바다, 흰 구름 연기를 뿜어대는 공장 굴뚝들이 보였다.

정상으로 올라가는 중에 가끔씩 삐걱대거나 덜컹하는 소리가 났다. 사람들이 무섭다고 말하던 것이 무엇인지 알 것 같았다. 조금 긴장해서 캐빈 아래쪽을 흘끔 내려다보다가 얼른 시선을 돌렸다.

이상하게도 어느 시점부터는 바깥의 풍경이 거의 변하지 않는 것처럼 느껴졌다. 올라가고 있다는 것을 계속 실감하려면, 바깥 풍경이 아니라 캐빈이 그리는 원 안쪽의 구조물을 봐야 했다. 10년 전 언니와 관람차를 탔을 때도 언니는 이렇게 말했었다.

'별들의 시차를 생각해봐. 풍경은 멀어질수록 고정된

것처럼 보이고 심지어 시간도 느리게 흘러가. 관람차야말로 시공간의 상대성을 보여주는 구조물이지. 밖에서 보는 움직임과 안에서 보는 움직임이 다르잖아. 밖에서는 분명히 캐빈들이 등속으로 움직이는 것처럼 보이는데, 안에서는 정상으로 갈수록 풍경도 시간도 멈춘 것처럼 느껴지는 거야.'

기대와는 달리 관람차에 놀라운 시공간의 왜곡 같은 것은 없었다. 그냥 평소보다 조금 느린 시간이 흘러가고, 바닥은 울렁거리는 것 같았고, 창밖 풍경은 뿌옇게 보였고 또 동시에 멈춰 있었다.

나는 혼자서 관람차를 다섯 번 탔다.

관람차를 다섯 번이나 타도 아무것도 느낄 수 없었다. 그렇게 많은 사람들이 관람차 정상에서 무언가를 봤다면 나도 귀신 그림자 비슷한 것은 볼 수 있을까 기대했지만, 괴담의 주인공들은 내 앞에 모습을 드러내지 않았다. 나타나주기만 한다면 격렬히 반길 자신이 있었는데. 여섯 번째로 입장권을 사려고 하자 창구의 직원이 "또 한 장이요?" 되물었다. 표정을 보아하니 이 여자가 관람차에 폭탄이라도 설치하나 의심하는 얼굴이었다.

"아뇨. 아니에요."

　얼떨결에 대답하고 돌아 나온 다음에야 문득 나는 내가 열 번, 스무 번을 더 타도 여기서 아무것도 볼 수 없을 것이라는 생각이 들었다.

　귀신도 소년도 없었다. 정상에 도달할 때마다 심장이 중력에 끌려 내려가는 것 같은 감각은 있었는데, 그냥 높고 덜컹거려서 긴장한 것뿐이었다. 아니면, 그곳에 아무것도 없다는 사실을 재확인하는 허탈감에 가까운 것인지도.

　어쩌면 내가 문제인지도 모른다. 귀신의 존재를 믿는 사람들은 관람차의 정상에서 귀신을 볼 것이다. UFO가 세상 어딘가 있을 거라고 생각하는 사람들은 창밖으로 지나가는 미확인비행물체를 볼 것이다. 기묘한 괴담에 혹하는 사람들은 의자 반대편에 앉아 있는 피 흘리는 소년이나, 귀가 잘린 토끼 인형 같은 것들을 볼 지도 모른다. 하지만 나는 그중 어느 것도 믿지 않았다. 나는 오직 실재만을 믿었다. 그리고 그건 모두 언니가 내게 가르쳐준 것이었다.

　나는 그 모든 것을 가르쳐주고 나를 떠나버린 언니를 생각했다. 이제 와서 아무 일 없었다는 듯이 태연하게 관람차 이야기나 하고 있는 언니를 생각했다.

내가 뭘 그렇게 잘못했을까? 치료가 고통스럽다는 언니의 말에 더 귀를 기울여야 했을까? 하지만 내가 다시 설득하면 언니는 결국 고개를 끄덕이지 않았던가? 나는 한참이나 언니의 모니터 앞에 앉아서, 언니가 거부하거나 동의를 표할 때까지 충분히 기다리지 않았었나?

언니는 고맙다고, 사랑한다고, 하지만 견딜 수 없다고 말했다. 고맙고 사랑하지만 도저히 견딜 수 없어 떠나야 할 만큼 끔찍한 관계도 있을까. 그 생각을 할 때마다 나는 주저앉아 울고 싶었다.

아무런 소득도 없이, 관람차 괴담의 진상이라고는 전혀 확인하지 못하고 눈만 빨개진 채로 집에 가면서 나는 언니에게 답장을 썼다.

일부러 39번 캐빈까지 골라 탔는데, 아무것도 없었어. 알잖아. 그냥 이상한 거 믿기 좋아하는 멍청한 사람들이 만든 소문이야. 이제 와서 왜 그런 이야기를 해. 대체 어디서 뭘 하고 사는 거야? 내가 어떻게 사는지, 언니가 그렇게 가버린 이후로 무슨 생각을 하며 지냈는지, 그런 건 하나도 안 궁금해? 언니는 왜 그렇게 항상 맘대로 굴어?

그렇게 쓰다 보니 너무 퉁명스러운 말투에 원한이 가득 담긴 것처럼 보였다. 썼던 말을 모두 지우고 이렇게 답을 보냈다.

언니. 관람차에 귀신은 없었어. 뭐가 있는지 직접 와서 봐.
그리고 올 때 씨즈캔디 사 와. 시나몬 제일 큰 박스로.

그날 밤 나는 침대 헤드에 등을 기대고 이 우스운 상황에 대해 곱씹어보았다. 떠난 언니가 3년 만에 편지를 보내서 관람차 괴담이나 조사해보라고 요구하고 있다. 평생 한 번도 혹한 적 없던 심령현상 소문에 홀려서. 그 말에 불쌍한 동생은 헛걸음까지 해가며 순순히 관람차 탐방을 다녀왔지만 역시나, 아무것도 없었다.

되짚어보니 이상하게 걸리는 것이 있었다. 나는 언니가 보낸 편지를 다시 읽어보았다.

편지에는 그런 문장이 있었다. 내 계산은 확실해. '계산'이라는 단어가 눈에 들어왔다. 언니는 가끔 헛소리를 하긴 해도 계산만은 절대 틀리는 법이 없었다. 관용적인 표현이라고 생각할 수도 있었지만, 언니는 늘 정확하게 계산이라는 단어를 사용했다.

　그런데 대체 뭘 계산했다는 걸까? 관람차에 있는 귀신의 존재를?

　언니가 통보 하나 없이 떠나버린 이후로 나는 간접적인 단서들로 언니의 행적을 짐작했다. 그중 하나는 갑작스레 발표되었던 언니의 여덟 번째 논문, 시간 거품에 관한 또 다른 논문이었다. 샌터바버라의 병원에 머물다 알게 된 언니의 과거 동료가 메시지를 통해서 제목을 알려주었다. 나는 그 논문을 떠올렸다.

　검색해보니 논문은 한 이론물리학 저널에 실려 있었다. 본문을 보려면 구독을 해야 했고, 나는 연구 기관이나 대학에 소속된 사람이 아니었다. 저널 연간 구독료는 1340불이었다. 대학원에 있는 친구에게 전화를 걸었더니 투덜거리며 논문을 보내주었다.

　예상한 대로 해석 가능한 부분은 거의 없었지만 요약문과 결론으로 보아 논문의 주제가 무엇인지는 파악할 수 있었다. 언니가 파고들었던 바로 그 주제였다. 우주에 분포한 암흑물질의 밀도 차로 생겨나는 국지적 시간 거품들. 시간 거품은 주위 세계와 분리된 하나의 작은 시공간을 형성한다. 언니는 태양계 암흑물질의 데이터를 빌려와 지구에도 자연히 생성된 시간 거품들이 여러 장소에 분포되어 있으리라 추정했고, 긴 수식과 논증을 통해 그 사실을 증명했다.

문제가 있다면, 자연적으로 생겨난 시간 거품을 직접 측정하거나 실험으로 검출할 방법은 없다는 것이다. 시간 거품은 너무나 작다. 현존하는 기술로는 오직 극도로 정밀하게 통제된 실험실 환경, 또는 입자 가속기의 내부에서만 시간 거품을 검출할 수 있다. 언니의 마지막 논문은 단지 지구에 시간 거품이 있을 거라는 가능성을 이론적으로 보여주는 것에 그쳤다.

나는 이어서 온라인에서 언니의 이름을 검색해보다가 무언가 눈에 띄는 것을 발견했다. 언니의 마지막 논문과 비슷한 제목으로, 출간 전 논문 게재 프리프린트(Preprint) 웹사이트에 두 편의 논문이 더 올라와 있었다. 클릭해보니 게시자의 프로필 사진에 언니의 얼굴이 있었다. 본문을 대충 보았는데 방금 읽은 저널 게재 논문과 같은 내용이었다. 스크롤을 내리는데, 비난조의 댓글이 달려 있었다. 동조하는 다른 댓글 몇 개도 있었다.

가설은 흥미로웠어. 하지만 마지막 결론은 과학보다는 종교에 가깝지 않아?

댓글이 신경 쓰였다. 샌터바버라의 연구원에게 들은 말에 의하면, 언니의 논문은 명성 높은 이론물리학 저널에 실렸다. 편집자의 검증을 거쳤다는 이야기다. 결론에도 특별히 이상한 점은 없어 보였다. 동료 학자들이 보기에는 무언가 다른 건가? 언니는 신비주의를 싫어했다. 언니의 세계는 모두 형이하학의 영역에 있었다. 나는 조금 심기가 불편하기도 하고, 그 사람들이 왜 그런 말을 하는지도 궁금해서 언니가 프리프린트에 올린 논문을 저널에 실린 논문과 비교하기 시작했다. 표와 도식이 조금 달랐고 수식들은 대부분 같았다.

그런데 최종적으로 출판된 논문에서는 결론의 몇 단락이 빠져 있었다. 출간 전 논문에만 있는 단락은 이렇게 시작하고 있었다.

만약 적합한 조건과 상황이 주어진다면, 인간은 시간 거품을 느낄 수 있다.

용어를 검색해가며 읽었다. 설명에 따르면, 시간 거품은 매우 작고 시간 요동의 간격도 인간 지각의 범위에 비해 매우 짧아 인간의 신경에 영향을 미치지 못한다. 그러나 인간의 도파민 분비가 아주 활발해지는 순간, 즉 시간 감각이 극도로 예민해지는 순간에는 이 거품이 인간의 감각신경에 미세한 요동을 일으킬 수 있다. 이 작은 어긋남은 신호 전달 과정에서 증폭되며 일시적인 감각 왜곡을 유발한다. 그러면 실제 세계와 감각된 것의 인식 차이를 해결하기 위해 뇌는 다른 종류의 설명을 도입할 것이다.

언니는 그 감각 왜곡을 채우려는 뇌의 시도가 문화에 따라 다르게 나타나는 인간의 초자연적인 경험, 혹은 짧은 감정의 요동과 같은 형태로 드러나는 것이 아닐까 제안하고 있었다.

댓글이 그렇게 달린 이유를 알 것 같았다. 출간 전 논문의 결론은 더 이상 이론물리학에 어울리는 추론이 아니었다. 신경생물학의 영역으로 가야 할 것 같았고, 무엇보다 논리적 비약이 심했다. 하지만 나는 그 가설에 마음이 끌렸다.

언니는 혹시 공중관람차의 괴소문이 시간 거품과 관련

이 있다고 생각한 걸까?

정말로 그런 게 가능할까? 지구에서도 특별할 것 없는 평범한 도시 울산에 우연히, 그것도 하필 관람차의 캐빈이 지나는 허공에 국지적 시간 거품이 생겨나 고정되었고, 높고 좁은 곳에서 시간을 예민하게 지각하게 된 사람들이 거품에 반응해서 감각 왜곡을 느꼈고, 그 감각 왜곡의 빈자리를 인간의 초자연적인 현상에 대한 갈망과 호기심이 채웠다면, 그래서 관람차를 둘러싼 괴이한 소문이 퍼져나가기 시작한 것이라면…….

여전히 임시방편적이라는 생각을 지울 수 없었다. 공중 관람차의 정상에 생겨난 시간 거품이 괴담의 근원이라는 설명에는 너무나 많은 우연적 일치가 필요했다.

사실 나에게는 그 괴담들이 진실을 약간이라도 내포하긴 한 건지, 정말로 그 모든 것이 시간 거품 때문인지, 어쩌면 다른 이유로 인한 사람들의 집단 착각은 아닌지, 그 원인은 중요하게 느껴지지 않았다. 나는 단지 언니를 존중하기 위해 관람차에 갔을 뿐이다. 내가 궁금한 건 다른 것들이었다. 언니가 거기서 잘 지내는지, 관람차의 괴담이나 생각할 정도로 이제 삶에 여유도 생긴 건지, 나를 꼭 떠나야 했는지, 내가 아직도 끔찍한지.

하지만 언니에게는 이 시간 거품의 존재가 아주 중요한 것 같았다. 언니는 하루 스물네 시간을 온전히 감각하지도 못하는 몸으로 세계 반대편으로 가서 어떤 방정식의 해를 찾아 헤매고 있는 것이다.

그렇다면 나도 해답이 거기에 있을지 궁금했다.

나흘이 지나고 언니에게서 답장이 왔다.

나는 샌터바버라에서 뇌의학 연구소의 피실험자로 있어. 그 사람들은 나를 치료하려고 하는 대신, 나를 관찰하고 분석하면서 대뇌변연계의 시간 편집 기작에 대한 연구를 진행해. 남는 시간에는 예전에 일하던 연구실의 파트타임 연구보조 업무를 하게 됐어. 어떻게 그게 가능할지, 현지 너는 못 믿겠지만, 아주 천천히 오랜 시간에 걸쳐서 수식들을 재검토하는 일을 하고 있다고만 설명할게. 그 사람들의 연구는 내가 했던 연구의 연장선에 있고, 여전히 내 머릿속에는 그 수식들의 흐름이 남아 있으니까.

지금 나는 행복하게 지내고 있어. 이 삶에서 내 방식대로의 의미를 찾아보려고 해. 그러니까 나를 만나면 네가 어떻게 지내는지 말해줘.

언니는 첨부파일로 한국으로 오는 비행기 티켓 영수증을 같이 보냈다. 언니가 도착하는 시간을 확인하고 공항으로 마중을 갈까 물었지만, 괜찮으니 알아서 가겠다는 답만이 돌아왔다. 뭐가 괜찮다는 건지, 도와주는 사람 하나 없이 어떻게 오겠다는 건지 답답한 것투성이였다. 나는 답장을 길게 쓰다가 그냥 지웠다. 이제 비극적으로 생각하는 건 지쳤다. 어쩌면 언니는 그곳에서 지내며 예전보다 훨씬 나아진 것인지도 모른다. 샌터바버라는 늘 날씨가 좋고 햇볕이 잘 드는 휴양도시였으니까.

약속 장소는 관람차가 있는 삼산동 고속버스 터미널 옆, 백화점 광장 앞이었다. 언니는 관람차를 타고 싶은 것 같았다.

*

탁 트인 창밖으로 관람차가 보이는 카페에서 언니를 기다렸다. 내일 수업해야 하는 모의고사 기출문제를 미리 풀어 보려고 테이블 위에 올려놓았지만 하나도 눈에 들어오지 않았다.

언니는 정확히 약속한 시각에 나타났다.

혼자는 아니었다. 옆에는 언니 또래로 보이는 여자가 언니를 부축하고 있었다. 언니는 마지막으로 보았을 때와 마찬가지로 아주 느리게, 부축에 의지해서 겨우 걸음을 옮겼다. 나는 자리에서 일어나 언니의 팔을 건네받으며 고개를 꾸벅 숙여 인사했다.

"감사합니다. 혹시 언니와는 어떻게 아는 사이신가요?"

"아, 죄송해요. 저는 모르는 분이에요."

예상치 못한 말에 눈을 크게 뜨자 여자가 어색하게 웃어 보였다.

"비용을 내고 여기로 데려다달라고 부탁하셨어요. 이분은 유현화 선생님, 맞으시죠? 저도 오늘 처음 뵈었는데……"

여자는 그렇게 말하며 조금 난감하다는 듯이 미소 짓고는, 능숙하게 언니를 카페 의자에 앉혔다. 그런 다음 가방에서 휴대용 보조기기를 꺼내 테이블에 올려두었다. 오늘

캐빈 방정식

처럼 하루만 고용되는 일은 잘 없겠지만, 누군가를 돌보거나 보호하는 일을 예전에도 많이 해본 눈치였다. 여자는 자신이 어깨에 메고 온 가방끈을 의자의 튀어나온 모서리에 걸었다. 그러고는 마지막으로 외투 주머니에서 무언가를 꺼내더니 나에게 내밀었다. 인쇄된 쪽지였다.

파란색 가방 맨 앞을 열어보면 네 선물 있어. 그리고 관람차 타러 가자. 내 생각에는, 관람차의 정상에 시간 왜곡 거품이 있을 거야. 아마 그게 이 모든 소문의 원천이겠지.

너도 짐작했지? 내 계산은 정확해.

"그럼 가볼게요."

여자는 가볍게 인사하고 카페 밖으로 사라졌다.

나는 어쩐지 힘이 빠져서 맞은편 의자에 앉았다. 언니는 내가 아니라 의사소통 보조기기를 보고 있었다.

감동의 재회 같은 건 없었다. 태연한 건 편지뿐이었다. 어쩌면 언니가 나아졌을지도 모른다는 기대를 걸었던 내가 한심했다. 언니는 허탈하리만치 내가 기억하는 마지막 모습과 같았다. 제대로 걸을 수도 없고, 누군가에게 몸을 다 의존해서 움직이며, 앞에서 누가 말하고 소리치고 흔들어도 알지 못하는 언니. 의사소통 기기에 오랫동안 메시지를 띄워놓아야 겨우 읽을 수 있는 언니.

　나는 언니의 가방 맨 앞을 열어보았다. 씨즈캔디 시나몬 맛 한 박스가 들어 있었다.

　그러고 나서 한동안 우리는 아무 말이 없었다. 정확히는, 내가 아무 말이 없었다. 언니는 어차피 말을 할 수가 없었으니까. 나는 언니가 혹시나 보조기기를 이용해서 무언가 메시지를 건네지 않을까 잠시 기다렸지만, 지금 기다리고 있는 것은 오히려 언니인 것 같았다.

　"그래, 언니. 나도 잘 지냈어."

　입을 열었다. 유치한 반항심이 자꾸 치밀었다. 너무 태연하게 잘 지내고 있는 것처럼 메일을 보내와서 언니가 정말로 잘 지내기를 바랐는데. 사고 이전만큼은 아니더라도 좀 더 건강해지기를 바랐는데. 그렇지 않았다. 이럴 거면 왜 만나자고 했을까. 마주 보고 있으면서도 한마디도 나눌 수 없는데.

　"전에 일하던 그 학원에서 옮겼어. 돈 많이 준다고 해서. 매일 똑같지. 애들한테 숙제 좀 해오라고 맨날 잔소리하고, 이것도 못 푸냐고 구박하고, 그러니까 언니처럼 똑똑한 사람이 너무 그립더라. 계속 잘 지내. 애인은 생겼다가 한 달 전에 깨졌고, 아빠는 나보고 그냥 결혼 생각 말고 재밌게 살래. 얼마 전에는 언니 때문에 물리학 공부도 했다? 별거 아니더만. 난 언니가 세기의 천재인 줄 알았는데 그냥저냥. 다 이해되더라.”

하나도 못 들었겠지. 너무 빠르니까. 나는 계속 중얼거렸다.

“언니가 없어지니까 갑자기 내 인생이 너무 특별해 보이는 거야. 언니는 아플 때도 특별하게 아팠잖아. 내 특별함까지 다 가져가버린 것 같았어. 그래서 그런 생각도 해봤어. 언니는 혹시 나를 생각해서 가버린 건가.”

반응 하나 없고 눈도 깜빡이지 않은 채 멍하니 보조기기만을 바라보고 있는 언니를 향해 나는 말을 쏟아냈다. 옆 테이블에 앉은 사람들이 우리를 쳐다보는 것이 느껴졌다.

“그런 이유 아닌 거 알아. 그냥 차라리, 그랬다면 좋았겠다는 생각이었지.”

갑자기 언니가 나를 떠난 이유를 알 것 같았다.

언니는 무언가를 말하려는 듯 아주 느리게 팔을 움직이기 시작했다. 보조기기의 모니터를 밀어서 언니에게 좀 더 가까운 위치로 옮겼다. 언니의 팔을 받쳐주었다. 3년 전에나 해봤던 일이니 이제 잊어버릴 때도 됐는데, 언니와 함께 살았던 몸이 어제의 일처럼 기억하고 있었다. 언니는 천천히 몸의 모든 근육을 움직이는 데에 집중하고 있었다. 몇 분의 시간이 몇 시간처럼 길게 느껴졌다.

언니의 손가락이 기기 화면에서 떨어졌다.

잘 지내?

나는 언니의 메시지에서 물음표를 지우고 점을 찍었다.

잘 지내.

언니의 시선이 오랫동안 화면에 머물렀다가, 떨어졌다.
그리고 언니는 천천히 나를 보았다. 그 시선이 나에게 말을 거는 것 같았다. 무어라고 대답해야 할지 몰라서 나는 그냥 언니를 마주 보았다. 잘 지낸다고 지금까지 실컷 말했는데. 듣지도 못하는 내 안부를 왜 말해달라고 했을까. 그러다 시선을 돌렸다. 창밖으로 거대한 관람차의 일부가 보였다. 언니가 이곳에 관람차의 시간 거품을 확인하러 왔다는 사실이 떠올랐다.

하지만 언니는 나를 보러 오기도 했을 것이다. 여전히 내 말을 듣지도 이해하지도 못하겠지만 그래도 내가 언니를 보고 싶어 한다는 걸 알았을 것이다. 나는 언니가 나를 존중해서 여기까지 온 것이라고, 어쩌면 시간 거품만큼이나 나를 중요하게 생각할지도 모른다고 여기기로 했다. 그렇게 생각하니 이제 언니를 미워할 수 없었다.

"언니. 가자."

자리에서 일어나 언니의 옆으로 갔다. 언니가 나에게 몸을 기대어 일어날 수 있도록 살짝 무릎을 굽혔다.

"얘기는 나중에 메일로 하고."

관람차로 가는 길은 어느 때보다도 멀게 느껴졌다. 일부러 백화점 1층에 있는 광장에서 가장 가까운 카페를 잡았는데도 언니를 부축하며 건너편 건물까지 가는 일이 쉽지 않았다. 게다가 관람차는 7층 옥상에 있었다. 엘리베이터를 기다렸다가 좁은 틈을 비집고 타는 것도 힘들었지만, 또 하나의 난관이 있었다. 티켓 부스 앞에서 짧은 실랑이를 해야 했다.

"성인 두 장이요."

직원이 무언가 이상하다는 듯이 언니를 흘끔거리더니, 노약자는 탑승을 제한한다는 안내 문구를 가리켰다.

"캐빈 안에서 방방 뛸 것도 아닌데 대체 뭐가 문제예요?"

화를 내며 부스 앞에 계속 서 있었더니 직원은 결국 누군가에게 전화를 걸었다. 무어라고 말을 하는데 창구 너머 진상 고객처럼 버티고 있는 내 눈치를 보는 것 같았다. 긴 통화가 끝난 다음에야 직원은 티켓을 내주었다. 언니가 넘어지기라도 했다간 절대 못 태워준다고 할 것 같아서 꼿꼿이 언니를 지탱한 채로 기다리는 일이 힘들었다. 그렇게 겨우 대기 줄에 섰더니 회의감이 밀려들었다. 도대체 이 고생을 해서 뿌연 창문으로 보이는 평범한 도시의 정경 외에는 대체 뭘 볼 수 있을까.

"진짜 짜증 난다. 그치?"

언니는 언제나 그랬듯 무신경한 얼굴로 내 팔에 의지해

서 따라왔다. 언니가 바로 옆에서도 이 소동을 전혀 눈치채지 못했을 것이라는 사실에 안도해야 할지 알 수 없었다.

날씨는 아주 맑았다. 관람차를 타기에는 완벽한 날이었지만, 귀신이 나올 것 같지는 않았다. 잠시 기다리자 직원이 20번 파란색 캐빈의 문을 열어주었다. 캐빈이 플랫폼에 머무르는 시간은 보통 사람이 올라타기에는 충분했지만 언니의 기준으로는 아주 짧았으므로, 좀 긴장해야 했다. 다행히도 직원이 옆에서 거들어주어 언니를 무사히 캐빈 한쪽 의자에 앉힐 수 있었다. 나는 반대편에 앉았다.

캐빈이 플랫폼을 지나 점점 떠올랐다.

"언니가 여기서 시공간의 상대성 이야기를 했었는데."

생각해보면 그때부터 언니는 이론물리학자의 싹이 보였던 것 같다.

약한 흔들림, 덜컹이는 소리와 함께 빌딩들이 조금씩 멀어졌다. 이상하게 관람차를 다섯 번 타던 그날보다 훨씬 긴장됐다. 캐빈이 평소보다도 느리게 움직이는 것 같았다. 모든 신경이 바깥을 향해 곤두서 있었다.

음악만 크게 틀어놓은 회전목마, 아무도 줄 서지 않은 바이킹, 네모난 옥상 놀이공원의 외곽 너머로 작아지는 회색 빌딩들, 파란 슬레이트 지붕들, 엉터리 레고 블록처럼 조직된 도시, 수없이 내려다보았던 풍경. 이제 관람차는 내게 새로울 것이 없었다. 나를 긴장하게 하는 것은 다른 문제였다.

괜히 언니에게 말을 걸었다.

"어떤 것 같아? 정말 뭐가 있을까?"

언니는 휴대용 보조기기에 시선을 두고 있었다. 나는 언니가 무언가 말하기를 기다렸다가, 언니를 기다리는 일이 영원히 끝나지 않을 것만 같아서 그냥 밖을 보았다.

캐빈 안은 정말로 국지적 시간 거품 같았다. 언니와 있으면 나의 시간까지 멈추는 것 같았다. 문득 시간 거품이 정말로 존재한다면, 언니는 다른 사람들보다 시간 거품을 더 천천히 분명하게 느낄 수 있을 것이라는 생각이 들었다. 가장 긴장하고 고양된 순간, 치사량에 가까운 약물 상태로만 도달할 수 있는 아주 느린 시간지각의 상태에 언니는 하루 종일 머무르고 있으니까.

멈춘 듯한 도시의 풍경에서 시선을 돌렸다. 캐빈을 지탱하는 철제 구조물이 보였다. 창밖으로 천천히 흔들리는 구조물만이 캐빈의 등속운동을 짐작하게 했다. 시공간의 상대성. 정점을 지나고 내려가면 그 모든 것을 마침내 지나왔음을 알게 될 것이다. 언니와 보냈던 시간들이 아득히 멀고 또 가깝게 느껴졌다.

어쩌면 정상에 도달해도 시간 거품 같은 건 없을지도 모른다. 언니가 찾던 무언가가 이곳에 있기를 바랐지만, 나는 시간 거품의 존재를 상상할 수도 없었고 믿을 수도 없었다. 그건 마치 언니가 보낸 편지 같았다. 언니는 그 세계 속에서 행복하다고 말했다. 자신의 방식대로 의미를 찾아볼 것이라고 말했다. 그 삶은 내가 상상할 수 없는 것이었다.

보조기기에 글자가 떠올랐다. 언니가 말했다.

고마워.

나는 언니가 무엇에 대해, 언제부터 고마워한 것인지를 생각했다. 방금 말한 것 같지만 발화는 한참 전부터 시작되었다. 캐빈에 올라탈 때였을까? 캐빈의 문이 닫히는 순간이었을까? 아니면 대기 줄에 서서, 내가 불친절한 직원에 대해 불평하고 있을 때였을까? 언니는 지금 우리가 관람차의 캐빈에 함께 탔다는 사실을 알고 있을까? 언니가 그 사실을 알게 되는 건 지금보다 훨씬 나중의 일일까?

창밖의 도시가 마침내 완전히 멈춰 선 것처럼 보였다. 그리고 나는 지금 언니와 내가 다른 풍경을 보고 있으리라는 것을 알았다.

이제 언니를 보내줘야 했다. 우리의 시공간이 어느 순간 완전히 분기되어버렸다는 사실을 인정해야 했다. 언니의 세계를 들여다보면 하루의 스냅 사진들을 매달아놓은 끈이 끝에서 끝까지 걸려 있을 것이다. 그게 언니가 가진 세계였다. 언니가 세상을 바라보는 방식이었다. 우리가 다시 같은 시간을 점유하며 살아갈 날은 결코 오지 않을 것이다.

그래도 언니는 그 시간을 계속 살아갈 것이다.

곧 관람차의 정상이었다. 나는 이 공간에 어떤 파문이 일어나기를 기다렸다. 캐빈과 구조물이 스치며 철컹 소리를 냈다.

순간 이유도 모른 채 입을 열었다.

"언니."

언니의 손에서 보조기기가 미끄러졌다. 바닥으로 떨어

진 보조기기가 발끝을 쳤다.

동시에 나는 느꼈다.

철렁하는 것을.

가슴 부근에서 시간의 거품이 톡 하고 터졌다. 신경세포들 사이로 파동이 퍼져나갔다.

귀신도 피 흘리는 소년도 아니었다. 국지적 시간 거품이었다. 정상에서 몇 번이나 경험했던, 그러나 아무것도 아니라고 생각했던 울렁이는 감각의 근원. 분리된 하나의 주머니 우주와 스쳐가는 순간이었다.

이제야 소문의 실체를 알 수 있었다. 지금 언니의 의식 세계를 잠식했을 기이한 파문을 생각했다. 끝없이 느린 시간 속에서 언니는 누구보다도 선명하게 이 거품의 존재를 지각할 것이다. 이제 언니는 시간 거품을 온전히 감각하는 세상의 유일한 사람이 된 것이다.

"정말이네."

어떤 허탈감이, 매듭이 풀려나가는 감각이 내 안에서 심장을 끌어 내렸다.

언니가 옳았다. 모든 현상에는 원인이 있다. 세계는 거품 방정식의 해로 가득 차 있었다.

고개를 돌려보니 언니는 아주 천천히, 영원에 가까운 속도로 입꼬리를 움직이고 있었다. 하지만 내게는 언니가 의기양양하게 소리를 내어 하하 웃는 것처럼 보였다.

거봐, 내 말이 맞았지.

그렇게 말하고 있는 것 같았다.

지금 어디에
살고 계십니까?

작가 인터뷰

**조
남
주**

어디에 살고 계신가요? 그곳에 살게 된 이유
는요?

　　서울 변두리의 오래된 아파트에 살고
있습니다. 신혼집의 전세 기간이 만료된 후,
두 사람의 직장 위치와 보유 자금을 바탕으
로 새집을 찾아 헤매다가 이사 온 곳입니다.
이후 아이가 태어나고 단지 안에 있는 어린
이집-유치원-학교에 다니게 되면서 이 아파
트를 떠날 수 없게 되었습니다.

가장 오래 살았거나 기억에 남는 동네는 어
디인가요?

　　네댓 살 무렵부터 30년 가까이 한 동
네에서 살았습니다. 두 번째 장편소설인《고
마네치를 위하여》의 배경이 되기도 했던 동
네인데요. 소설 속에서 저는 그 동네를 '서울
에서 가난하기로 다섯 손가락 안에 꼽히는
동네. 청소년 가출률이 가장 높고, 고등학교

진학률은 가장 낮고, 통계는 안 내봤지만 저녁상 반찬 가짓수와 1인당 신발 보유량과 주민들의 목욕 횟수도 가장 적을 것이 분명한 서울의 대표적인 달동네'라고 적었습니다. '가난하지만 따뜻하고 인정 넘치던 동네'라고 낭만적으로 포장하고 싶지는 않아요. 위험하고 불편하고 사람들은 팍팍했습니다. 지금은 재개발되어 일대가 모두 아파트 단지가 되었습니다.

지금 사는 곳에 만족하세요? 이사를 간다면 어디로 가고 싶으세요?

네, 지금 사는 곳에 무척 만족합니다. 그런데 아이가 자라면서 친구들이 하나둘 동네를 떠나는 모습을 보니 우리도 교육 환경이 더 좋다는 곳으로 이사해야 하는 것 아닐까 계속 고민이 됩니다. 고민만 해요. 불안과 불편을 동시에 느끼며 안절부절못하고 있습니다.

아파트, 빌라, 단독주택, 혹은 가장 선호하는 주거 형태가 있다면요? 꿈꾸는 모습이 있으신가요?

　　한 번도 살아본 적은 없지만 주상복합 아파트에 대
한 로망이 있습니다. 집을 가꾸고 텃밭을 일구고 그 채소
로 직접 요리를 해먹는 목가적인 삶은 자신이 없어요. 저
는 선인장도 말려 죽이는 사람입니다. 식당과 카페, 영화
관, 서점이 최대한 가깝고 많은 곳에서 이 모든 것들을 도
보로 누리며 살고 싶습니다.

지금 사는 곳 근처에서 가장 좋아하는 장소는 어디인가
요?

　　집 근처 롯데시네마는 관이 몇 개 없고 스크린도
작고 그래서 한산합니다. 게다가 저는 주로 평일 오전에
아이가 등교하면 혼자 조조를 보는 편이라 관객이 저 하나
인 적도 몇 번 있었어요. 그 텅 빈 롯데시네마를 좋아합니
다. 영화관치고 작은 스크린 앞에 혼자 앉아서 영화를 기
다리고 있으면 튜브를 타고 둥둥 떠 있는 기분이 들어요.
사실 당장 급한 원고가 없고, 밀린 일도 없고, 약속도 없
고, 두통도 없을 때에만 영화관에 가기 때문에 어쩌면 그

상황이 좋은 건지도 모르겠습니다.

지금까지 읽었던 소설 중에서 소설에 나오는 장소나 상징
물 중 가장 기억에 남는 게 있다면요?

《백의 그림자》의 '세운상가(로 짐작되는 오래된 상
가)'. 공간이 강력하고 압도적으로 기억되는 소설입니다.
구석구석 생생하면서도 순간 몽롱하게 현실감이 사라지
곤 했습니다. 배경이면서 주인공이고 소재이지만 주제이
기도 하죠. 다 알고 듣고 지켜보며 공간이 스스로 기록을
남기고 있다고 느껴지는 순간도 있었습니다. 잊을 수 없습
니다.

소설의 배경으로 꼭 한번 써보고 싶은 장소나 상징물은 뭔
가요?

'해운대 위브더제니스'나 '해운대 아이파크' 같은
초고층 주거 공간이요. 가끔 전망대만 올라가도 아찔한데
7, 80층 초고층에서 산다는 건 어떤 느낌일지 궁금합니다.

살다 보면 익숙해질 것 같기도 하고요. 그 집에 어쩔 수 없이 주기적으로 드나들어야 하는 가사도우미나 간병인과 같은 인물이 고소공포증이 있고, 그래서 극도의 공포감 속에서 주어진 일들을 해내는 이야기를 생각한 적이 있습니다.

정
용
준

지금은 어디에 살고 계신가요? 그곳에 살게
된 이유는요?

경기도 광주에 살고 있습니다. 전라
도 광주에 살다가 경기도 광주에 올라온 지
거의 10년쯤 된 것 같네요. 마침 잘됐네요.
너무도 많은 사람들이 광주에 산다고 하면
헷갈려합니다. 광주를 말할 때 반드시 지역
을 먼저 말하는 버릇이 생긴 것도 그 이유입
니다. 또 어떤 분들은 농담 반 진담 반으로
얼마나 광주를 사랑하길래 광주에서 살다가
또 광주로 이사 온 거냐. 놀리기도 하십니다.
광주에서 상 줘야겠다. 광주 홍보대사 해라.
이런 말씀도 종종 하십니다. 네. 그렇습니다.
전 광주를 너무 사랑합니다(사랑하게 됐습니
다). 이 광주도 저 광주도 다 좋아요. 이왕 이
렇게 된 거 광주를 너무 사랑하는 저를 광주
홍보대사로 지정해주세요.

<u>가장 오래 살았거나 기억에 남는 동네는 어디인가요?</u>

월산동입니다. 전라도 광주에 살았지만 사실상
광주 월산동에 살았다고 할 수 있습니다. 여기서만 거의
25년을 살았으니까요. 과거의 기억과 현재의 기억, 과거
의 길과 지금의 길, 바뀐 상점과 옛날 상점이 하나의 공간
위에 겹쳐지고 겹쳐지고 또 겹쳐져서 월산동은 가장 복잡
하고 알다가도 모르겠는 이상한 나라 같은 곳이 되었습니
다. 월산동 어디에 내 피도 한 방울 있고 어딘가에 이빨도
있고 눈물도 있고 찢은 편지와 바람 같은 말들도 허공 어
딘가에 휘돌고 있습니다.

<u>지금 사는 곳에 만족하세요? 이사를 간다면 어디로 가고
싶으세요?</u>

만족합니다. 아니, 만족하려 합니다. 아니, 만족하
게 됐습니다. 더 나은 곳으로 가고 싶지 않아요. 이곳이 더
나은 곳이 되었으면 좋겠습니다. 창밖의 풍경과 버스 정류
장에서부터 10분 동안 부지런히 등산하듯 걸어야 나타나
는 집도 좋고 친절하고 상냥한 이웃들이 함께 예뻐하며 밥

주고 물 주고 간식도 주며 키우고 있는 두 마리의 고양이
가 지내는 벤치 밑도 참 마음에 듭니다.

지금 사는 곳 근처에서 가장 좋아하는 장소는 어디인가요?

양벌리에 있는 카페 '오라운트'입니다. 한동안 집
근처에 마음에 드는 카페가 없어서 아쉬웠는데 최근에 생
겨서 좋아하고 있는 중입니다. 넓고 쾌적하고 마음에 드는
책상도 많아 글도 쓰고 책도 읽고 음악도 듣고 멍하게 앉
아 오고 가는 사람도 구경하고 그렇습니다. 망하지 않길
바랍니다.

**지금까지 읽었던 소설 중에서 소설에 나오는 장소나 상징
물 중 가장 기억에 남는 게 있다면요?**

이승우 소설가의 단편 〈샘섬〉에 나오는 샘섬입니
다. 이 소설은 사랑에 관한 이야기이기도 하고, 악에 관한
이야기이기도 하고, 죄에 관한 이야기이기도 하고, 죄책감

에 관한 이야기이기도 합니다. 소설을 읽을 당시엔 어떤 판단을 할 수가 없어 한동안 힘들고 시달렸던 기억이 납니다. 판단을 포기한 순간 그 섬이 그냥 '샘섬'으로 떠오르더군요. 인간이 인간을 사랑하면 이렇게도 할 수 있구나. 혹은 인간이 인간을 사랑한다고 해서 이렇게까지 해도 되는가. 질문이 생겼고 그 질문의 답으로 또 다른 질문이 생겼던 소설입니다. 그 섬에 한번 가보고 싶습니다. 용서받지 못할 죄를 짓고 후회하는 마음으로 노를 저어가면서요.

소설의 배경으로 꼭 한번 써보고 싶은 장소나 상징물은 뭔가요?

광주에 대해 쓰고 싶습니다. 언젠가는 꼭 쓰고 싶습니다. 하지만 함부로 쓰고 싶지 않아요. 때문에 어쩌면 영원히 쓸 수 없을지도 모릅니다.

마지막으로 이번 소설에 대해서 (어떻게 읽었으면 좋겠는지에 대해서) 혹은 소설 속 장소에 대해서 소개해주신다면?

　　'종로3가역'에 내려서 조금만 걸어가면 종묘를 갈 수 있습니다. 종묘는 그냥 종묘입니다. 그냥 가봐야 합니다. 눈 내리는 날에 가도 좋고 비 오는 날에 가도 좋아요. 봄에도 여름에도 가을에도 겨울에도 물론 좋습니다. 아…… 하고 멍하게 서서 정전을 바라보면 뭔가 알게 되실 겁니다. 그 뭔가는 절대 소개해드릴 수 없어요. 직접 보시는 수밖에. 느끼실 수 있을 겁니다.

이
주
란

어디에 살고 계신가요? 그곳에 살게 된 이유
는요?

　　　서울에 살고 있습니다. 어느 날 가족
들이 "제주도에서 제2의 인생을 살 것"이라
며 거의 통보식으로 이야길 해왔고 일을 그
만둘 수 없던 저는, 역시 급하게 방을 얻었지
요. 가족은 이사를 가긴 했습니다. 그냥 원래
살던 집에서 30분 정도 걸리는 곳으로요.

가장 오래 살았거나 기억에 남는 동네는 어
디인가요?

　　　모든 곳에서 비슷하게 오래 살았고
살던 마을과 마을 사람들 모두 기억에 남습
니다. 어린 시절의 대부분은 싫은 기억뿐인
데요, 그래서 기억에 더 남기도 합니다.

지금 사는 곳에 만족하세요? 이사를 간다면

어디로 가고 싶으세요?

요즘엔 특히 더 만족하지만 만약에 이사를 간다면 오랜 친구가 사는 동네로 이사를 가서, 같이 채소들을 조금 키우며 살고 싶습니다.

아파트, 빌라, 단독주택, 혹은 가장 선호하는 주거 형태가 있다면요? 꿈꾸는 모습이 있으신가요?

잘 모르겠습니다. 오래된 한옥, 아파트, 빌라, 다세대주택에 살아봤는데 일종의 체념일지 모르겠으나 살다 보면 어느새(어디든) 익숙해졌습니다. 요즘은 꿈꾸는 모습도 없습니다.

지금 사는 곳 근처에서 가장 좋아하는 장소는 어디인가요?

좋아하는 친구들의 집입니다. 그리고 역시 매우 좋아하는 카페와 음식점이 가까이에 한 군데씩 있습니다.

지금까지 읽었던 소설 중에서 소설에 나오는 장소나 상징물 중 가장 기억에 남는 게 있다면요?

　　　질문을 읽고 김종은 작가님의 《서울특별시》라는 소설이 떠올랐습니다. 가장 좋아하는 작가 중 한 명인데요, 덕분에 다시 한 번 오랜만에 읽어보았습니다. 저는 개인적으로 태어났거나 자란 곳, 혹은 가족이 주는 영향에 관심이 아주 많은 편입니다. 대체로 그것들은 스스로 바꿀 수 없고 그래서 어쩔 수 없이 영향을 받아야만 하기 때문이에요. 막상 어른들도 거처를 옮기는 것이 그렇게 쉬운 일은 아니니까요. 그런 '어쩔 수 없음'들이 어떻게 개개인에게 가닿는가 하는 것이 재미있습니다. 이 소설에서는 제목 그대로 '서울특별시', 그 자체를 느낄 수 있습니다(참고로 2003년에 출간된 소설입니다). 그때로부터 어떤 것들은 완전히 바뀌어버렸고 또 어떤 것들은 그대로인데, 그렇다면 나는 어떤가, 그런 생각을 했습니다.

소설의 배경으로 꼭 한번 써보고 싶은 장소나 상징물은 뭔가요?

홍대 롤링홀 근처에 '동감상련'이라는 곳이 있습니다. 사람 얼굴을 잘 기억하지 못하는 사장님이 병맥주와 와인, 위스키 등을 파는 곳인데요, 그곳에 가면 늘 좋은 음악을 들을 수 있습니다. 음악에 대해서는 잘 모르지만 그곳을 배경으로 소설을 써보고 싶은 생각을 갈 때마다 하곤합니다. 거기서 재미있는 일을 종종 겪은 적이 있어요.

조수경

어디에 살고 계신가요? 그곳에 살게 된 이유는요?

소설의 배경 중 한곳인 서울 서남부 지역에 살고 있습니다. 부모님과 함께 지내다 2012년 초 처음으로 혼자 살게 된 곳이에요. 오래전부터 '복층 오피스텔'에 살아보고 싶었는데, 마침 구조(Bar처럼 생긴 주방!)가 마음에 드는 집이 있어 이사를 결정했습니다. 제가 워낙 '집순이'이기도 하고 '집＝작업실'이기도 해서 구조가 가장 중요하더라고요. 1층은 작업실로, 2층은 침실로 구분해 살고 있습니다. TV와 푹신한 소파는 없고 커다란 책상과 딱딱한 의자만 있어 친구들이 놀러오면 "제발 소파 좀 들여놔!" 하고 잔소리를 늘어놓곤 합니다.

가장 오래 살았거나 기억에 남는 동네는 어디인가요?

서울 은평구에 위치한 동네입니다. 행복한 추억도 많지만 평생 잊지 못할 강렬한 기억을 남긴 곳이기도 해요. 여덟 살 때였는데, 옆집에 도둑이 들었어요. 그 집 대문 앞에 어른들이 모여 있었고 경찰 아저씨들도 와 있었지요. 호기심에 어른들 틈으로 안을 들여다보니 마당 한쪽에 도둑이 두고 간 끝이 뾰족한 쇠막대가 있었습니다. 다행히 집이 비었을 때 벌어진 일이라 다친 사람은 없었지만, 그날 본 흉기가 트라우마로 남아 창문이나 현관문을 여러 번 단속하는 안전강박증이 생겼습니다. 모든 공간이 한눈에 들어오는 지금의 집은 저에게 안정감을 주는 편이에요.

지금 사는 곳에 만족하세요? 이사를 간다면 어디로 가고 싶으세요?

실내 구조는 만족스러운데, 오피스텔에서 제 집만 쏙 빼내 마당이 있는 곳에 옮겨놓고 싶다는 생각은 자주 합니다. 저는 서울에서 자라고 학창 시절을 보냈지만, 태어난 곳은 파주예요. 그래서인지 파주는 뭐랄까, 제게 특별한 느낌입니다. 지금은 출판 단지가 들어서 있기도 하고요. 파주에 위치한 작은 마당이 딸린 집에서 사는 게 꿈인데, 본격적으로 운전을 시작하면서 한 가지 문제가 있다는 걸 깨달았습니다. 복잡한 시내에서는 베스트 드라이버이지만 속도공포증이 있어 자유로가 걱정되거든요. 서울에서 쭉 산다면…… 가장 정이 가는 동네는 연희동입니다. 예전에 연희창작촌에 머물 때 아침저녁으로 동네 곳곳을 산책했는데, '이런 데가 사람 사는 데지'라는 생각이 저절로 들었어요. 그곳에 제가 사랑하는 빵집과 꽃집도 있고요.

아파트, 빌라, 단독주택, 혹은 가장 선호하는 주거 형태가 있다면요? 꿈꾸는 모습이 있으신가요?

  〈오후 5시, 한강은 불꽃놀이 중〉에 이런 문장이 나오죠. '나에게는 강남의 아파트 단지나 맞은편 동네나 다 재미가 없었다. 그저 아파트와 학원으로 가득한, 이야기가 없는, 색깔이 없는 동네 같달까.' 이 문장은 100퍼센트 저의 생각에서 가져왔습니다. 물론 저도 부모님과 함께 아파트에서 오랜 세월을 살았지만, 아파트라는 공간은 참 재미가 없더라고요. 언젠가 마당이 있는 집에 라일락과 벚나무를 심고, 제가 가꾼 꽃으로 식탁을 장식하고, 볕이 좋은 날에는 마당에 이불을 널어두고, 무엇보다 유기견·유기묘를 데려와 함께 살고 싶습니다.

지금 사는 곳 근처에서 가장 좋아하는 장소는 어디인가요?

산책로. 걷는 걸 좋아하거든요. 가까운 곳에 안양천이 흐르고 있고 하천을 따라 산책로와 공원이 조성돼 있는데요, 해마다 4월이면 산책로가 온통 벚꽃이에요. 느린 속도로 걸으며 바닥에 떨어진 꽃잎을 주워 오는 것도 좋고, 자전거를 타고 한강까지 달리는 것도 좋아합니다.

소설의 배경으로 꼭 한번 써보고 싶은 장소나 상징물은 뭔가요?

살아보니 오피스텔이라는 공간이 참 묘하더라고요. 작은 집들이 다닥다닥 붙어 있어 아파트보다 이웃과 더 가까운 거리에 있지만 더 단절된, 더 폐쇄적인 공간이랄까요. 언젠가 이곳을 배경으로 소설을 쓰게 되지 않을까 싶습니다.

마지막으로 이번 소설에 대해서(어떻게 읽었으면 좋겠는지에 대해서) 혹은 소설 속 장소에 대해서 소개해주신다면?

박준경. 제가 본 적도 없고 알지도 못하는 사람이지만 소설을 쓰는 동안 가슴에 담아둔 이름입니다. 마포구 아현동에서 어머니와 함께 살던 박준경 씨는 동네가 개발되면서 살 곳을 잃었습니다. 2018년 12월, 길에서 추운 겨울을 견디던 그는 "내일이 오는 게 두렵다"는 말을 남기고 스스로 생을 마감했습니다. 그가 남긴 유서에는 이런 내용도 담겨 있었습니다. "저는 이렇게 가더라도 어머니에겐 임대아파트를 드려 저와 같이 되지 않게 해주세요."

왜 어떤 사람에겐 최소한의 공간조차 허락되지 않는 걸까요. 소설을 쓰는 동안 참담한 마음이었습니다. '집'이 '재산'이 아닌, 그냥 '집'이면 좋겠습니다. 그러면 모두가 '집'을 가질 수 있지 않을까요. 하루의 고단함을 모두 내려놓고, 따뜻한 밥을 지어 먹고, 가장 편안한 자세로 쉴 수 있는 '집' 말입니다.

임
현

가장 오래 살았거나 기억에 남는 동네는 어디인가요?

연신내의 언덕 높은 집, 나의 마지막 자취생활.

지금 사는 곳에 만족하세요? 이사를 간다면 어디로 가고 싶으세요?

평양.

아파트, 빌라, 단독주택, 혹은 가장 선호하는 주거 형태가 있다면요? 꿈꾸는 모습이 있으신가요?

아파트 최고. 겨울에도 따뜻한 화장실 최고.

지금 사는 곳 근처에서 가장 좋아하는 장소

는 어디인가요?

도보 15분 거리의 이케아.

지금까지 읽었던 소설 중에서 소설에 나오는 장소나 상징물 중 가장 기억에 남는 게 있다면요?

가즈오 이시구로《나를 보내지 마》의 기숙학교 '헤일섬'.

소설의 배경으로 꼭 한번 써보고 싶은 장소나 상징물은 뭔가요?

광화문 교보문고는 한 번 써봤으니까 다음번엔 종로 영풍문고를.

마지막으로 이번 소설에 대해서 (어떻게 읽었으면 좋겠는지에 대해서) 혹은 소설 속 장소에 대해서 소개해주신다면?

공공장소에서 함부로 잠들면 안 된다는 교훈적인
이야기.

정
지
돈

어디에 살고 계신가요? 그곳에 살게 된 이유
는요?

　　마포구 상수동에 살고 있습니다. 대
학생 때 친구랑 같이 살기 위해 상수동에 왔
는데 이사하기 귀찮아서 눌러 앉게 됐네요.

가장 오래 살았거나 기억에 남는 동네는 어
디인가요?

　　상수!

지금 사는 곳에 만족하세요? 이사를 간다면
어디로 가고 싶으세요?

　　만족할 수 없습니다. 이사를 간다면
한남더힐로 가거나 이탈리아 리도(lido)에
있는 릭 오웬스의 별장으로 가고 싶습니다.

아파트, 빌라, 단독주택, 혹은 가장 선호하는 주거 형태가
있다면요? 꿈꾸는 모습이 있으신가요?

　　　단독주택. 배산임수. 창문을 열면 숲이 흔들리고
현관을 나서면 해변이 펼쳐진 곳을 꿈꾼 적이 있네요.

지금 사는 곳 근처에서 가장 좋아하는 장소는 어디인가
요?

　　　한강입니다. 해 질 녘이면 자전거를 타는데 평소에
는 상수에서 망원, 또는 상수에서 마포 정도의 거리만 움
직이다가, 며칠 전에 가양대교 너머로 처음 갔습니다. 공
원 너머 보이는 산과 나무에서 아주 조금 북유럽 느낌이
난다고 같이 간 친구에게 말하니까 그가 저를 보고 구제불
능 사대주의자라고 비난한 일이 있었네요.

소설의 배경으로 꼭 한번 써보고 싶은 장소나 상징물은 뭔
가요?

남해에 있는 남면공설운동장.

마지막으로 이번 소설에 대해서 (어떻게 읽었으면 좋겠는
지에 대해서) 혹은 소설 속 장소에 대해서 소개해주신다
면?

밤섬은 한강에 있는 섬입니다. 생각해보면 바로 가
까이에 있는 곳인데 이름도 모르고 역사도 모르는 곳이 대
부분입니다. 도시는 복잡하고 갈 곳은 많고 시간은 없으니
까요. 의무적으로 가야 하는 곳이 아닌 곳으로, 평소 다니
지 않는 길로 가보고 그곳에 있는 것들에 대해 생각해보면
기분 전환이 될지도 모르겠네요.

김
초
엽

어디에 살고 계신가요? 그곳에 살게 된 이유
는요?

　　　울산에 살고 있습니다. 울산에서 태
어났고 대학만 다른 지역으로 갔다가 다시
돌아왔어요.

가장 오래 살았거나 기억에 남는 동네는 어
디인가요?

　　　지금 작업실이 있는 동네가 구도심
인데, 10대 시절부터 거리의 변화를 지켜보
고 있습니다. 어릴 때는 이 동네의 대체로 오
래되고 낮은 건물과 좁은 거리, 어딘가 꼭 한
군데씩은 낡은 느낌이 나는 노래연습장, 오
락실, PC방, 보드게임방, 만화방을 전전하며
놀았던 기억이 있어요. 지금은 잘 단장된 카
페거리가 생겼고 세련된 간판을 단 가게들
이 많아졌는데, 어색하기도 합니다.

아파트, 빌라, 단독주택, 혹은 가장 선호하는 주거 형태가 있다면요? 꿈꾸는 모습이 있으신가요?

저는 벌레를 매우 무서워해서 벌레가 절대로 닿을 수 없는 고층 아파트에 살고 싶어요. 예쁜 단독주택도 좋아하지만…… 벌레를 생각하면, 그런 집은 심즈에서 만들어보는 정도로 만족합니다.

지금 사는 곳 근처에서 가장 좋아하는 장소는 어디인가요?

집에서 15분쯤 걸으면 나오는 카페를 좋아합니다. 커피도 맛있고, 바로 앞 길가에 벚나무가 많아서 봄에 가면 예뻐요.

지금까지 읽었던 소설 중에서 소설에 나오는 장소나 상징물 중 가장 기억에 남는 게 있다면요?

호그와트와 위저드 베이커리, 《프랑켄슈타인》의 북극이 기억에 남습니다.

소설의 배경으로 꼭 한번 써보고 싶은 장소나 상징물은 뭔가요?

도시마다 꼭 있는 이상하고 의미를 알 수 없는 조형물, 건물 높은 벽에 달려 있는 정체 모를 문, 계단이 없고 외부 사다리로만 갈 수 있는 옥상을 소재로 소설을 써보고 싶어요.

마지막으로 이번 소설에 대해서 (어떻게 읽었으면 좋겠는지에 대해서) 혹은 소설 속 장소에 대해서 소개해주신다면?

울산 버스 터미널에 내리시면 바로 옆 백화점 건물의 관람차를 보실 수 있습니다. 7층 높이에서 시작하기 때문에 보기보다 무서운 건 사실이지만, 한번쯤 타보셔도 좋아요.

울산에 놀러 온 친구들과 함께 탔다가 다들 두려움에 떨면서도 무섭지 않은 척했던 적이 있네요. 그러다 누군가가 발을 구르면…….

독자분들이 흔들리는 관람차의 아찔함을 기억하

실지 약간 걱정이 되지만, 언젠가의 기억을 떠올리며 읽어
주세요.

시티 픽션, 지금 어디에 살고 계십니까?
ⓒ 조남주 정용준 이주란 조수경 임현 정지돈 김초엽

초판 1쇄 발행 2020년 6월 30일
초판 3쇄 발행 2020년 10월 15일

지은이 조남주 정용준 이주란 조수경 임현 정지돈 김초엽
펴낸이 이상훈
편집인 김수영
본부장 정진항
문학팀 김준섭 김수아
마케팅 천용호 조재성 박신영 조은별 노유리
경영지원 정혜진 이송이

펴낸곳 한겨레출판(주) www.hanibook.co.kr
등록 2006년 1월 4일 제313-2006-00003호
주소 서울시 마포구 창전로 70(신수동) 화수목빌딩 5층
전화 02-6383-1602~3 **팩스** 02-6383-1610
대표메일 munhak@hanibook.co.kr

ISBN 979-11-6040-391-6 03810

이 도서의 국립중앙도서관 출판예정도서목록(CIP)은 서지정보유통지원시스템 홈페이지
(http://seoji.nl.go.kr)와 국가자료종합목록 구축시스템(http://kolis-net.nl.go.kr)에서
이용하실 수 있습니다. (CIP제어번호: CIP2020021614)